U0081226
經驗值
the golden experience
特定災害生物
「魔王」進擊多人遊戲
II
原 Harajun 純
illustration
fixro2n
Kadokawa Fantastic Novels

contents

the golden
experience point

希爾斯王國地圖

Kingdom of Hillus

MAP

the golden experience point

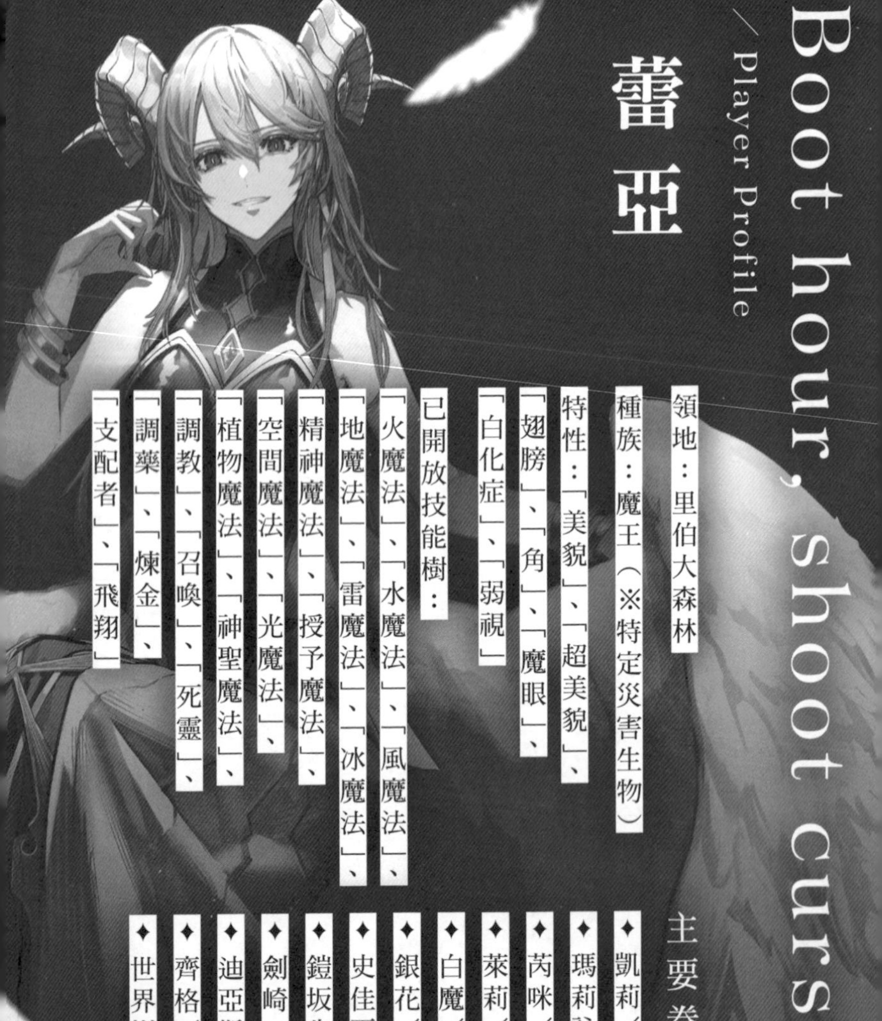

Boot hour, shoot curse

／Player Profile

蕾亞

領地：里伯大森林

種族：魔王（※特定災害生物）

特性：「美貌」、「超美貌」、
「翅膀」、「角」、「魔眼」、
「白化症」、「弱視」

已開放技能樹：
「火魔法」、「水魔法」、「風魔法」、
「地魔法」、「雷魔法」、「冰魔法」、
「精神魔法」、「授予魔法」、
「空間魔法」、「光魔法」、
「植物魔法」、「神聖魔法」、
「調教」、「召喚」、「死靈」、
「調藥」、「煉金」、
「支配者」、「飛翔」

主要眷屬：

◆凱莉／獸人（山貓盜賊團）
◆瑪莉詠／獸人（山貓盜賊團）
◆芮咪／獸人（山貓盜賊團）
◆萊莉／獸人（山貓盜賊團）
◆白魔／斯寇爾
◆銀花／哈蒂
◆史佳爾／女王蜂
◆鎧坂先生／神聖要塞
◆劍崎一郎～五郎／神聖武器
◆迪亞斯／死神
◆齊格／死神
◆世界樹

※此為目前已知的情報。

序章

希爾斯王國組成的災厄討伐隊從王都啟程已經八天。

拉科利努城終於就在不遠處。

由於這一天天剛破曉便從野營地出發，抵達時時間還相當早。

約莫九天前。

高層突然下令要求組成遠征軍，連原本未達徵兵年齡的少年兵，以及服過兵役、已經退役的預備役都被徵召入伍。雖然不清楚這支軍隊要遠征至何處，看來高層似乎認為光憑現役士兵的戰力並不足。

在一無所知的情況下被催促著進行準備，之後到了即將從王都出發的時候，直屬於王族的近衛騎士才總算向指揮官，而且還是只向百夫長(centurio)以上的高官告知這支軍隊其實不是遠征軍而是討伐軍，並且透露了討伐對象。

人類之敵。

人們對於那個災厄的了解非常少。

據說災厄身處在埃亞法連城旁邊的里伯大森林內。

而且手下聚集了許多邪惡之物。

這些情報出自希爾斯聖教會的總主教之口，所以可信度非常高。

得知此事時，以司令為首的指揮官們全都感到不知所措。

災厄就好比天然災害一般，不是人所能對抗的存在。就拿歷史中偶爾會出現的天空城的天使們來說好了，十名士兵聯手也未必能夠打贏一名天使。

討伐災厄。

即使召集士兵、組成軍隊，也不可能辦到那種事情。王國高層應該也很清楚這一點才對，那麼事情為何會變成現在這樣呢？

根據向司令們透露的近衛騎士所言。

災厄才剛剛誕生，應該還沒有成長到像其他大陸的災厄那麼成熟。因此，現在說不定還有機會能夠成功討伐災厄。

「什麼說不定……說這種模稜兩可的話……」

「我明白你想說什麼，可是也不能就這麼放著不管。想到未來有可能演變成不斷受災厄侵擾的事態，我們現在只能賭一把去討伐他了。」

「近衛騎士大人，這一點我了解。雖然了解……」

「司令，討伐軍已經組成，接下來即將啟程。事到如今已經無法回頭了。」

確實如此。事到如今已是束手無策。既然束手無策，那麼只能下定決心前進了。更重要的是，司令和指揮官級不能在士兵面前表現得畏畏縮縮。

一路上沒有遇到任何問題和阻礙，行程的消化速度比預期中來得快。

由於以最短距離進軍，途中也曾經過和魔物領域相鄰的邊境城市。

若是平常，有這麼多人類在魔物領域附近活動，魔物通常都會出來試探一下。

可是這次行軍沒有發生那種情況。所有魔物就像在說「現在不是那麼做的時候」，附近安靜到令人毛骨悚然，讓司令心中不禁產生一股即將有壞事發生的不祥預感。

「……不，行軍順利是件好事。現在只要想著儘早抵達預定地，完成任務就好。」

突然間，隊伍前方起了騷動。

就位置來看，隊伍的最前頭應該差不多已經抵達拉科利努城了。

通過這裡後，接下來就是位處邊境的盧爾德城。再過去就是目的地埃亞法連和里伯大森林。

拉科利努城因為遠離魔物領域，又是交通要衝，所以並未興建會妨礙物流和擴建城市的城牆等設施，在地勢略高的位置上繁榮擴張。其廣大程度不遜於王都，整座城市甚至比王都還要來得充滿活力。

初次見到拉科利努的士兵們會稍微大驚小怪，也是可以理解的事情。

一名應該在前方指揮軍隊的百夫長跑到司令身邊。若是要報告即將抵達城市，交給傳令兵便已足夠。這不是需要由指揮官親自完成的工作。

「什麼事？」

「稟告司令！我軍再過不久即將抵達拉科利努城！可是上空……」

司令之前主要從馬上關注底下的隊伍，這時才第一次將視線往上移。

似乎有一大片烏雲正從拉科利努城的另一頭逼近。

不對，其輪廓以雲來說太粗糙，顆粒實在太大了。

「那是什麼……」

「不清楚。雖然不清楚，在下認為還是趕緊進城比較好。」

假使那是和災厄有關的魔物，這或許就不只是拉科利努城的問題，而是討伐軍應該出面處理的事態。

只不過若真是如此，就表示災厄已經被釋放到大森林之外，此次討伐的成功機率趨近於零。

「你說得沒錯。下令全隊加快腳步，進入城內。」

◆◆◆

整座拉科利努城內鴉雀無聲，不復以往那般熱鬧。

進城之後，總算能夠看清楚那片詭異烏雲的真面目了。

那是一群抱著螞蟻的蜜蜂。

而且是儘管還隔著一段的距離，仍能看清模樣長相的巨大蜜蜂。其大小和司令所知的蜜蜂相差甚遠。

看樣子牠們似乎正保持一定距離，靜止在空中。也感覺像在等待什麼似的。

「先去向領主報告遠征隊已經抵達，並且派信鴿傳訊給宰相大人。高層已經指示，要我們抵達這座城之後派信鴿通報。在那份報告中，附上我軍遇到抱著巨大蜜蜂的巨大螞蟻的消息，請求宰相大人下達指示。」

蜂群所在的位置是城市東側的上空——也就是盧爾德的方向。不確定蜜蜂是否會允許軍隊從正下方通過。

縱然已經提出報告，不等宰相作出指示就開始作戰的可能性極高。

士兵們雖然都神情不安，這本來就是一支為了打倒災厄而組成的軍隊。由於過去會與希爾斯王國交手的災厄都是天使，訓練課程包含如何由多名士兵和自己頭頂上方的敵人作戰。儘管剛被徵召的少年兵們未受過訓練，在已經退役的老手預備役的巧妙帶領下，應該還是可以發揮支援的功能。

「幾乎所有天使都是漫無計畫地發動近戰攻擊，而士兵們為此曾接受過多次合作訓練。雖然在那裡的是蜜蜂和螞蟻……反正一旦演變成近距離作戰，就和天使交手沒兩樣。既然我方有這麼多士兵，應該有機會能夠將其擊退。」

司令下令要支援班留在城裡，派僅以現役士兵組成的攻擊部隊在城的東側展開部署。話雖如此，為避免刺激對方，他仍舊吩咐士兵們不要離城太遠。

百夫長們立刻開始行動。與此同時，先前被派往領主宅邸的傳令兵回來了。領主似乎想和司令見面。

司令將接下來的事情交給副官，自己則前往領主宅邸。

（沒事的。應該不會有問題……）

「抱歉讓你特地跑一趟。你先坐下吧。」

來到領主宅邸後，司令一報上名號，對方立刻將他帶往會客室。領主要只脫下頭盔、身上還穿著盔甲的他入座，連劍都沒有要他先交出來。這一點相當非比尋常。

「你們幾個退下，有事情我再搖鈴叫你們。在那之前不准任何人接近會客室。」

領主要自己的護衛騎士在門外等候，不讓他人接近。這一點同樣非比尋常。他雖然是軍隊的司令官，貴族和一介軍人一對一交談這種事情前所未聞。

「司令大人，你應該也見過飄浮在東邊天空的蟲子了吧？你覺得那個東西和災厄有關嗎？不，你用不著顧慮，我已經從王都那裡聽說災厄出現一事了。」

司令鬆了一口氣。要在不提及災厄的情況下商討如何處置那些魔物十分困難。

「……我現在還無法作出確切的回答。我已經向宰相大人報告拉科利努的狀況，目前正在等候指示。」

「這樣啊……不，我很感謝你。站在司令大人的立場，你應該很想通過這裡，儘早前往埃亞法連才對。」

「您別這麼說。畢竟是這種狀況，我也希望盡己所能給予協助……」

「抱歉……可以的話，我也想好好慰勞辛苦長途跋涉至此的各位，無奈現在卻是這種狀況。

請原諒連這一點也做不到的拉科利努。」

「不，請您快抬起頭來。光是有您這句話便已足夠……」

這時，生硬的敲門聲響起。宛如用門環敲響的這個聲音，恐怕是外面的護衛騎士用戴著護手套的手敲出來的吧。

被吩咐不要讓任何人經過的騎士特地敲門，這下肯定發生什麼事了。

一瞬間，司令和領主互看一眼。

「怎麼了？莫非發生什麼事了——」

剎那間，彷彿遠方降下落雷的低沉聲響伴隨著震動傳來。那個斷斷續續響個不停的聲音，令人沒來由地感到不安。

「這是什麼聲音？發生什麼事了？」

「抱歉打擾了！司令！蜂群展開行動了！」

大概是等不及了，傳令兵打開門大喊。

這麼說來，這個聲音和震動是蜂群所引起的嗎？到底要做什麼才會發出這種聲音？

「領主大人，對不起，我先回城裡去了！」

「抱歉，那麼就麻煩你了！我已經下令要城裡的護衛騎士和諸位士兵合作！你可以儘管使喚他們！」

「感激不盡！我先告辭了！」

出了宅邸之後，聲音顯得更加巨大，還可以見到東邊的天空竄出煙霧。司令雖然很想趕快前往該處，四處逃竄的居民們讓他寸步難行。

他勉強撥開人潮在街上奔跑，卻漸漸發現逃竄的人們之中開始出現居民以外的人。

他們是討伐軍中的少年兵。是被配置在城內的東側，負責支援的人們。

司令本來想斥責拋下應該保護的居民四處逃竄的他們，可是他們並未受過正規訓練。他們直到不久前還是受保護的那一方，如今會慌張逃竄也是無可奈何之事。

「喂！發生什麼事了？」

司令抓住附近的少年兵，然後逼問他。

「是、是螞蟻！螞蟻投擲出了岩石……」

「你說螞蟻？是城外被蜜蜂抱著的螞蟻嗎？」

「就是那個被蜜蜂抱著的螞蟻！那個螞蟻投擲出來的黑色岩石……突然間爆炸……！」

蜜蜂確實抱著螞蟻。

好比說蜜蜂攻擊了某個蟻窩，而那個螞蟻是牠們的成果之類的，司令曾經稍微猜想或許是這麼回事。他並未深入思考螞蟻和蜜蜂之間的關係。

難道這個猜測錯了嗎？莫非那不是抱著螞蟻的蜂群——

而是為了從上空展開攻擊，於是請蜜蜂搬運自己的蟻群？

「太荒唐了……」

這種事情除非有支配螞蟻和蜜蜂雙方的某人在背後統籌下令，否則不可能發生。

必須要有那種存在。

「那個存在……該不會……是災厄吧……」

宛如地鳴的轟隆聲依舊響個不停。不對，司令明明已經停下腳步，卻感覺聲音越來越近。

司令帶著傳令兵趕往東邊。

「司令大人！這邊有鐘樓！從那上面應該可以大致觀察到城內的情況！」

傳令兵對為了遲遲無法前進而心急如焚的司令說。

的確，在和本隊會合之前應該要先冷靜下來，盡可能正確掌握現況才對。

司令爬上鐘樓，打算先確認本隊的位置，然後視情況決定什麼是最好的應對方式，接著再前去和本隊會合。他本來是這麼想的。

可是現在已經沒有那個必要了。

城外東側的大地整個被剷平。

廣大到令人遠近感錯亂的土地變成像是播種前的田地一般，到處都看不見本隊的身影。

不對，那不是城外，而是城市的一部分。從城外一直延續到城內東側大約四分之一的範圍，全部都被夷為平地。

而且此時此刻範圍仍在擴大當中。抱著螞蟻的蜂群橫向排成一直線，某種黑色物體被從螞蟻的腹部前端同時發射出來。即使遠望，依然感覺得出速度相當快。那個物體一接觸到街道和住家，隨即在轟隆巨響中爆炸，四處散布火焰和碎片。

蜜蜂隊伍所經之處什麼也沒留下。牠們就像受到什麼東西驅使，讓岩石如雨般綿密地落下。

在那樣的情況下，居民的生存機率令人絕望，但是討伐軍另當別論。即使面對能夠一擊破壞住家的正面攻擊，受過訓練的部分士兵還是有辦法撐過去。

此時，有一名士兵正推開瓦礫，企圖從被夷為平地的街道上起身。

可是他才剛站起來，就立刻腦袋噴血倒地。司令從鐘樓上看不清究竟發生了什麼事，只知道那個人應該已經沒命了。

看來就算捱得過岩石雨的攻擊，最後結果也一樣。只要站起身，就會被神祕攻擊奪走性命。

司令已經明白一件事。

要在這場攻擊中保住居民的性命是不可能的。

這座城市即將毀滅。

討伐災厄一事也將失敗。

不要說災厄了，他們甚至對可能只是前鋒部隊的魔物們一籌莫展。

失去作為交通要衝、商業要衝的拉科利努之後，王國的未來究竟會如何呢？

連預備役和充滿未來的年輕人們都倉皇逃竄，王國軍如今已失去主力，今後再也無法有組織性地對抗災厄。

「不，在思考那種未來的事情之前……假使這群蜜蜂就這麼飛到王都……屆時即使貴族們能夠存活下來，王都的居民恐怕也是凶多吉少——」

◆◆◆

第一章　野餐的成果

第二屆官方大規模活動「大規模攻防戰」。

在這場活動中玩家可以選擇協助魔物方或人類方，參加由這兩股勢力掀起的大規模攻防戰。

這次蕾亞協助的當然是魔物方。與其說協助，其實她才是攻打人類的核心人物。截至目前，她手下的魔物們已經讓兩座城市從地圖上消失。

螞蟻大軍襲擊了距離蕾亞的大本營，也就是里伯大森林最近的埃亞法連城。

無數樹人從交由下屬世界樹掌控的托雷森林中溢出，吞沒了盧爾德城。

接著乘勝追擊、繼續進軍，讓街道前方的貿易都市拉科利努化為瓦礫，最後壓制這個希爾斯王國的王都，使其變成擠滿手下魔物的地下城，是蕾亞在這次活動中訂立的目標。

她也覺得這樣的玩法相當褻瀆，但是沒有問題。因為蕾亞會加入魔物方勢力蹂躪人類，是受到遊戲服務營運方的委託。

蕾亞來到拉科利努，心滿意足地睥睨整座山丘被適度剷平的景象。

確認成果達成之後，她暫時退下將城市夷為平地的航空兵和砲兵。

接著命令負責清掃的狙擊兵和航空兵，射擊倖存者的頭部使其斃命。

令她驚訝的是，居然有好幾名士兵將瞄準頭部的子彈彈開了。至於身穿氣派盔甲、像是騎士的人們更是全員皆如此。頭盔等護具大概也發揮了作用吧。

「這裡看起來好像有很多士兵，他們是來自王都的援軍嗎？這麼說來，莫非王都的士兵之中有人能夠從地毯式轟炸中活下來，甚至連爆頭射擊都對其無效？

可是，我攻陷埃亞法連是昨天的事情，這些援軍會不會來得太快了啊？為什麼軍隊會來到這種地方呢？」

見到四周的慘狀，存活的士兵和騎士們似乎相當心痛。然而他們隨即就仰望上空，用忿恨的眼神瞪著這邊。

「既然這樣還不會死，看來沒辦法再派蟻群對付他們了。」

現在來到這座城市的只有蕾亞和航空部隊。若非如此，就無法在一天之內從埃亞法連來到拉科利努。

接下來由蕾亞親自收拾他們也是一個辦法，不過她還有想在實戰中使用看看的戰力。

那就是蕾亞以技能樹「煉金」的技能「偉大創作」製造出的金屬骷髏軍團，通稱精金系列。

蕾亞打算之後無視小城市，直接前往王都，但是因為她想把王都打造成廢墟型的領域，才不能進行地毯式轟炸。這樣的話，接下來應該可以讓航空兵們休息了。

「辛苦你們了，你們回森林去吧。」

她利用好友聊天功能和生出所有螞蟻的史佳爾聯絡，請牠發動「召喚」讓蟻群回去森林。

◆◆◆

之後蕾亞再次望向地上，分析大致的戰力。

「讓我看看。嗯……好吧，三支小隊應該夠了。」

她在上空依序「召喚」三支精金小隊。

由於蕾亞使用了「光魔法」的「迷彩」隱身，精金小隊看起來應該就像突然憑空出現一樣。這樣的演出雖然沒有什麼意義，視覺上肯定相當震撼。這可是難得的活動，當然要花俏一點了。

被「召喚」的精金小隊隨著重力往下墜落，在一陣轟隆巨響和飛揚塵土中陷進剛剛才被剷平的大地。它們從墜落的衝擊力中恢復後，立刻接連從地面爬出，開始攻擊士兵們。

首先令蕾亞感到訝異的是，士兵居然閃過了精金騎士的斬擊。如果是之前來大森林玩的玩家，早就死於剛才那一擊了。精金騎士好像也試圖閃避士兵之後使出的一記攻擊，卻因為沒能避開，只能以盔甲接下。雖然精金騎士比士兵的劍來得硬，所以並未受傷，可是如果對手的裝備很高級，精金騎士恐怕就贏不了了。

比起實力，精金小隊更像憑著能力值的差距，使得士兵的數量逐漸減少。枉費他們把實力鍛鍊得這麼強，最後卻因裝備品質太差而死，這一點實在讓蕾亞覺得很可惜。

另一方面，穿著高級裝備、像是騎士的人們面對精金系列同樣也毫不退縮。

精金領導人勉強可以和他們打成平手。和之前見過的人相比，其實力實在高得出奇。能和精金領導人打成平手就表示，他們的實力和參加第一屆活動時的鎧坂先生不分軒輊。

由於三支小隊就只有三具精金領導人，由領導人負責對付其中三名騎士，剩下的則由精金騎士和偵察兵合作，在精金法師的支援下掌控戰況。

◆◆◆

可是話說回來，這些騎士如此強大、數量又少，說不定他們在系統意義上也是正式的騎士。若真如此，除非殺死身在某處的主君，否則無法真正殺死他們。

所謂系統上的騎士，意思就是受到貴族階級的主君「使役」的騎士。

受主君「使役」的角色——「眷屬」即使死亡了，也會在一定時間後復活。而且和玩家的重生不同，並不會有喪失經驗值之類的懲罰。儘管有無法憑自身力量獲得經驗值的缺點，透過眷屬的行動所得到的經驗值全部都會由主君概括收下。從強大整體勢力的角度來看，這是沒有缺點的方便制度。只不過還是得承受前提條件十分嚴苛、必須進行初期投資，以及主君一旦死去，其手下所有眷屬也會死亡的巨大風險。

蕾亞能夠統率魔物也是託這個「使役」的福。

既然騎士們沒有去尋找主君，而是專心和精金們作戰，應該表示他們很確定主君不會死吧。因為他們也沒有很不自然地掩護同伴，看來主君並沒有偽裝成騎士混入其中。

既然如此，那麼主君或許不在這座城裡。

在蕾亞這麼思考事情，在城市上空徘徊尋找倖存者的期間，因士兵數量減少而失衡的戰場似乎勝負已定。當她回到原處時，只見地上躺著士兵和騎士們的屍體。

「因為沒辦法搬運精金們……看來只能把它們留在這裡了。既然這樣，我就自己先飛去王都，再從那裡召喚它們好了。『飛翔』技能真是方便呢。」

蕾亞從背包中取出地圖。那是她和營運方交涉後取得的稀有道具。

從這裡前往王都似乎只要一直往西走就可以。如果是這樣，那麼隨便往前走一段路，等到比較接近了再從上空尋找街道，然後循著道路前進應該就沒問題。

這段距離用步行的不曉得要花上幾天，不過用飛的很快就能抵達。

迎面拂來的風好舒服。

蕾亞雖然很想這麼說，因為她人在鎧坂先生體內，完全沒有那回事。不過視覺上倒是因為眼前盡是從上空俯瞰的景色，感覺十分心曠神怡。

如此望著那樣的景色飛行，忽然間她注意到進入視野的一隻鳥。那隻鳥所在的高度比蕾亞低不少，看起來像是從前方很遠的地方飛過來。那隻鳥和蕾亞擦身而過後依舊繼續往前飛。

那是一隻小鳥。應該是鴿子吧。

蕾亞突然心想，那隻鴿子會不會是某人飼養的信鴿呢？

她會有這種想法並非基於什麼深刻的理由，單純只是從鴿子聯想到信鴿而已。

假如那隻鳥真的是信鴿，那麼牠要去哪裡呢？前方只有已經毀滅的瓦礫山，可是派出信鴿的人不太可能已經知曉這件事。

倘若是這樣，那就代表有人試圖利用鴿子和成為瓦礫山之前的城市聯繫了。

蕾亞在好奇心驅使下，決定抓住那隻鴿子。

她迴轉調頭去追鴿子，伸出鎧坂先生的手輕柔地包覆住牠。可是不出所料，她果然還是用錯力道把鴿子捏死了。說不定應該隨便找個下屬來幫忙抓才對。就像之前請萊莉幫忙捕捉，後來收服的森林貓頭鷹歐米納斯一樣。

蕾亞將滿身是血的鴿子翻過來，發現牠的腳上綁著某樣東西。牠果然是信鴿。蕾亞很想仔細地讀信，卻又不想浪費時間。

這時，她想到一個妙招。她「召喚」歐米納斯，要牠先行朝王都的方向飛去。

蕾亞姑且降落在地表上，在樹蔭下從鎧坂先生裡面走出來後，小心翼翼地將管子從鴿子腳上取下，免得鮮血弄髒自己。管子裡塞了像是布片的東西，拿出來攤開後才發現布片意外地大。

上面寫的內容令蕾亞有些吃驚，卻也能夠理解。

從內容來看，那座城市裡多到異常的士兵好像是為了討伐蕾亞所安排。信中提到「討伐災厄」，而目的地似乎是里伯大森林。從之前獲得的線索來思考，這個災厄指的肯定是蕾亞沒錯。

那個所謂的線索，就是蕾亞轉生成魔王時系統發出的那則訊息。訊息中，魔王被描述成「特定災害生物」。王國高層裡大概也有能夠聽見訊息的NPC吧，這封信的寄信人是希爾斯王國的宰相。說起宰相，那可不是普通人隨便就能見到的人物。若非身處國家中樞、有頭有臉的人物聽見了系統訊息，蕾亞的事情不可能會傳進宰相耳裡。

至於收信人「司令」，恐怕是指揮那支軍隊的人物。

這下蕾亞總算明白為什麼大軍會出現在那座城裡了。

根據信件內容，宰相希望司令對拉科利努的毀滅視而不見，以討伐災厄為優先。拉科利努毀滅和討伐災厄似乎是宰相的願望。

雖然討伐蕾亞一事未能成功，既然拉科利努已經如他所希望的毀滅了，那支軍隊的目標達成率應該算有五成吧。想必這位宰相一定也會勉強覺得滿意。

（不過話說回來，他們居然派兵企圖討伐我……）

儘管不清楚他們為什麼連蕾亞住在里伯大森林裡都知道，看樣子王國似乎將蕾亞視為相當礙眼的存在。

既然如此，此時應該要反毆對方一拳才對。

雖然蕾亞實際上還沒有被毆打，對方確實已經舉起拳頭了。要不要真的動手打人是對方的事情，總之蕾亞認為在對方舉起拳頭時就反擊非常合情合理。

縱然沒有在這裡浪費太多時間，由於機會難得，蕾亞還是想測試一下技能，同時將浪費的時間抵消掉。

蕾亞再次鑽進鎧坂先生裡發動技能。

「『王車易位：歐米納斯』。」

在瞬間的飄浮感之後，蕾亞的身體來到了上空。

蕾亞和先行離去的歐米納斯交換了所在之處。

她急忙發動「飛翔」免得墜落。

「原來是這樣啊。看來以後發動之前，還是先用『召喚視覺』確認一下要『王車易位』的對象身在何處比較好。不過如果是這樣，感覺使用『召喚施術者』就可以了呢。這可能原本就是用來讓自己緊急避難的技能，可是我也沒有什麼機會需要避難。」

蕾亞指示歐米納斯先回去。她告訴歐米納斯如果飛不回去，等自己事情辦完會再「召喚」牠，要牠自己先隨便找個地方玩。

蕾亞本來打算等接近王都了再尋找街道，結果她根本沒有特地去找就立刻發現了。王都是國家的中樞，因此有許多街道從四面八方通到這裡。

她不曉得現在正下方的街道是不是從拉科利努的方向延伸過來，因為街道十分蜿蜒曲折。不過畢竟街道繞過了森林、山丘和寬大的河面等場所，所以這也是沒辦法的事。

無論如何，只要沿著街道應該就會抵達王都。好像差不多該發動「迷彩」了。

蕾亞要壓制王都，將其變成死亡之城。

第二章　韋恩來到王都

『一小時內都可以受理復活，你要立刻重生嗎？』

『經驗值在活動期間不會減少。』

『找不到你的重生點，無法進行重生。你沒有其他既有的重生點。將隨機重生於初始生成地點。』

「……唉。」

自從在埃亞法連被螞蟻大軍連同城市一起摧毀之後，韋恩便陷入反覆重生的窘境之中。大概是因為正值活動期間的關係，隨機重生時造訪的城市全都遭到魔物攻擊。而且韋恩因為加入防衛方，每次死亡後又會再次重生。

已經不曉得重生幾次的韋恩，不停走著想要尋找人煙。

最後好不容易出現在前方的那座城市，有著他從未見過的氣派城堡和城牆。

那裡大概是王都吧。是現在最安全，換句話說也是離活動最遙遠的地方。

可是也只能去了。

記得沒錯的話，活動期間應該有提供不限距離、可以轉移到鄰近城市的服務。如今大概只能利用那項服務，慢慢從王都近郊前往邊境了。

韋恩抵達王都後，迎接他的是一名心情很好的守門人。

那個人一副很感激老天讓他成為守門人般，非常熱心且親切地完成自己的工作。

韋恩依循守門人的指引，決定姑且先前往傭兵公會。假如那裡有玩家，他想嘗試向他們打聽消息。

然而，這裡真不愧是王都，街景十分美麗。難得有地方讓人光是走在路上就感到心情愉快。

就連這裡的傭兵公會，也和埃亞法連那種莫名懶洋洋的氣氛大不相同。公會裡好像還附設餐飲部，空氣中飄散著迷人的香氣。

「……稍微吃點東西好了。」

韋恩朝餐飲部走去時，一名身穿豪華盔甲的騎士踩著咚咚的腳步聲進到公會。那麼氣派的騎士通常不會來傭兵公會，他究竟有什麼事呢？

看樣子騎士好像想要召集傭兵。他在公會的櫃檯向櫃檯人員如此表明來意，還說如果有「保管庫持有人」更好。

「大爺，不好意思，那些保管庫持有人從昨天開始就全部不見人影。他們平常明明總會不分時段地湧進來，真不曉得發生了什麼事。」

騎士似乎有事要找玩家。玩家們之所以從昨天開始就沒有現身，應該是為了參加活動而前往更接近邊境的城市了。韋恩會來公會原本也是想看看能不能遇見玩家，不過這下看來似乎是白跑一趟了。

韋恩在餐飲部點了份炸物點心，然後從背包把錢拿出來。

「咦？原來你是保管庫持有人啊？」

「是啊。其實我是來見其他保管庫持有人的，可是今天好像都沒有人來。」

大概是聽見韋恩和店員的對話了，只見騎士朝這邊走來。

「抱歉！請問你是持有保管庫的傭兵嗎？」

「咦？沒錯，我是。」

「保管庫持有人無論相距多遠，都能彼此取得聯繫這件事情是真的嗎？」

他指的大概是好友聊天功能吧。那項功能只有彼此加入好友的人才能使用。又或者使用專屬社群平臺，也可以和不特定多數的玩家進行對話。

「唔，這個嘛，也不是辦不到……」

「這樣啊！不好意思，可以請你跟我回城堡一趟嗎？此事十萬火急！」

韋恩非常了解自己的實力。這一點從上次的活動來看也是顯而易見。他很清楚何謂人外有人、天外有天。

他從未想過那樣的自己，居然有機會能夠進到王城這樣的地方。韋恩自始至終都深受震懾。

他跟在騎士後面，不斷地往上、往深處前行。走廊雖然寬敞卻十分複雜，如果現在有人要他自己回去，他實在不認為自己有辦法回得去。

◆◆◆

從半途開始，他感覺到擦身而過的人們的目光變得嚴峻。原本這裡恐怕不是區區傭兵能夠進入的區域吧。

「抱歉打擾了！我帶了一名保管庫持有人回來了！」

不久後兩人抵達一道厚實的門前，騎士敲門後獲准進入，韋恩也跟在後頭。

「抱歉打擾了……」

「哦哦，你來得真是太好了！」

房內的設計像是會客室，對方請韋恩在看似柔軟的沙發上坐下，於是他順從地坐下來。

「首先我要感謝你願意前來。我是受陛下任命而擔任希爾斯王國宰相的道格拉斯．歐康諾，請多指教。」

居然是宰相。

這樣的大人物可不是一介傭兵可以會面的對象。

為什麼宰相要找韋恩——不對，是找玩家來呢？

「……啊，呃，我叫做韋恩，沒有姓氏。我現在是一名傭兵，請多指教。」

「嗯。韋恩大人，你想必很疑惑自己為什麼會被找到這裡來吧？」

「……是的。」

「其實，如今王國各地都發生魔物攻擊事件。我國被迫解決這件事情，我也從昨天開始就不曾闔眼。」

沒想到宰相居然把自己都沒睡覺這件事情搬出來講（註：這個哏出自二〇〇〇年日本雪印乳業集

✦◆✦

團的食物中毒事件，當時社長的失言引起軒然大波）。韋恩也經常對ＶＲ上班族的朋友這麼說，不過原來遊戲世界裡也有這種文化，這一點令韋恩莫名產生了親近感。

「然而事實上，事情的源頭要追溯到距今約莫十天前。」

宰相到底在說什麼啊？

活動應該是從昨天開始。難道說營運方從十天前就開始為活動鋪陳了嗎？

「十天前，我國的國教希爾斯聖教的總主教聖下表示他接獲了神諭。」

「神諭……是嗎？」

一瞬間，韋恩覺得什麼神諭的聽起來好可疑。不過仔細想想，這裡是劍與魔法的世界，就算真的有神諭系統也不奇怪。

「沒錯。所謂神諭，是天神透過總主教聖下或主教座下傳達的奇妙話語，內容多半和全世界的趨勢有關。」

簡單來說，大概就是類似系統訊息的東西吧。由於韋恩不記得曾經收過那種訊息，那說不定是專門用來告知ＮＰＣ將有活動展開的一種方式。

「根據神諭表示，新的『人類之敵』已經誕生了。」

人類之敵。

見韋恩一頭霧水，宰相於是接著說明。

據宰相所言，人類之敵是分布於世界各個地方、共有六具的特殊魔物，每一具魔物都擁有能夠輕易毀滅大陸的力量。由於憑人類之力無法與其對抗，才會被稱為「災厄」。

◆◆◆

災厄之中有大惡魔和真祖吸血鬼等，不過在此之前曾經和這個國家交戰的只有其中的大天使。話雖如此，大天使本身並不會出面，而是會唆使手下的天使隨興地攻擊王都和大城市。

然而如今，第七個災厄誕生了。

「新災厄的誕生，恐怕正是這次魔物們大舉入侵的原因。」

原來如此，韋恩恍然大悟地心想。十天前的神諭果然是在替活動進行鋪陳。

那個第七災厄是這場活動的幕後黑手，神諭則大概是為活動即將展開所埋下的伏筆吧。

「侵略從昨天正式開始。」

韋恩點頭回應。

他本身也因為投宿的旅館遭到破壞，於是四處遊蕩，最後來到了王都。

聽到他這麼說，宰相面露沉痛的表情。

「原來是這樣啊。韋恩大人之前在埃亞法連……原來如此……

既然是這樣，那麼事情就好說了。其實那個第七災厄的誕生地，就是埃亞法連旁邊的里伯大森林。」

韋恩深受衝擊，但是同時也能夠理解。

從里伯大森林中滿溢而出、湧向城市的螞蟻攻擊力驚人。

那不是應該從有許多新手，在社群平臺上被稱為大森林老師的場域型地下城出現的魔物。

那座森林平時只會出現弱小的螞蟻和哥布林，而且還有著只要殺死超過一定數量就會被強制處死，這種莫名其妙的規定。因此，那裡最近被當成用來培養適時撤退能力的教學型地下城，十分受到新手玩家喜愛。

另一方面，由於韋恩散布了「上次活動的優勝者蕾亞也在那座森林裡賺取經驗值」的傳聞，那裡不時也會有頂尖玩家，或是像跟蹤狂一樣的追星族現身。

除了那一部分的例外，基本上氣氛都還算悠閒的邊境突然出現宛如殺意化身的螞蟻大軍。城市瞬間遭到破壞，恐怕所有玩家和NPC都喪命了。原本在那裡的玩家們應該也和韋恩一樣在王國各地重生。

「不用我多說，我想你應該知道埃亞法連城轉眼間就毀滅了。而在此同時，位於不遠處的盧爾德城也被植物型魔物整個吞沒，消失無蹤。從這兩座城市幾乎同時毀滅，而且發動攻擊的魔物種類完全不同來看，這兩件事看似沒有直接關聯，卻讓人很難相信兩者毫不相干。」

宰相說得很有道理。怪物會從邊境各處湧現可能是因為活動的緣故，不過事情背後的關聯又或者說關鍵，恐怕正是身為頭目的災厄。

「然後過了大約一天，也就是今天，一個名叫拉科利努城、距離邊境相當遙遠的我國交通要衝遭到巨大的蜜蜂大軍攻擊。聽說蜜蜂各自抱著螞蟻，讓螞蟻從上空發動神祕攻擊，將拉科利努城澈底毀滅。」

是那個螞蟻。

蜜蜂抱著那個會發射砲彈的螞蟻展開猛攻。

在這個不認為人能夠在天上飛的世界裡，空襲這種事情肯定完全超乎想像。

「……我想那個螞蟻和出現在埃亞法連的螞蟻應該是同種。」

「果然如此嗎……假使攻擊埃亞法連的螞蟻型魔物是災厄的手下，這就證明其魔爪已經伸向拉科利努了吧……」

「請問那個名叫拉科利努的城鎮離這裡很近嗎？既然是今天淪陷，應該表示事情才剛發生沒有多久吧？」

「不，從王都徒步到那裡要八天，行軍的話則要九天左右。即使是快馬，可能也要兩天的時間才能抵達。」

「這麼說來，這則消息是透過信鴿傳遞的嗎……？」

「不是。我們雖然派出了鴿子，派出當時並不知道毀滅的事實，而且至今也沒有收到回音。我是透過其他管道得知那座城市的狀況。

……實不相瞞，我們約莫在九天前組成了災厄討伐軍，派他們出征前往里伯大森林了。」

如果是九天前，那就是接獲神諭後便立刻組成軍隊了。若不是被逼到走投無路，一國的領袖階級應該不會作出那樣的決定。

看來對這個世界的ＮＰＣ而言，災厄真的是如此令人恐懼的對象。

「那支討伐軍不久前在拉科利努全滅了。」

「什——」

「既然你是保管庫持有人，那麼你或許知道，我等貴族階級可以擁有眷屬。」

「是的，這點我知道。」

「那我就省略詳細的說明吧。眷屬即使死去，一小時後還是可以在最後從睡夢中醒來的地方復活，這樣你明白嗎？」

「我明白。」

韋恩記得曾經在官方的ＦＡＱ看到過這方面的說明。

「我派了三名自己的眷屬騎士和討伐軍同行。為了隨時互相監視，他們三人全都接受過特殊訓練，並且身上攜帶著一個月份的特殊藥水。

那個藥水具有強大的妨礙睡眠效果，所以我送出去的三名騎士無論行軍多少天，都絕對不會睡著。假使他們在行軍過程中死亡，屆時會在最後醒來的這個王都復活。」

韋恩不禁啞然。

居然做到這種程度。

不，這是當然的。畢竟這裡是他們的世界，是他們生存的國家。

「我的騎士剛才復活過來，向我報告拉科利努毀滅一事，以及災厄有可能來襲。」

沒有比這更準確的情報了。如果是玩家，應該會利用好友聊天功能或社群平臺共享情報，可是沒想到辦不到這一點的ＮＰＣ竟會以這種手段間接地進行遠距通訊。

然而，既然他已經透過騎士的死而復生獲得情報，為什麼還要尋找玩家呢？為什麼還要找韋恩來這裡呢？

「我想要拜託韋恩大人一件事，那就是請你盡可能召集許多同伴來到王都。災厄接下來恐怕有很高的機率會進攻王都，而且還是災厄本體親自上門。」

「什——！為什麼……！你有什麼根據這麼說？」

「嗯……」

宰相使了個眼色，剛才的騎士立刻拿了一張大地圖過來。他將似乎是以羊皮紙製成的地圖攤在茶几上後，宰相指著地圖上的一點。

「這裡就是里伯大森林。這裡是埃亞法連城，然後這裡是拉科利努城。既然出現在埃亞法連和拉科利努的魔物為同種，就表示這無疑是由同一股勢力，也就是災厄所發動的襲擊。從地圖上來看，災厄幾乎正一直線地朝西邊進軍。」

韋恩雖然是第一次見到地圖，看來確實如此。王都就位在那條直線的前方，宰相的意思大概是這樣吧。

「然後，關於災厄本體接下來會隨同進軍的可能性——

我手下騎士的死亡時間正確來說並不是拉科利努毀滅時，而是在那之後。拉科利努會毀滅確實是因為受到蜜蜂和螞蟻魔物的攻擊，但是被那場攻擊消滅的是街道，還有以居民和熟練度較低的士兵們為主的可憐人們。討伐軍的高階士兵和騎士們並未在那場攻擊中喪命。

大概是認為憑蜂群不足以打倒倖存的士兵和騎士們，後來蜜蜂大軍突然消失了。

問題是在那之後。活屍群忽然出現在騎士們的上空，墜落到地上。據說從天而降的活屍異常強大，就連從摧毀城市的攻擊中存活下來的騎士們也無力抵抗。」

韋恩也曾耳聞一則傳言。那就是里伯大森林裡曾經出現異常強大的活屍騎士。

如果螞蟻和災厄都是誕生於里伯大森林，那個活屍肯定也是同一股勢力。

韋恩這麼說完，宰相也點頭表示贊同。

「原來如此。看來活屍果真是災厄的下屬了。」

「可是光憑這一點，還是不能證明災厄本體就在現場啊？」

「嗯。可是你想想看，活屍突然出現在上空這種事情，照道理不可能發生。假如出現在地上，那麼還可以理解，不過他們可是出現在上空喔？究竟要怎麼樣才會出現那種現象？」

宰相所言甚是。這一點實在太不自然了。

「如果要坦然接受這個事實，那麼想成是某個利用某種手段讓自己隱形的存在，利用某種手段飄浮在空中然後召喚出魔物，這樣要來得令人信服多了。事實上，世上確實有能夠讓自己隱形的魔物，能夠召喚出大量活屍的魔物也已經確認存在。

既然是災厄，能夠憑藉單一個體行使那所有的能力也不奇怪。」

儘管宰相的話聽起來十分荒誕無稽，一一分析之後反而讓人覺得那樣比較有可能。不僅如此，災厄有能力辦到那一切的說法也令人信服。

「災厄讓蜂群退下這件事，讓人無從揣測災厄是否也打算讓蜜蜂攻擊王都。因為災厄要是有意，他也有可能召喚出連我手下的騎士們也贏不了的活屍。

然而至少現階段，災厄本體離開里伯大森林便一直線朝西邊而來的可能性可以說非常高。」

「……所以你希望我利用玩……利用保管庫持有人的情報網，將防衛戰力集中到王都吧？」

「正是。」

韋恩陷入沉思。他思考要怎麼做，才能將有實力的玩家聚集到這個王都。

他絲毫沒有想要拒絕。腦中所想全是來這裡的路上見到，好幾座慘遭毀滅的城市。要是韋恩有更多能力，也許那些城市就不會毀滅了。

現在的他儘管力量依舊薄弱，說不定能夠集結眾人之力。

「我明白了。雖然不知道結果將會如何，就試試看吧。」

◆◆◆

【活動頭目】希爾斯王國王都集合！【確定】

001：韋恩

活動頭目攻擊希爾斯王國王都的可能性很高，消息來源是NPC的王國宰相，可以來的人請儘量到希爾斯的王都集合。

002：猴子・潛水・SASUKE

你傻了嗎？今天才第二天耶。

003：堅固且不易脫落

不過既然會出現好幾次，就算第二天現身，想想好像也不是什麼怪事……

004：amatein
>>001是怎麼和王國宰相這樣的大人物搭上線的啊？

005韋恩
>>004　我去傭兵公會時遇到騎士在找玩家，因為現場剛好只有我在，就被帶進城堡裡了。
據他們所言，名為「災厄」的頭目怪物有很高的機率會來王都。

006：猴子．潛水．SASUKE
這個設定太扯了，解散。

007：無名精靈
「災厄」這個詞是你從宰相大人那裡聽來的嗎？

008：韋恩
>>007　是的。聽說這個世界上有六大災厄，而這次的活動頭目是第七災厄。災厄是在十天前誕生於王國東邊、名叫里伯大森林的地下城，並且從活動開始的昨天發動攻擊，現在正一直線地往西行。第一天是埃亞法連，今天早上是拉科利努，接下來是王都——恐怕就是今天。

009：明太清單

別的討論串有提到喔。埃亞法連城一下就被攻陷是事實，拉科利努城瞬間消失也是事實。雖然因為地圖沒有公開，不確定王都是否就在前方，不過這番話還是挺有說服力的。

010：無名精靈

我再補充一下，那個「災厄」的事情也是真的喔。我所在的地方是個名字叫做波多利的國家，這邊教會裡的偉大大叔曾在波多利王都發表演說。他曾提到希爾斯王國的最東邊，所以地點也很吻合。

011：堅固且不易脫落

真的假的？還是說，那是流連於社群平臺的閒人在胡扯啊？

012：韋恩

不是胡扯。真的沒有時間了，拜託快來人幫幫忙。

013：orinki

>>009　我看過那則討論串，埃亞法連城的狀況好像相當淒慘。埃亞法連城的地下城因為對新手友善，在希爾斯的新手們之間引起討論，螞蟻卻突然從那裡湧現，才短短幾個小時就將城市

摧毀了。

一開始版上明明都是「要開始啦～」之類的留言，卻很快就變成「糟糕」，再過一陣子就變得沒有人出聲，隔了幾個小時後才又出現「這裡是哪裡」的留言。

014：猴子・潛水・SASUKE

喂，等一下，什麼地下城？這款遊戲有那種系統嗎？

015：明太清單

對新手友善的地下城是指里伯大森林嗎？

儘管營運方沒有明確公告，在驗證組之間已經有了「那可能是被默默安裝來拯救新手的玩意兒」的結論。

再加上整體也調整得出奇平衡，說不定裡面還安排了好幾個專用ＡＩ呢。雖然路線乍看之下有點讓人摸不著頭緒，卻也鋪設得相當平整好走。

016：amatein

閒聊就先到此為止吧。

>>012　我知道這件事如果是真的就很不妙，可是很難現在才趕去別國王都吧？

017：鄉村流行樂

>>001的話就算是真的，也只是有那種可能性吧？即使勉強趕過去了，之後要我們在遠離邊境的王都怎麼辦啊？

018：韋恩

拜託。真的拜託大家。要是災厄來了，希爾斯就消失了。

019：韋恩

誰來幫幫忙吧。

020：基諾雷加美許

喂～

為什麼！你沒有！找我幫忙！你很見外耶！

021：amatein

>>020　這不是基諾雷加美許嗎？你怎麼會在這種地方？

022：orinki

>>021　他是誰？

023：明太清單

>>022　他是目前最堅硬的肉盾。

你是不是曾在其他討論串說過，你在第一天時防衛成功了？

024：基諾雷加美許

>>021　因為韋恩是我的好友。

>>023　有啊，我曾經說過。

趁著防衛隊拚命防禦時，攻擊隊攻打敵人的本隊，解決了對手。

025：鄉村流行樂

真假？活動還剩下一星期，你接下來要幹嘛？w

026：基諾雷加美許

>>025　所以我接下來要去拯救希爾斯王國啊？

027：堅固且不易脫落

天哪，這個人未免太帥了！

028：韋恩
基爾，抱歉我忘了。你願意幫忙嗎？

029：基諾雷加美許
>>028　我們可是好友吧？別客氣，儘管交給我吧。

030：Yoich
感覺很有趣耶。我也來參一腳好了。

031：amatein
是護理師Yoich啊？

032：堅固且不易脫落
你總是只有發言很帥氣w

033：無名精靈

但是裝扮很噁心w

034：明太清單
實力也很噁心（稱讚意味

035：鄉村流行樂
話說這個討論串裡面好像都是頂尖高手耶？大家都進入決賽了吧？
>>001的名字倒是沒聽過。

036：韋恩
我不是什麼了不起的玩家。
我第一天就防衛失敗，連旅館也沒了，只能夠隨機重生，結果重生的城市也毀滅，於是又隨機重生。最後抵達王都時，發現那裡只有我一個玩家。
憑我一個人什麼都做不了，請大家幫幫忙！

037：堅固且不易脫落
說起第一天就毀滅的地方，就是剛才提過的城市吧？

038：基諾雷加美許
我當然願意幫忙了，不過到底要怎麼去希爾斯的王都啊？
我還沒使用今日份的轉移服務，可是我人在國外，沒辦法一次就抵達王都。

039：基諾雷加美許
不會吧？我可以去王都了。我剛才看了一下，鄰近城市清單中有希爾斯王都。
可是昨天還沒有啊，怎麼會這樣？

040：無名精靈
既然昨天沒有，今天卻出現在清單中，那說不定也有的城市反而是昨天有，今天卻不在清單中喔？
會不會是因為那座城市毀滅導致鄰近城市消失，王都才會被遞補進到名單內？

041：基諾雷加美許
不過從我所在的國家，也只能到希爾斯王國的王都就是了。

042：韋恩
我聽宰相說，

希爾斯目前至少已經有五座城市毀滅了。

043：猴子・潛水・SASUKE
未免太慘了吧……

044：Yoich
除了基諾雷加美許已經確定要去，其他人打算怎麼辦？

045：明太清單
>>044　昨天我看過驗證討論串，使用轉移服務時，好像連玩家身上攜帶的任何東西都會被視為玩家的一部分，有人回報說可以揹著進行轉移，之後再揹著轉移回來。所以只要由STR或VIT高的人幫忙扛著好幾人移動，然後在下一個城市換成其他人……重複這樣的步驟幾次，應該就可以讓好幾個人抵達希爾斯了。

046：堅固且不易脫落
那樣得需要幾個人啊w還有，那麼做到最後抵達王都時會剩下幾名肉盾啊？

047：基諾雷加美許

肉盾的話，有我在吧？

048：鄉村流行樂
你真的很帥氣耶w

049：無名精靈
我去各個討論串找人來助陣。

050：明太清單
因為可能有人沒注意到，我在這邊先提醒一下。這個轉移無論最後移動到哪裡，一旦死了就會回到自己原本所在的城市，而且現在不會有死亡懲罰。
所以就算活動頭目沒有出現，大家浪費掉的也只有今日份的轉移而已。
假如把這一點也補充上去，願意幫忙的人或許會增加吧？

051：無名精靈
>>050　我還真沒注意到w謝啦～

052：韋恩

謝謝大家。真的非常感謝。

053：amatein
要謝就先向你的好友道謝吧。他的出現使得氣氛改變了。

◆◆◆

「……我勉強找到人了。」
借用宰相會客室沙發在社群平臺上留言的韋恩，麻煩傭人去隔壁的辦公室請宰相過來。
「哦哦，謝謝你……那麼，大概有多少人會來呢？」
「呃……應該會有二十，不對，大概是三十人。他們個個都比我強上好幾倍。」
「居然有這麼多人……」
宰相這麼說完便沉默下來，眉頭緊蹙。
「……不好意思，可以請你在此稍候嗎？」
「咦？好的，沒問題。可是……請問抵達王都的玩……我的朋友們要怎麼辦？」
「唔，這個嘛……羅森，麻煩你幫忙接待。那些遠道而來的人們……雖然很不好意思，你就帶他們到中庭，請他們在那裡等候吧。
韋恩大人，很抱歉，還是麻煩你移動到中庭好了。我請羅森替你帶路。等我和陛下談完也會立刻過去。」

在騎士的引領之下，韋恩再次穿越那條複雜的迴廊前往中庭。

「呃，羅森先生？宰相……大人要去和陛下談什麼啊？」

騎士羅森忽然停下腳步，面對著前方回答：

「見到韋恩大人……如此地盡心盡力，宰相大人可能也深受感動吧。本來大可對王國見死不救的你都願意全力以赴，我等自然不能束手旁觀。宰相大人大概是這個意思吧。」

「是這樣啊……謝謝你。」

羅森顯然知道些什麼，可是有些事情又無法透露。

「韋恩大人的朋友何時會來呢？」

「呃，已經有一人進到城裡了，其他成員應該也會慢慢陸續抵達。要我先聯絡他們，請他們先到王城前集合嗎？」

「說得也是，如果你願意這麼做就太好了。我會在王城前待命，將他們引導到這裡。」

「我知道了，那就麻煩你了。」

韋恩在社群平臺剛才那個討論串補上集合地點，透過好友聊天功能傳訊息給基爾。

『——你到王城前來。到時會有身穿豪華盔甲，名叫羅森的騎士去接你。』

『王城前是嗎？知道了。』

『……那個……基爾，謝謝你。』

『謝什麼啦。等打贏頭目再謝也不遲。』
『……嗯，說得也是。』

「沒想到真的能夠進到王城裡……抱歉，老實說我本來還半信半疑。」
「現在趕緊把這件事散布出去，人數應該會增加吧？」
「可是也不曉得時間限制，應該說災厄具體什麼時候會來襲啊。就算現在趕過來，能否趕得上實在很難說。」
「不如就把這一點當成警告，姑且先提醒其他人好了。」
amatein、orinki、鄉村流行樂、堅固且不易脫落……
沒想到這群連韋恩也知道的頂尖玩家們真的來了。
另外雖然沒出現在討論串中，卻頗富知名度的「那隻手好溫暖」也在。她是罕見的治療師之一，也是回復魔法類技能的發現者。
之後也陸陸續續有玩家們進城，人數大概已經超過三十人了。
「各位，真的非常感謝你們……」
「畢竟要是一個國家真的消失了，那可不是開玩笑嘛。如果你只想利用這一點把我們騙來就不可原諒，不過目前看來似乎不是在騙人。」
那是一名全身套上黑絲襪的忍者。他也是在決賽時見過的面孔。

「我倒是從一開始就相信他。而且聽說他和基諾雷加美許是好友。」

這時出現一名身穿護理師服的紳士。那個人是護理師Yoich。他現在似乎和這位黑絲襪玩家，以及猴子・潛水・SASUKE一起行動。好像是因為在決賽時輸給同一個對手，他們三人彼此之間產生某種情誼。

「話說回來，我之前總覺得好像在哪裡聽過韋恩這個名字，後來才想到四處散布上屆優勝者蕾亞在里伯大森林的人就是你吧？」

「對啊，你能和蕾亞聯絡上嗎？假如有她在，獲勝機率應該會提升不少。」

聽到Yoich和amatein的話，韋恩垂下視線。

「蕾亞……我不知道要怎麼聯絡她，因為我跟她不是好友。她是ＰＫ……我猜她現在應該是獨自行動。」

說起來蕾亞當初會接近韋恩，也是為了要ＰＫ他。然而這麼丟臉的事情實在教人難以啟齒。

「這樣啊……既然如此就沒辦法了。」

「──哦哦，居然來了這麼多人……我對韋恩大人實在是感激不盡。」

這時，歐康諾宰相出現了。在他身後，好幾名騎士聯合將某樣巨大的東西搬了過來。那樣東西上蓋著布，不曉得是什麼，不過看起來似乎是圓形的物體。

「這件事我先前已經告訴韋恩大人了……」

宰相對著中庭內的所有玩家重述先前他對韋恩說過的話。

「原來如此。如果是這樣，災厄出現在王都的可能性確實很高。」

聽完之後，amatein代表玩家們如此回答。

「是啊。不過……」

於是歐康諾宰相又接著說下去——說明被遺留給人類種國家，用來對抗災厄的最後絕招。

✦◆✦

第三章　淚雨的滋味

『一小時內都可以受理復活，妳要立刻重生嗎？』

『經驗值在活動期間不會減少。』

蕾亞在昏暗洞窟內的寶座上睜開眼睛，四周除了自己外沒有其他人。

因為身為主君的蕾亞死了。

她從來沒想過自己會死。

自從遊戲開始正式上線，這還是她第一次死亡。這是一次很好的經驗。連她之前很想試試，卻沒機會做的驗證也完成了。

「…………」

看樣子在蕾亞死亡的那個瞬間，眷屬們也全都陷入死亡狀態。然後所有眷屬將會在一小時後重生。

換句話說接下來的一個小時，蕾亞得自己在這個廣大的洞窟裡獨處。由於蕾亞死後史佳爾也跟著死亡，蟻群也都不在了。

不，不對。一小時後重生的是史佳爾，不是螞蟻。

假使史佳爾重生後，螞蟻的重生才會開始倒數計時，那麼蟻群就得等到兩小時後才會復活。時間感覺有點久。同樣的道理也能套用在齊格手下的活屍們身上。

「……」

另外，還得確認凱莉她們之前的所在位置才行。蕾亞因為想在這次活動中隱匿她們的存在，便派她們前去探索火山型領域。她們之後會在哪裡重生呢？唯一可以確定的是不會是這裡。

「……不，就某方面而言這是一件值得慶幸的事情。嗯，我之前的確太得意忘形了。幸好是在活動中死亡，才不用損失任何經驗值。假如我現在損失一成的經驗值，消費大量經驗值轉生的我和世界樹真不曉得會變得如何。真幸運。沒錯，我真是太幸運了。」

蕾亞感覺得出來自己的聲音在顫抖。

「我應該以此為教訓，隨時保留一成的經驗值才對。嗯，沒錯，規避風險是投資的基本原則。不過嘛，畢竟我又不是什麼投資專家，會這樣也是沒辦法的事。只要以後多加小心……！」

聲音哽咽。

「唔唔……！嗚嗚……噫嗚……」

不甘心。不甘心到整個肚子都在咕嚕作響。情緒激動，淚流不止。喉嚨卡住，無法順利發出聲音。

我有辦法在一小時後眷屬復活之前洗把臉，恢復正常的表情嗎？如果是在現實世界裡，我現在的表情肯定淒慘到就連隔天都是浮腫的。只可惜這裡沒有鏡子，所以無法確認。

不，沒有說不定比較好。因為現在要是照了鏡子，那副窩囊哭泣的模樣就會烙印在眼中，永遠無法忘懷。

◆◆◆

和歐米納斯交換所在位置後獨自進軍的蕾亞終於抵達王都。

從上空俯瞰王都，那高聳的城牆固然氣派，不過美麗的街景也同樣吸引人的目光。將這裡化為廢墟，可以算是對造形美的一種褻瀆吧。蕾亞開始興奮起來了。

正當她考慮要讓精金降落在何處時，鎧坂先生突然擅自拔出腰際的劍崎，發出金屬撞擊聲。

好像是從某處飛來的箭瞄準了蕾亞。

蕾亞此刻以「迷彩」隱身，位於王都的上空。要以肉眼辨識這個狀態的蕾亞幾乎不可能，對方究竟是如何瞄準她射箭的呢？

她向下俯視，只見城牆外聚集了許多人，那些人全都面朝蕾亞的方向。雖然也有人和她對上眼，幾乎所有人就只是茫然地望著天空。

看樣子當中確實有人辨識出蕾亞，至於其他人則可能只是模仿那個人抬頭仰望而已。

蕾亞在之前的活動中，曾經驅散過這種程度的人數。

假如他們是玩家，只要再次將他們一網打盡、變成經驗值就好。

可是不能忘了這次的目的。蕾亞的目的自始至終都是拿下王都。

蕾亞無視那群人逕自飛越王都的城牆，在王都上空「召喚」大量精金們，使其降落在城內。

這是隨著技能樹「召喚」開放之後，所獲得可以一次叫出大量眷屬的方法。雖然一旦使用這招，就會因為冷卻時間而暫時無法使用「召喚」類技能，反正今天已經沒必要再用到，所以用了也無所謂。

她指示精金們盡可能不要破壞建築。考慮到這裡或許也有像拉科利努那樣強大的騎士，她嚴格下令要以班為單位對付一名騎士。

準備完成之後，接著是解決城牆外的人們。

從參差不一的裝扮來看，他們應該是傭兵集團吧。他們看起來果然像是玩家，然而若真如此，實在讓人想不通他們為何會在難得的活動期間，來到氣氛如此和平的王都。

儘管不明白理由為何，既然對方似乎能夠辨識出自己，蕾亞為了避免浪費ＭＰ，決定解除「迷彩」降落在玩家們面前。可是，為什麼從剛才開始就沒有箭再飛過來呢？這樣就無法得知是誰射的了。

眼前這個像是玩家的集團，彷彿將從前蕾亞在活動中驅散敵人的狀況又重新上演了一遍。

雖然和從前相比重裝備，也就是身為肉盾的玩家極少這一點令人好奇，這應該只是誤差吧。

「——你就是『災厄』吧。沒想到竟然會在活動第二天就進攻希爾斯的王都……難道營運方想滅了這個國家嗎？」

「居然真的來了……不過幸好有賭這一把！要是能打倒災厄，我們一定可以獲得ＭＶＰ！」

「畢竟NPC就算撒謊也沒意義，而且考慮到現在是活動期間，我倒覺得這樣的賭注對我們很有利呢。想必也是因為這樣，才會有這麼多，而且都是頂尖高手聚集在這裡吧。」

「既然他剛才也從上面投下大量活屍，這次的活屍侵略活動的頭目肯定就是這傢伙沒錯。」

「……不曉得城裡面要不要緊耶？」

「城裡的話，羅森先生等人應該會幫忙應付。如今只能相信他們了。」

「話說這傢伙還真巨大！這是什麼種族啊？」

「應該是活屍吧？比方說無頭騎士之類的？」

在玩家們你一言我一語的同時，像是後衛的人們慢慢後退，只留下約莫十人在原地。

這是小事情，蕾亞一點都不在意。反正無論是箭還是魔法，只要蕾亞穿著鎧坂先生就統統無效。只要先把眼前剩下的十名前鋒解決掉，之後再慢慢殺死其他人就好。

「雖然很可惜沒能聯絡到上屆的優勝者蕾亞，這也是沒辦法的事。既然現在的我們已經成長到足以打贏好幾個蕾亞，和活動頭目交手應該也不成問題。」

蕾亞的眉毛瞬間一挑。

足以打贏好幾個蕾亞？

那個人真心這麼認為嗎？既然如此，看來有必要讓他們認清事實了。

體察到蕾亞的心思之後，鎧坂先生無聲無息地利用「縮地」接近最前面的男人，迅速拔劍使出「劈砍」。

目前為止能夠避開這個攻擊的只有齊格。再加上鎧坂先生已經完成兩次轉生，各項參數皆已上升至和當時無法比擬的程度。

即使對方出手防禦，也能連同盾牌一分為二。

「——唔喔喔真是好險！幸好曾經見過，不然就死定了！」

可是攻擊被閃過了。

（怎麼可能！）

就連蕾亞自己也沒有把握能夠在初次見到剛才那招時成功避開。雖然她確實只是直直地往前砍，因此只要知道這一點，要閃躲也並非不可能的事。

剛才這個男人說他曾經見過。是在哪裡見過呢？

「那是上屆優勝者用過的技巧！最好把這傢伙當成能夠使用所有玩家擁有的技能！」

似乎是上一次的活動。

蕾亞的確在那場大逃殺中用過這招好幾次。由於這招非常方便，蕾亞經常使用，不過也因為如此，這個組合技已成為鎧坂先生的習慣。看樣子，他們好像把這一連串的動作當成是一種技能了。既然如此，只要在發動「縮地」之後使出其他技能或一般攻擊，他們應該就躲不掉了。

蕾亞透過好友聊天功能向鎧坂先生傳達這一點，結果鎧坂先生果真遵照指示以「縮地」逼近其他劍士，直接橫向揮砍而沒有使用技能。

要躲過這一招似乎是不可能的事情，只見那個人雖然在千鈞一髮之際舉起盾牌，還是連同盾牌一起被砍斷。

蕾亞看著被砍破的盾牌一面聯想起被切開的奶油，然而砍到是砍到了，砍的時候卻感受到很大的阻力，切口也歪歪的。

看來那並非普通的鐵。

「基爾！」

「不要緊！我沒死！可惡，花了我大把銀子的魔鐵製盾牌居然一下就報廢了！」

因為沒能順暢地砍斷盾牌，以至於無法將劍士斬成兩半。被砍斷的只有左臂。

感覺從剛才開始就做什麼都不順。

之前和精金們進行模擬戰時，動作應該要比現在輕快一些才對。儘管確實比以前參加活動時靈活許多，明明都經過兩次轉生了，卻還是只有這種程度嗎？

「交給我！『中回復（middle heal）』！『再生（regeneration）。』」

後衛的魔法職使出了某種魔法。

魔法的施展對象似乎是眼前這名左臂剛剛被砍斷的劍士，那名劍士的傷口籠罩在光芒之中。光粒子逐漸構成左臂的形狀，而當光芒消失時，手臂已然恢復成原形。

雖然被砍斷的護手套似乎沒有復原，傷害大概已經完全回復了吧。

（回復魔法！原來已經被發現了嗎！）

這類技能的使用前提是與他人合作，因此隱匿情報沒有多少好處。

假如查看社群平臺，蕾亞說不定也早就已經取得了。

是蕾亞太傲慢了。她一直以為賺到最多經驗值的自己，應該是知道最多技能的人。

然而這是不可能的事。因為像是近戰類的攻擊技能等，蕾亞刻意不去取得的技能有很多。畢竟不是只有蕾亞一人在享受遊戲，一定也有許多玩家在嘗試蕾亞沒有取得的技能組合。

（等這次活動結束之後，我也來久違地開發技能好了。在那之前我得先在社群平臺上巡邏，確認上面流傳的所有情報，然後全部試過一遍……）

「『雷』！」

一瞬間，視野大大地晃動。雖說對手只是一群沒用的小嘍囉，畢竟現在正在戰鬥，不是分神想事情的時候。

看來好像遭到魔法攻擊了，鎧坂先生受到了傷害。不過沒關係，這點程度的傷害應該待會兒就會自然痊癒。

不對，問題不在於傷害量，而是受到傷害這件事情本身。

根據驗證結果，能夠對鎧坂先生造成傷害的就只有手持世界樹手杖的精金法師。

從精金騎士的強大程度來思考，精金法師應該也是等級相當高的魔法師。精金法師手持世界樹手杖這種最高等級的武器才總算能夠造成的傷害，玩家居然重現了。

既然眼前有可能帶來傷害的敵人，就有必要優先對付對方。

鎧坂先生面向剛才施展魔法的玩家，試圖利用「縮地」拉近距離。

可是就在前一刻，視野忽然間被黑暗所籠罩。

（這是怎麼回事？我什麼都看不見！）

「很好！成功奪走視野了！快趁現在！」

縱然不清楚剛才那是怎麼回事，蕾亞有股強烈的不祥預感。她立刻施展魔法。

「『地獄火焰』！」

現在已經不是繼續堅持不出聲的時候。

「是誰？剛才那是誰在說話？」

基本上範圍型魔法只能在肉眼可見的範圍內發動，只不過仍有例外。

那就是當自己身處範圍中心時。所有範圍型魔法都只有在這個時候，即使沒有實際見到也能發動。

「唔哇！是火焰！」

「可惡！是誰擊發的？這不在作戰計畫之內啊！」

「不是的！是那傢伙啦！是災厄以自己為中心施展了魔法！」

「簡直亂來！這也太扯了吧！」

這下四周的廢物應該全部被燒死了。

可是視野依舊沒有恢復。

因為不知道這是魔法、技能，又或者是某種道具，所以無法應對。

「各、各位，你們沒事吧？『範圍小回復（area little heal）』！」

剛才那名治療師的說話聲響起，之後四周紛紛傳來道謝的聲音。

這也就表示周圍那群傢伙還沒死。

太離譜了。蕾亞的「地獄火焰」如今擁有連精金塊都能熔解的威力。剛才那一擊，更是蕾亞抱著會對鎧坂先生造成一定傷害的覺悟而使出的招數。會被劍崎一刀砍破盾牌那種等級的玩家，不可能有辦法活命。

（話說回來，鎧坂先生為什麼安然無恙……？）

鎧坂先生的確受到傷害，然而程度比預期中小得多。

「真是幸好場域減益有效。雖然準備工作很麻煩，結果卻是效果非凡。」

「喂！不要多嘴啦！活動頭目身上說不定也搭載了高階ＡＩ啊！要是他想出辦法對付我們怎麼辦！」

（居然是場域減益……！）

那個人說準備工作很麻煩。這也就是說，他們事先在這座戰場上做好發動減益的準備，之後蕾亞才悠哉地現身於此。

這已經不能用粗心大意或傲慢來解釋了。

自大地以為反正一定沒人贏得了我。

抱著「要是有人有資格和我交手就好了」這種高高在上的心態。

太過得意忘形的後果就是現在這樣。

被引誘進設有減益的場域中，在弱化的狀態下作戰，結果落得攻擊被回復，視野遭人奪走的下場。

蕾亞好氣愚蠢的自己。不可原諒。原諒他人很容易，要原諒自己卻並非易事。

不對，原諒他人果然也不是一件簡單的事。這些傢伙同樣不可原諒。我絕對不要輸給他們。

蕾亞是個好勝心很強的人。

✦✦✦

既然失去了視野，那就用劍崎們蹂躪敵人就好。它們各自都擁有視覺。
「他的視野應該還沒恢復！而且剛才的魔法的再次使用時間也還沒結束！快使出那個！」
「交給我吧！『恐懼』！」
『抵抗成功。』
可是那個瞬間，鎧坂先生停止了動作，不管蕾亞怎麼操作都一動也不動。
（怎麼會！「精神魔法」應該對鎧坂先生無效才對！為什麼會這樣！）
「災厄停下來了！『恐懼』生效了！」
「即使受到減益的影響，依舊還是有辦法突破活動頭目的精神抵抗，你到底把能力值點到多滿啊！」
「這都是託失明的福！因為黑暗狀態會向上補正『恐懼』的抵抗判定！先不說那個了，我消費了手邊持有的魂縛石！這傢伙果然是活屍！」
蕾亞還是第一次聽說「恐懼」的判定有那種規定。
可是仔細想想，她根本不可能會發現。因為蕾亞之前很少去明亮的地方，總是在黑暗中施展「恐懼」。
然後還有另一件事她從未聽說過。那就是名為魂縛石的道具。
雖然不知道那是什麼，從名字來推測大概和「死靈」的「魂縛」有類似的效果吧。「魂縛」的效果是讓施術者本人持有靈魂庫存。至於那個道具，說不定是用來取代靈魂被消耗的道具。
儘管鎧坂先生不是活屍，卻是介於人造人和魔像之間的存在。可能是因為要讓「精神魔法」

對那兩者生效都另外需要靈魂，魂縛石才會被消費吧。
蕾亞完全沒有對不會受「精神魔法」影響，也無法使用魔法的鎧坂先生和劍崎們投入經驗值在MND上，因此會在減益場域中弱化以至於抵抗失敗，也是無可奈何的事情。
劍崎們也沒有反應。它們大概也全都害怕得一動也不敢動了。
「就是現在！快點集中攻擊！」
魔法從四面八方飛來，可是只有對鎧坂先生造成些許傷害。
即使保持現狀、置之不理，在從「恐懼」回復之前應該也不會死，然而蕾亞不可能會做那麼丟臉的事情。
她已經決定一定要殺死這些傢伙了。
既然喪失視野、動彈不得，那麼繼續待在鎧坂先生裡面也沒用。
從現在所受到的攻擊都是魔法來看，周圍應該沒有玩家吧。玩家們應該不在剛才蕾亞抱著自爆覺悟施展的魔法攻擊的所及範圍內。
現在已經不是繼續堅持不露面的時候。她要使出全力擊潰敵人。
只要用自己的眼睛直接確認，然後施展高階魔法就好。
「『白盲』。」
「唔哇！怎麼回事？」
「是光？我什麼都看不見！」
這是儘管效果時間不長，卻能奪走周圍一帶所有角色視野的「光魔法」。蕾亞打算趁這個機會從鎧坂先生裡面出來。

她打開背部的艙門，迅速探出身子，然後把手搭在鎧坂先生肩上爬出來。她展開腰際的翅膀取得平衡，並將一隻腳踩在鎧坂先生的艙門上支撐身體。

「有東西跑出來了！」

「原來裡面有人！」

「冷靜點！最終頭目會兩段變身很正常！」

玩家們已經從「白盲」的視野不良中恢復。效果時間異常短暫，看來果然受到減益很大的影響。倘若可以，蕾亞本來打算收拾掉幾個喪失視野的人，然而蕾亞自己其實也一樣看不見東西。

陽光異常刺眼。

除非瞇起雙眼抑制光線，否則根本很難環顧四周。

說起來，這好像是她第一次親身出現在外面。

雖說此時已非日正當中的時刻，還是一樣會暴露在強烈的直射陽光底下。

她原以為和視力有關的缺點就只有「弱視」，但是說不定同時取得「白化症」和「弱視」，會使得缺點彼此產生協同作用。

「話說這傢伙……」

「不管怎麼看都是天使吧？莫非活屍大量產生的幕後黑手是天使？」

「原來是天使啊……這傢伙確實美到只能用天使來形容。那種美超越了單純的造形美，甚至令人深受感動。」

「一旦美到這種程度，根本讓人起不了嫉妒心……」

「話說這樣好像很不妙？既然是天使……那麼那個的效果……」

「可是看起來顯然有效啊。」

「這傢伙雖然外表看似天使，事實上無疑是活屍！大概是天使活屍化的存在吧！」

明明正在戰鬥，玩家們卻悠哉地聊天。他們能夠表現得老神在在，恐怕是蕾亞沒有採取行動的關係吧。

不過一切都到此為止了。

雖然依舊覺得非常刺眼，託對方閒聊的福，蕾亞已經習慣許多，現在可以稍微睜開眼睛大概辨識出敵人在哪個方向。

敵人的前鋒似乎離得比想像中來得近。可能是因為奪走了蕾亞的視野、束縛住她的行動，他們才放心地靠近吧。

（我要讓你們為自己的大意感到後悔。）

由於蕾亞本身有「弱視」，無法對中距離以上的敵人進行攻擊。再加上現在視野這麼差，也無法如預期那般以魔法瞄準敵人。

既然如此，只好接近對方進行物理攻擊了。

假如能夠以「精神魔法」讓對方停止動作會省事許多，然而現在的她一樣無法用「精神魔法」瞄準目標，要是隨便散布魔法，屆時不曉得會對鎧坂先生造成何種影響。

蕾亞迅速從鎧坂先生身上跳下來，然後朝附近像是近戰物理類玩家的腦袋使出迴旋踢。

即使受到弱化減益的影響，只要對方是人形，蕾亞對於要如何傷害對方十分熟練。反倒是蕾亞原本能力值就極高，因此即使此刻處在遭到弱化的狀態，操作身體時仍會因為反應太好而有些難以控制。

多虧在現實世界中所接受的長年鍛鍊，所有能力值都沒有提升的狀態最令她感到自在。早知如此，平時就應該在遊戲中活動身體了。這是以大量經驗值讓虛擬化身急遽成長所帶來的弊端。

她強忍怪異感勉強使出的迴旋踢，原本是用來令對手喪失意識的一擊，豈料對手喪失的卻是整顆腦袋。不過從敵我的能力差距來看，會有這樣的結果也很理所當然。這裡是遊戲世界。只要STR或VIT有好幾位數的差距，便無法指望能夠好好打一場格鬥戰。

眼見丟了腦袋的玩家就要當場倒下，蕾亞一把抓住他的手臂，將其隨意扔向後衛魔法師們所在的方向。

被以超高STR投擲出去的那具屍體在空中旋轉飛翔，飛到蕾亞看不清楚的距離後化作光線消失無蹤。他大概是重生了吧。

確認屍體消失後，蕾亞一度閉上眼睛。眼皮好燙，眼球隱隱作痛。即使只是微睜，還是無法長時間睜開雙眼。

「這傢伙外表像天使卻好凶殘！」

「虧我還以為這傢伙肯定專精魔法！」

「結果居然是會徒手撲殺對手的天使！」

「恐懼已經解除了嗎？」

「這傢伙大概憑靠脫皮使得狀態異常無效了！先不說那個了，前鋒們，盡可能拉近距離！不要讓活動頭目繼續移動！」

剛才大喊的人應該是首領吧。既然如此，只要打倒這傢伙，玩家們應該就會變成一盤散沙。

蕾亞循著那個耳熟的說話聲縮短距離，接近對方之後稍微睜眼確認形貌。接著她沉下身子，瞄準對方的軀幹中心將手掌往前一伸。

她原本只想將對方打飛，不料手掌竟然貫穿那個人比想像中還要柔軟的軀幹。結果因為這樣，蕾亞的行動瞬間受到了限制。

然後其他玩家當然沒有放過這個機會。

看不見遠方的蕾亞縱然不清楚是從哪裡明確飛過來的，她感覺到某樣東西正朝著自己的側臉急速逼近。

蕾亞立刻扭身，將被手臂貫穿的玩家身體當成盾牌，防禦朝自己飛來的物體。

「『恐懼』！」

『抵抗成功。』

敵人隨即發動了「恐懼」，但是沒用。「精神魔法」對魔王起不了作用。

「無效啊！」

「可惡，首領喪命了！」

「真可惜墨魚汁彈被擋下了！不過這下可以確定！減益場域和失明的組合是『恐懼』的成功要件！」

◆◆◆

「不，剛才我一次消費了六個魂縛石，現在手邊的庫存只剩下四個！也有可能是道具不夠的關係！」

雖然玩家們完全猜錯方向，蕾亞沒有義務糾正他們。

消費的那六個魂縛石，應該是鎧坂先生和五把劍崎們的份吧。看來一個只能取代一具靈魂。

「『閃電暴雨』。」

蕾亞朝「恐懼」和說話聲傳來的方向微微一瞪，施展範圍魔法當作提供情報的謝禮。

由於無法清楚辨識會讓魔法的命中率下降，蕾亞要用魔法擊中中距離以上的目標非常困難，然而範圍魔法可以在某種程度上彌補這一點。雖然範圍魔法的ＭＰ消費量比單一魔法來得多，現在不是在意那個的時候。

「唔啊……！」

蕾亞只能清楚看見比聲音傳來的位置還要近的地方，所以她只能以該處作為引爆中心。儘管可能因此無法直接命中，從聲音來判斷，她應該勉強讓敵人進到了效果範圍內。

「明太子清單被幹掉了！」

「居然弱化後還是能一擊打倒後衛職……」

「這傢伙既不是專精物理也不是專精魔法！而是兩者都強得要命！後衛再往後退一點！」

「『範圍小回復』！」

有人對在範圍內受到牽連的倖存玩家施展了範圍回復的魔法。

然而此舉並不明智。

從剛才開始使出回復類魔法的玩家聲音都是同一個。也就是說，治療師恐怕只有一人。

既然如此——

「『暴風雪』！『日珥』！『地震』！『颶風』！」

蕾亞要在範圍回復魔法的再次使用時間結束之前，利用飽和攻擊將他們全部殺死。

為了加快速度，她作好受傷的心理準備，以自己為中心散布範圍魔法。

從剛才開始，皮膚便傳來陣陣不同於自爆傷害的刺痛感。這恐怕是禁不起陽光照射的白化症所產生的負面效果吧。不能再浪費時間了，必須快點才行。

要不是治療師趁著蕾亞攻擊時施展回復魔法，和蕾亞距離很近的玩家應該全都會死於剛才的攻勢。

況且蕾亞目前為止並未受到敵人多少傷害。雖然一旦前鋒消失，後衛應該就會無所顧忌地使出魔法，但是帶來的傷害想必不如剛才蕾亞的自爆攻擊。假如是這樣，就有辦法撐過去。

治療師似乎趁著蕾亞發動攻擊魔法時使出了回復魔法，不過範圍回復的再次使用時間應該還沒結束。即使能夠回復，一發大概也只能治療一兩個人。要是這種程度，就不需要急著取下那個人的性命。

可是話說回來，當成盾牌使用確實很方便，而且因為敵人切換成以魔法為主的攻擊，蕾亞才暫時保持現狀，不過這個肚子被刺穿的玩家為什麼沒有重生呢？他究竟打算纏在蕾亞的手臂上到什麼時候？

正當蕾亞心想差不多該把手抽出來、扔掉屍體時，突然有東西抓住她的腰。假如記得沒錯，這傢伙是一開始被蕾亞砍斷手臂、名叫基爾的玩家。他是這次團體戰中稀有的肉盾職。可能因為是體力充沛的肉盾職才會存活下來吧。不對，雖說遭到弱化，蕾亞的魔法威力依舊相當強大。

這麼說來，治療師趁著蕾亞發動魔法攻擊時，特地回復的對象是這傢伙嗎？治療師為什麼只回復他一人呢？

「——就是現在！破壞吧！」

那名玩家大喊。

憑蕾亞的視力雖然看不清楚，後衛們似乎在遠處做了什麼事情。那瞬間，彷彿水晶粉碎四散的聲音傳來，同時間蕾亞的身體忽然變得十分沉重。

她頓時明白了。

這是那個減益場域。其威力為何會突然變得如此強大？

與此同時，蕾亞也感覺到自己全身無力，整個人幾乎快要站不住。原本緊抓住蕾亞腰部的男人無力地滑落在她腳邊，因此他大概已經死了。

這不是普通的減益。減少的不只是能力值，恐怕還有LP（生命點數）。而且似乎和之前不同，是不分對象地削弱，所以這個名叫基爾的玩家才會死去。

插在手臂上的玩家屍體好重，承受不住的蕾亞不由得跪下。難道這傢伙之所以不重生，是為了這個嗎？

必須儘快離開這個場域才行。儘管比起傷害，減少的是最大LP，可是受過的傷害似乎會被固定在同一數值上，這恐怕正是造成基爾死亡的直接原因。因為之前所受的傷害大於減少後的最大ＬＰ，才會在受到減益的同時即刻死亡。

然後蕾亞在此之前也因為自己的魔法受到莫大的傷害，再加上現在又受到比先前更強力的弱化，導致ＬＰ已經進入紅色警戒區，所剩無幾。而且要是對這一點置之不理，ＬＰ恐怕也會因「輕度灼傷」而開始逐漸減少。

情況不妙。可是腳邊的男人擋著路，讓她無法移動半步。

（居然穿上這麼厚重的盔甲。不過遇到緊急時刻，我還是可以用「王車易位」……）

不，不行。蕾亞在來這裡之前，已經為了不重要的小事使用過了。這項技能的冷卻時間是二十四小時。

也無法用「召喚施術者」逃脫。可能還得再等一會兒才能夠使用「召喚」類的技能。

蕾亞今天所有的行動都令她陷入窘境。這是她得意忘形，做事欠缺思慮所造成的結果。

縱然氣憤，也只能飛走逃跑了。她要在上空用高階魔法的地毯式轟炸解決所有人。

蕾亞發動「飛翔」讓自己飄浮起來，並且使出全力甩開手臂上的屍體。

那瞬間，她和那具屍體四目相交。

那是一張熟悉的臉孔。還有剛才那個耳熟的聲音。記得沒錯，這傢伙是……

忽然間，她感應到一股尖銳的殺氣。

蕾亞反射性地轉頭。

箭已然逼近眼前。

（對了，一開始朝我放箭的傢伙——）

恐怕刺入眉心了吧。是爆頭射擊（致命一擊）。

『一小時內都可以受理復活，妳要立刻重生嗎？』

◆◆◆

「是啊。不過……」

宰相使了個眼色，一名騎士立刻將蓋在搬來的物體上的布取下。

那樣東西宛如一顆巨大的水晶蛋，閃爍著七彩光芒卻有些令人毛骨悚然。聚集在王城中庭的玩家們見狀無不心生忐忑。

「非我國騎士的各位都願意鼎力相助了，在這種情況下，我們要是束手旁觀，實在有失一國的顏面。我們也應該竭盡自己最大的力量。」

宰相靠近水晶蛋，觸碰表面一邊說下去。

「這是名為祕遺物（文物）的古代祕寶，是我國的國寶之一。我已向陛下取得使用這個的許可了。」

「國寶……！」

「你說文物？」

「是新的道具類型。」

「這樣……真的可以嗎？」

聽到amatein這麼問，宰相看著玩家們緩緩點頭。

「除了事先登記的最多十人以外，這個祕遺物具有對處於指定對象範圍內的所有人施加弱化詛咒的效果。效果時間是發動之後的一小時。」

減益——也就是強行使敵人弱化的道具。

光從這番話聽來，也能感覺得出災厄是極為強大的怪物。而這恐怕正是用來和頭目怪物作戰的活動道具。

「這個弱化有分階段，剛發動那陣子的效果微弱，可是只要持續讓對手留在效果範圍內，弱化的比例就會漸漸加大。不僅如此，倘若這顆水晶在弱化效果發動的過程中遭到破壞，自那瞬間起的十秒內，殘留在祕遺物中的所有力量就會被釋放出來，而且弱化效果還會依據當下所剩的效果時間增強。這時的特殊效果是不分對象地弱化，即使事先登記了還是會受到效果影響。這個效果一旦發動，所有能力最多會被削減五成，就連生命力也不例外。因此，若是在受到傷害的狀態下遭受這個詛咒攻擊，甚至有可能立刻當場喪命。」

如此強大的道具真不愧是國寶。

甚至可以從中感應到一股彷彿絕對不放過敵人的強烈**詛咒和怨念**。

「……為什麼現在才把這個拿出來？有了這個，討伐軍應該不至於會毀滅才對……」

「嗯。因為這個祕遺物在使用上有條件限制，也就是只能在特定場所啟動。而那個場所之一，就是這座王都。」

「原來是這樣啊……可是，這是國寶耶？破壞它真的不要緊嗎……」

雖說面臨國家危機，破壞國寶這種行為還是讓人覺得太過火了。

「韋恩大人，沒關係。反正這個祕遺物只要發動一次就會失去光芒，再也無法使用。」

「不過，天使不也會不定期攻打過來嗎？要是哪天天使的頭目現身……」

「……其實這個祕遺物對天使們的效果很差。」

「這是怎麼回事？」

「你應該知道不同屬性的魔法之間存在契合度吧？這和那個的道理很相似。這個祕遺物的名稱是『精靈王的心臟』，傳說是從前治理此地的精靈王臨死時，遺留給當地居民的物品。然後天使們的屬性屬於和精靈王相近的勢力，所以精靈王的力量對其起不了作用。」

「原來是這麼回事……」

「關於剛才提到可以啟動的場所，那個場所在這片大陸上共有六處，分別是治理這片大陸的國家首都。這也是各國王室有資格成為精靈王繼承人最有力的證明。」

如果是這樣，那麼就算災厄攻打過來，各國王都應該也都備有特殊的活動道具了。這大概是營運方為了避免發生國家毀滅這種巨大的情勢變化，所事先作出的調整吧。

這個道具之所以無法帶離王都，說不定也是為了避免ＮＰＣ擅自跑到別的地方，搶在玩家之前先打倒副本頭目。

「那麼您的意思是，這次的災厄是活屍，所以應該有效嘍？」

「正是。據說受精靈王之力影響最大的，是和精靈王相反的存在。儘管目前尚未釐清該存在為何，至少應該是屬於魔或黑暗之類的勢力沒錯。」

「我明白宰相大人的想法了。那麼就請您讓我們借用這個文物。」

amatein低下頭，其他玩家也跟著仿效。

「嗯，拜託你們了。」

「那麼韋恩先生，就拜託你來當首領啦。我們快點來擬定作戰計畫吧。」

「咦？」

韋恩突然被叫到名字，對同時望向自己的一道道視線感到困惑。

韋恩恐怕是在場玩家之中最弱的。為什麼要讓那樣的自己當首領呢？

「喂喂喂，召集我們來這裡的人可是你耶？我們自始至終都是為了幫你才來的，你給我振作一點啦。」

「就是啊，基諾雷加美許說得沒錯。是你召集這麼多人來的，當然要由你來當這個團體的首領了。」

「不過，那是因為有基爾在的關係……」

「或許吧。可是人又不是基諾雷加美許找來的。」

好驚人，原來這就是頂尖玩家們。他們居然願意相信韋恩的話，不辭千里來到這裡。

不僅如此，在來到這裡之前，應該也有一些肉盾類玩家被不得已拋棄在途中的城市。那些人明知這麼做對自己沒有好處，還是願意協助。

既然如此，韋恩也不能拿自己很弱這個理由來推辭。雖然他對自己沒什麼信心，他還是要擬出一套作戰計畫來。不，他應該辦得到才對。畢竟他曾經憑藉推理將蕾亞逼到走投無路。他要是在這裡退縮，就沒臉面對當時瞬間認同自己的蕾亞了。雖然他對蕾亞並沒有那種感情。

「知道了，那我們來擬定作戰計畫吧。」

韋恩如此下定決心後，環視玩家點頭說。

「目前已經確定災厄擁有以下能力——

首先是操控螞蟻、蜜蜂和活屍。再來是能夠在天空飛行、隱形，以及正朝著西邊前進——換句話說，災厄應該會從東邊現身。」

「說得也是。只不過，現在就已經出現教人難以應對的難題了……」

「的確。假使災厄是單槍匹馬以隱形的狀態前往王都，那麼要發現其蹤跡是不可能的事。」

「啊……」

「我可以說句話嗎，韋恩？」

「請說，Yoich先生。」

「不需要稱呼我先生。我擁有名為『真眼』的技能。這項技能發動之後，能夠將周圍角色的LP可視化進行感應。雖然無法得知具體的數字，可以透過光線和顏色顯示大略的程度。光線的強弱代表剩餘LP的比例，顏色則代表最大值的大小。」

「順帶一提，我也有那項技能喔。」

「原來如此……那就麻煩Yoich和猴子・潛水・SASUKE先生幫忙偵察敵人了。」

「叫我SASUKE就可以了，不用叫全名啦。還有，不需要稱呼我先生。」

「……那就麻煩SASUKE了。災厄帶著蜜蜂前來的情況待會兒再來討論，現在先來思考災厄獨自現身的狀況。因為災厄出現時是隱形的可能性很高，要麻煩兩位幫忙偵察敵人。再來第二個重點，是要如何將災厄引誘到祕遺物的效果範圍內，也就是減益場域中。」

「這個嘛，照常理來說，要是等災厄來才開始準備就太遲了。我剛才獲准觸碰了一下，結果只是碰到就知道如何使用祕遺物。看樣子，祕遺物應該是所有人摸了就會懂得使用方法。

然後根據那個使用方法，啟動時的對象是『場所』，而不是人或物。至於效果時間，在還剩下超過三十分鐘時利用『破壞』發動強制結束，這種情況下的效果會最強。」

「謝謝你，amatein先生。這麼說來，最理想的狀況應該是將災厄誘導到一個點，接著後衛啟動祕遺物，之後在三十分鐘內讓災厄的ＬＰ降到必死無疑的程度，然後破壞祕遺物，利用其效果將災厄打倒吧。若要讓這一點成為可能──」

就這樣，攻略高手們提供自身經驗補強韋恩的計策，所有人迅速擬出了一個臨時作戰計畫。

「一開始就由我用箭挑釁那傢伙，同時告知其他玩家那傢伙在哪裡。」

「關鍵果然在於進行最後的減益時，要如何讓對手定住不動吧。」

「是啊。這項重責大任就交給我吧。」

「還有如果可以，我希望能在那之前盡可能削減災厄的ＬＰ。」

「儘管我的『恐懼』可能只有五成機率管用，既然災厄是活屍，那麼只要有魂縛石，應該還是可以對其施加效果。只是再來就要看抵抗判定的結果了……」

「不如找人分散災厄的注意力，然後SASUKE趁機從背後扔出墨魚汁彈使其陷入黑暗狀態，藉此提升成功機率吧。」

「這玩意兒真的即使打到後腦勺也能讓人失明嗎？這是哪門子的原理啊？」

「沒辦法啊，這個道具就是這樣，不信你去問製作的煉金術師。只不過那傢伙八成應付不了這場戰役，所以我把他留在途中的城市了。」

作戰計畫已大致底定，再來就只剩下執行了。

「……可是，這是一項以所有前鋒都會死亡為前提的作戰計畫。」

「不，我們也只有這個辦法了。幸好現在的死亡懲罰很輕微。說不定死亡懲罰會放寬，是為了使用那個文物，以犧牲為前提取得勝利所進行的調整喔。」

「為了儘量拖住災厄，我就算死了也不會重生。我會讓屍體留下來，妨礙災厄活動。」

「我會在最後時刻緊抓並壓制住災厄，所以很抱歉，如果不知道應該先回復誰，麻煩請先讓我回復。因為我最不容易死，這樣應該多少可以幫上一點忙。」

「好的，我知道了，基諾雷加美許先生。」

「呃，叫我基爾不好嗎？」

「不好意思，我不習慣用暱稱稱呼特定的男性。」

「很好，那麼大家開始就定位吧。畢竟誰也不知道那傢伙何時會現身。」

「好！」

「……奇怪？我剛才被甩了嗎？」

韋恩等人發起的副本頭目對決兼災厄討伐戰就此展開，並且在最後締造出大陸史上首次成功討伐人類之敵的紀錄。

第四章 黃金經驗值

「呼……呼……呼……」

終於冷靜下來了。

懊惱的情緒和猛烈沸騰的怒氣尚未消失。現在光是回想起來，淚水依舊會奪眶而出。可是先前那種激烈到連聲音都發不出來、有如發作一般的痛哭，如今已變得平靜許多。

蕾亞從以前開始只要情緒激動，即使不覺得疼痛或悲傷也會不自覺地流淚。

她非常厭惡那樣的自己，所以在現實中一直很努力地儘量不讓自己的情緒產生起伏。

自己究竟有多久沒有這樣大哭一場了呢？大概是從那個時候開始吧。突然拋下自己離家的姊姊——不，那件事情和現在無關。

重點是那些玩家。

蕾亞絕對饒不了他們。

「韋、嗯嗯！……他叫做韋恩對吧？我還以為他早就和埃亞法連一起消失了……不過既然是玩家，消失後還是會在某個地方復活，而他復活的地點大概是王都近郊吧。」

蕾亞並不認為自己是被韋恩害死的。蕾亞會失敗是她的傲慢所致。

可是絕對不只有這樣。

蕾亞和他們之間擁有非常懸殊的實力落差，而他們憑藉人數、道具和作戰計畫填補了那個差距。她雖然對莫名其妙突然冒出來的減益場域頗有微詞，卻沒打算大肆埋怨。畢竟是落入陷阱的蕾亞自己太蠢了。

現在回頭想想，玩家們的所有行動和合作，應該都是為了最後那一刻吧。他們的計畫真的相當縝密，只能用精采來形容。

由於他們不可能知曉蕾亞的能力和技能，有可能只是碰巧想出好計策，又碰巧遇到有效的道具，可是正因為他們相信並且賭上了一切，才會吸引那樣的結果到來。

在那裡的所有玩家都為了同一個目標全力以赴，和強大與否沒有關係。

「——呼唔！」

沒事的。已經冷靜下來，不再流淚了。

「……首先是回復魔法吧。假如不取得那項技能，就什麼都沒辦法開始。」

畢竟得設法整頓這張慘不忍睹的臉才行。

「回復魔法」是只要知曉其存在，便很快能夠取得的技能。

取得提升未持有武器狀態下的戰鬥能力技能「徒手」、「調藥」和「解體」之後，技能「治療」便會解鎖。

只要取得「治療」，之後的條件就不會有任何問題。只要擁有「治療」並有一定程度以上的ＩＮＴ，就能取得「回復魔法」。

從說明欄的內容來看，「回復魔法」是依據ＩＮＴ進行效果判定。

「不曉得『回復魔法』和『治療』，哪個對消除眼睛浮腫比較有效呢？」

雖然沒有鏡子，蕾亞還是去了一趟洗手間，用「水魔法」洗了把臉。

掛在洗手臺上的毛巾是工兵蟻編織的。

會使用這個洗手臺的就只有五個人，卻掛了兩條毛巾。一條是蕾亞的，另一條則是凱莉她們在使用。蕾亞曾經問她們為什麼不跟自己共用就好，她們卻以「堂堂首領豈能和其他人共用一條毛巾」為由拒絕了她。蕾亞很清楚她們這麼說是在替自己著想，心中還是不免有些沮喪。

「……突然就這麼死去，不曉得凱莉她們要不要緊耶？我真是對不起她們……」

由於蕾亞以率領魔物侵略的立場參加這次的活動，她並不打算讓凱莉她們露面。

可是一直待在洞窟裡等待也很無聊，於是她派四人和白魔、銀花去尋找南邊的火山型領域。蕾亞下達指示，要她們在路上遇到侵略戰時不要介入，不過如果無法迴避的話，就加入人類那一方。那段期間，守護小狼們的工作則交給迪亞斯負責。

蕾亞當然也對凱莉她們使用了賢者之石Great。

幹部級眷屬中尚未使用的就只有史佳爾。因為牠需要的經驗值太多，只好先暫時延後。

獸人們好像沒有進階種的概念，光是使用賢者之石類的道具只能使其轉生成相近種族的其他獸人。

現在凱莉是獅子、萊莉是豹、芮咪是老虎，瑪莉詠則轉生成雪豹獸人。

分類意外地細。蕾亞原以為髮色會改變，結果實際上並沒有。

◆◆◆

頂多就是耳朵的形狀稍微改變，還有尾巴的形狀改變而已，外觀上並沒有太大的變化。大概就是精靈和高等精靈的差別。

白魔和銀花則分別轉生成「斯寇爾（註：北歐神話中追逐太陽的狼）」和「哈蒂（註：北歐神話中追逐月亮的狼）」。蕾亞原本以為只要再努力一點，或許就能變成芬里爾，於是隔天又再使用了一次。然而也許是某個條件不足吧，結果沒有成功。

其他人也有相同的狀況，看來似乎是因為條件不足才只能轉生到一定程度。不過其中也有人像蕾亞和世界樹一樣，照理說本來就不太可能有進階的空間。

「……其他地區的侵略情況不曉得如何？社群平臺上和活動相關的討論串……好吧，不意外……果然都是成功討伐災厄的消息……唔咕……唉，算了，還是待會兒再看好了。」

蕾亞從洗手間回到女王之間，坐在寶座上思考。

她所持有的經驗值數量，在所有玩家之中恐怕也是首屈一指。只要知道條件是什麼，蕾亞輕而易舉就能取得她想要的技能。

可是在剛開始遊戲的當時，她理所當然辦不到這一點。絞盡腦汁設法籌措少少的經驗值，以及思考如何獲得有效率的戰鬥力和技術能力，堪稱是遊戲一開始的樂趣所在。

說起來蕾亞起初還曾經為了加快取得經驗值的速度，故意接受「白化症」和「弱視」這兩項缺點。

今天她會輸，肯定也受到其影響。

她憑藉取得這兩項特性獲得的經驗值是五十點。

區區五十點。少數能夠束縛住成為魔王，甚至被人類稱為災厄的蕾亞，其枷鎖居然只價值五十點。

然而倘若沒有這五十點，蕾亞一定無法成為現在的她。

當時取得「使役」所需的經驗值若是少了這五十點就會不夠。

雖然自從能夠賺取大量經驗值之後，她的感覺早已麻痺了，蕾亞的原點無疑就是這區區五十點的經驗值。

在這個遊戲世界裡，每個人都渴望獲得經驗值，因為有了經驗值就能實現大部分的願望。得到大量經驗值的蕾亞被這一點蒙蔽了雙眼。

人的欲望很可怕。尤其是對金錢的執著，有時還會誘發出超乎理解範圍的行動。蕾亞應該早在現實世界裡，見過太多那種事情了才對。

大量的黃金會迷惑人心。

這個世界裡的經驗值也一樣。

蕾亞原點的區區五十點經驗值，只不過是一粒金沙。她不應該忘記這一點。即使獲得再多，也不能被其擺布。重要的是使用方法。

不可以受黃金——受經驗值擁有的魔力迷惑。

蕾亞能夠在這裡停下腳步思考，或許是一種僥倖也說不定。

「——呵呵，我果然好幸運。」

◆◆◆

她從寶座上站起來，伸了個懶腰。

「不過話說回來，我還是要用摧毀三座城市所得到的經驗值來取得技能！既然要親自出馬作戰，還是得把能做的事情先完成才行。

再說我明明成為魔王，卻到現在都還沒取得『魔眼』。變成高等精靈時解鎖的技能我全都取得了，可是成為魔王之後還是有些技能尚未入手呢。」

她一邊比對應該取得的技能和現有經驗值一邊思考。

「啊，對了，還有一件事情不能忘記。為了以防萬一，我得把一成的經驗值事先保留下來才可以。縱然我當然不想死，規避風險是投資的基本原則嘛。」

◆◆◆

韋恩的重生點是王城內的午睡室。

因為他在決戰之前，先在這裡登出過一次。

睡在隔壁床上的基諾雷加美許已經醒來了。

「我沒能看到最後結局，我們贏了對吧？」

「我想……應該是。」

『……活動頭目已經遭到討伐。如果已經重生了，就回城牆這邊來。』

「啊，Yoich傳訊息來，說討伐成功了！」

「喔，SASUKE也傳給我了。太好了！」

兩人從床上跳起來，急忙前往城牆外。韋恩一邊跑過城內，一邊感慨萬千地望著這次終於成功守護的街景。

決戰前，他曾經想向基諾雷加美許道謝卻被拒絕，對方要他等打贏頭目之後再說。

既然如此，現在應該就是開口的時候。

「——基爾！謝謝你！」

「不用客氣啦！我們是好友耶！」

雖說成功守護王都，城內並非完好無傷。街上果然到處都留下戰鬥的痕跡，好像也有NPC因此喪命。

雖然遺憾，卻也是無可奈何之事。只能這樣看開了。

再說光憑韋恩一人恐怕什麼也辦不到。這次只有這點犧牲，全是因為許多玩家出手相助的關係。倘若韋恩不接受這個結果，對他們就太失禮了。

話說回來，城裡到處都散落著神祕的金屬塊，之前有那種東西嗎？

◆◆◆

倖存的玩家們聚集在城牆外。

存活的人數相當少。原本多達三十人的玩家，如今包括韋恩兩人在內只剩下大約十人。

只不過從韋恩獲得的經驗值來看，玩家們即使經歷死亡回歸，應該還是從剛才的討伐中分配到了經驗值。

「各位，這次真的非常謝謝你們！」

「不用放在心上啦。能夠這麼痛快地打一仗，我才要感謝你找我來。」

「就是啊，我好久沒有這樣熱血對戰了。」

Yoich和SASUKE分別這麼說。SASUKE這個人雖然嘴巴很壞，工作態度卻很認真確實，說起來其實是一個善良的好人。能夠和他成為好友或許是這次最大的收穫。

「不過，這次還真是慘烈耶……畢竟這次的作戰計畫本來就是以前鋒的犧牲為前提，所以沒辦法，可是沒想到連後衛都折損這麼多人……範圍魔法是即死攻擊這一點實在太扯了。」

「無名精靈，我也要謝謝你的幫忙。說到後衛，明太清單先生的事情真教人遺憾……」

「我記得戰鬥前他好像曾在旅館裡面登出，所以可能待會兒就會來了。啊，你們看。」

「嗨，你們在談論我的事嗎？」

韋恩一回頭，就見到明太清單站在那裡。他似乎選擇留在王都。

死亡回歸的玩家之所以只剩下韋恩、基爾和明太子清單還在這裡是有原因的。

因為在無法確定是否會和活動頭目作戰的狀態下，將重生點設定在王都十分危險。

即使贏下這場戰鬥，留在王都的好處也很少。玩家們考量到這一點，都選擇不覆蓋重生點。

「啊，對了，掉落物怎麼樣了？」

「你說那個啊……」

「其實在我們打倒那個頭目的瞬間，原本站在那裡的盔甲，還有盔甲手裡的劍也跟著瓦解……變成普通的金屬塊了。」

「咦？」

「頭目本體也很快就消失不見了。」

「這麼說來……這個金屬塊就是掉落物嗎？」

「而且根據我剛才所見到的，城裡也散落著相同的金屬塊。我想應該是那個活屍死亡時掉落的吧。」

「不是留下屍體而是掉落物，這還真是稀奇。雖然魔像也是這種死法。」

「既然城裡有相同的東西，這下可能沒辦法在這座城裡高價賣出了……」

真糟糕，這麼一來就沒辦法好好答謝特地伸出援手的他們了。

「啊，我感覺你好像在想什麼奇怪的事情所以先聲明，你不需要過度感謝我們啦。對我們而言，能夠和活動頭目交手就已經是最棒的禮物了，我們反而還想送東西回報你哩。況且我們也賺到了一大堆討伐經驗值。」

「就是說啊。我明明最後死掉了，結果還是進帳不少。居然分給三十人還有這麼多，活動頭目的經驗值究竟有多驚人啊。」

「不過嘛，要是沒有國家提供的文物，我們恐怕也贏不了，這大概是所謂的活動報酬吧。假如這次會像第一屆活動那樣發表ＭＶＰ，我想我們幾個肯定會出現在名單上。當然你也不例外啦，韋恩。」

「是這樣嗎……謝謝你，明太清單。」

「對了，城裡的活屍應該消失了吧？」

「是啊，和成功討伐頭目同時消失的。現在就只剩下剛才提到的金屬塊。」

SASUKE一邊摩擦金屬塊一邊回答。他好像本來也想成為前鋒，可是因為他平時都擔任迴避型肉盾，在面對像這次一樣不知會使出何種招數的頭目時較為不利，便請他發揮出色的投擲技能幫忙支援了。

「攻打其他城市的活屍死時是很正常地留下骨頭，難道直屬頭目的強大怪物比較特別嗎？」

「不過話說回來，那個活動頭目到底是什麼啊？儘管看起來像天使，應該不是天使吧？」

「我猜說不定是天使的活屍。因為不僅應該對天使效果薄弱的減益場域發揮了作用，我施展『精神魔法』時也消費了魂縛石。有消費魂縛石就表示，活動頭目是『精神魔法』原本起不了作用的種族。如果是這樣，那就是活屍、魔像或人造人其中一類了。」

「我個人覺得應該是活屍或人造人，可是沒有一個關鍵的決定因素耶。」

「既然頭目會使役活屍，那應該就是活屍吧？」

「SASUKE，你已經開始嫌麻煩了對不對？」

「因為不管什麼種族都無所謂啊，反正都已經打倒了。」

這麼說也對。世上曾一度有七大災厄，如今又變回六大災厄了。

「可是，既然好不容易打倒了，當然會想要弄清楚自己成功討伐了什麼東西啊。」

「活動還沒結束，假如頭目真的是活屍，那麼之後說不定又會在什麼復活活動中遇到。」

「唔哇，我可不想再和那玩意兒交手了……」

「就是啊。現在已經沒有了文物，要是再次交手，這次所有玩家都必須進一步提升技能才辦得到。」

倘若那個時刻真的來臨，我好希望屆時能夠真正和這些成員們一同作戰。

韋恩如此心想。

「那麼，大家應該可以解散了吧？掉落物就麻煩你隨便拿去賣吧，什麼時候分配都無所謂。畢竟比起掉落物，其他人好像也比較在乎剩下的活動期間。」

「也對，辛苦大家了。之後要是有什麼事情，可以儘管找我。雖然我能不能想來就來就是另外一個問題。而且我總感覺韋恩之後八成又會遇到別的事情。」

「就是說啊，這小子的倒楣可是掛保證的呢。」

「那麼，我們就利用死亡回歸回去歐拉爾了。」

「再見啦。」

無名精靈、Yoich和SASUKE離開了。

無名精靈目前在波多利王國，Yoich和SASUKE則在歐拉爾王國進行遊戲。歐拉爾的整體難度聽說比希爾斯還要高，他們兩人能夠組隊在那裡闖蕩真了不起。

「大家都走了耶。接下來要怎麼辦，首領？」

「你在胡說什麼啊？我已經不是首領了。」

「不，我覺得你很適合當首領喔。你的確具備領導人的資質。」

「什麼啦，明太清單，難道你也要跟我走嗎？」

◆◆◆

「不行嗎？枉費我還特地為此在王都覆蓋重生點。」

「不，我非常歡迎。再次請你多多指教了，明太清單。」

突然就變成了三人小組。而且除了韋恩以外，其他兩人都是頂尖玩家。

「明太清單應該也用完今天的份了吧？韋恩，你呢？」

「今天的份？喔，你是說轉移服務啊？我今天還沒有使用過喔。那麼我們先去傭兵公會——那是什麼？」

抬頭望去，只見東邊的天空不自然地變得昏暗。

◆◆◆

「這就是『魔眼』啊？哦哦，還不習慣時感覺有點暈呢。」

隨著成為魔王而解鎖的技能樹「魔眼」——蕾亞取得其中的第一項技能，也就是和技能樹同名的技能「魔眼」之後，立刻試著發動。

「魔眼」是切換型技能，一旦發動，「魔眼」狀態就會持續到解除為止。發動期間最大ＭＰ會減少固定的數量，解除之後才會回復。

而「魔眼」的效果是「能夠辨識魔力」。

所謂魔力就是所謂的ＭＰ（魔法值），和ＬＰ一樣，ＭＰ在遊戲中也會自然回復。

根據這個世界的設定，空氣中隨時都充滿著魔力。

擁有名為ＭＰ參數的所有角色，都能夠藉由某種手段從空氣中汲取這個魔力，在體內使其昇華變成ＭＰ。

只要發動「魔眼」，除了角色所持有的ＭＰ外，也能辨識出空氣中的魔力。因此視野中所見到的景象，整個看起來就像被粉紅色薄霧籠罩一般。

由於辨識魔力時，不像看東西那樣需要可視光反射，假使於蕾亞所在的洞窟這種昏暗場所發動，魔力看起來就彷彿霧飄浮在空中自體發光一樣。

因為唯獨岩壁等部分沒有魔力，只有那裡的霧看起來特別稀薄，所以即使在洞窟如此昏暗無光的地方，還是可以間接地看見周圍。

如果用「像是將一般黑白影像的濃淡顛倒過來」來解釋，應該多少會比較好理解吧。只不過完全不知道顏色和周圍的亮度，因此唯獨這一點會感覺不太協調。

「魔眼」是只能辨識效果範圍內魔力的能力，視野的大小則依效果範圍而定。以現在來說，看見能夠進行一般遠距攻擊的位置完全沒問題，這麼一來就可以放心運用在作戰上了。

不過對蕾亞而言最重要的是，這個「魔眼」是用來辨識魔力的能力，如前所述完全不需要可視光。

換句話說，就是閉著眼睛也能看見周圍的魔力，也就是可以閉著眼睛戰鬥的意思。

這下視力問題姑且算是解決了。既然技能名稱是「魔眼」，那麼應該也有符合魔法的發動條件「辨識」才對。

雖然還沒有嘗試，有了「魔眼」之後，說不定還能對魔法本身施展魔法。

◆◆◆

一般而言，如果想要抵消對手的魔法，必須預測對方魔法的軌道，設法讓自己的魔法闖到那個軌道上。然而如果是像範圍魔法這種辨識座標後引爆的類型，或許就能藉由合併使用「魔眼」來辨識對手擊發的魔法，直接加以抵消。

「呵呵呵……這還真是令人期待。我的時代就要來臨了。」

技能樹「魔眼」中，繼「魔眼」之後還有「強化魔眼」與「魔法合作」這兩項技能。

「強化魔眼」簡單來說就是增強效果，可以擴大效果範圍，以及提升個別設定對象的魔力穿透率。

舉例來說，如果改變蕾亞的魔力穿透率，那麼用「魔眼」看蕾亞時，就能讓她以設定好的透明度變透明。這一點對於覺得自己的手腳和翅膀礙事時很方便，不過更重要的是還能針對閉上眼睛時眼皮部分的魔力，改善彷彿加上濾鏡般的視野。

至於「魔法合作」的效果又更可怕了。雖然所需經驗值也相當龐大。

這項技能的效果是將魔法的發動關鍵字和「魔眼」連結，也就是發動時不需要出聲。只要用「魔眼」瞪著對象，專心想著想要發動的魔法，魔法就會發動。

只不過，由於發動條件是「射線要通過」，好像不能閉著眼睛使用。雖然並不會從眼睛發射出光束，所以和射線應該沒有關係，不過蕾亞試著閉眼使出「回復魔法」，結果失敗了。

和出聲之類的動作相比，只是睜開眼睛的難度確實低很多。

「睜開平時閉著的眼睛發動魔法啊……這樣感覺好像有點帥氣耶……呵呵呵。」

無論如何，這下總算得到彌補視力限制的手段了。

◆◆◆

「接著是『陽光』……考慮到我之前只要躲在樹蔭下就會好很多，我好像應該要隨時發動這個『夜幕』才對。」

成為魔王後能夠取得的「黑暗魔法」中，屬於初始技能的「夜幕」能夠奪走周圍一帶的光線。只不過其效果並非完全奪走，而是讓光線變得昏暗。

回想剛才的戰鬥，要是當時使用這項技能遮住陽光，應該就不會出問題。

和最大MP會減少固定數量的「魔眼」不同，「夜幕」在發動期間會持續消費微量MP，因此如果使用時間極長就要特別留意。

「這麼一來，我所擁有的缺點效果就完全都被抵消了……接著順便取得其他魔王特有的技能好了。」

翅膀是成為魔王後追加出現的部位之一。

儘管其效果讓「飛翔」得以解鎖，因為取得其他技能的關係使得條件滿足，於是又有新的技能被開放的樣子。

「呵呵呵，多了名為『翼擊』的技能呢。這應該是那個吧？肯定是可以讓許多羽毛飛出去的技能。感覺好帥氣喔。」

蕾亞滿心雀躍地取得「翼擊」，卻在看了技能的說明後變得一臉嚴肅。

「……喔，原來是這樣啊？這絕對是因為『徒手』和翅膀而增加的技能……話說回來，一般都會覺得翅膀是很脆弱的器官，怎麼會用這個來毆打呢……算了，我是無所謂啦。」

在現實世界裡，天鵝等部分鳥類在用翅膀毆打時，好像偶爾也會打斷比自己龐大生物的骨頭，因此這並非不可能的事情。再說蕾亞的展翅長度——將翅膀完全展開時的長度——足足超過三公尺。

想到近距攻擊的範圍有這三公尺的一半左右那麼長，就意外地覺得還不賴。

「啊，這不是單一技能而是技能樹耶。接下來是……哦哦，是這個！『羽毛子彈』！」

由於有點難想像從「徒手」衍生出來的「翼擊」會直接衍生出這項技能，想必是滿足了其他條件吧。最有可能的應該是「投擲」。

蕾亞當初會取得「投擲」，只是為了和小狼們嬉戲，在此之前並未認真使用過。

「嗯噫……！怎麼回事……？」

取得「羽毛子彈」的瞬間，腰部突然覺得癢癢的。可是這種感覺似曾相識。

「……果然沒錯，翅膀增加了。」

從腰際展開的純白色翅膀增加為兩對共四隻。

「那麼接下來如果取得這個『羽毛格林機槍』，該不會增加超多翅膀吧？」

蕾亞本來想要等觀察過「羽毛子彈」之後再考慮取得這項技能，不過最後還是不敵好奇心取得了。

「……沒有變化耶。怎麼搞的啊？」

儘管並沒有抱著「既然都到這個地步了，不如就順便吧」的心態，總之她接著取得的技能是「識翼結界」。

其效果是「讓自己的羽毛在周圍飛舞，可以獲得羽毛飛舞範圍內的所有情報。另外可以加成自己在範圍內發動的技能成功率和效果」。雖然範圍這部分需要確認一下，這項技能可以說非常有用。縱然如此……

「呃，這個名字感覺不太好聽耶……識翼聽起來好像色慾……雖然我還是會取得啦。色慾魔王……唔嗯……嗯噫！」

在已經習慣的搔癢感中，腰際的翅膀又增加了一對。

「……呃……這麼說來這些該不會分別是近戰物理用、遠距物理用，以及魔法輔助用吧？什麼跟什麼嘛。」

每隻翅膀的外觀都一樣，唯獨只有大小因生長位置不同而稍有差異。

蕾亞就像在練習空拳一般試著拍動翅膀，結果看來每隻翅膀同樣都能進行毆打。

她也試著朝牆壁擊發羽毛子彈，只見一道白光從她所想的翅膀中飛出，接著羽毛就插在牆壁上了。

看樣子每隻翅膀的功能都相同。

「不管怎麼樣，這下戰鬥力算是有所提升了吧。雖然感覺偏向物理就是了。

好了，現在就出發去報仇吧。」

要是不快點去，一小時就要過了。

不過蕾亞會這麼想，純粹只是想要儘快去報仇，絕對不是擔心和復活的眷屬碰面會尷尬。

「假如用『高速飛翔』從這邊飛過去，應該一小時左右就可以到吧。如果是這樣，到時說不定還會有幾個人留在那裡。」

◆◆◆

蕾亞在獲得翅膀之後得到了「飛翔」，變得能夠翱翔天際。

可是她完全是利用技能的效果在飛，而不是利用翅膀飛行，所以不需要像鳥一樣拍動翅膀。

由於像這樣「高速飛翔」時翅膀會產生很大的空氣阻力，她將翅膀捲在身體上。

多虧有了「魔眼」，如今她就算閉著眼睛也能確認周遭，也不需要戴護目鏡。

此時太陽已西沉許多，陽光不如先前那般強烈。

這是她第一次獨自飛行，不過速度比想像中來得快，大概是預期的三倍以上吧。照這個速度，應該沒多久便能抵達王都。

◆◆◆

『陛下！』

『首領！』

不久後，就在王都隱約出現在前方時，她同時收到好幾則好友聊天訊息。是眷屬們傳來的。

『啊啊，抱歉，因為我突然死掉了。你們沒事吧？』

『在下才想問您──！不對，先不管那個了，您現在人在何處！』

『我就快抵達王都了。』

『您明明不久前才遇害，您到底在想什麼啊！』

『就是因為這樣才要去啊。雖然討伐我的人們有可能已經離開了，我已經下定決心要攻陷王都了。』

『……在下明白了。既然陛下這麼打算，那麼也沒辦法了。如此一來，等您抵達之後，再讓精金隊……』

『等我一切準備就緒之後，我會召喚牠們。還有齊格也是。畢竟我得請人幫忙治理攻下的王都才行。』

『您說的準備是……』

『沒什麼大不了的。對了，凱莉等人。』

『……是，首領。』

凱莉的口氣顯然無法接受蕾亞的決定。

『……對不起啦，妳不要不高興嘛。妳們現在人在哪裡？』

『我們位在里伯大森林南邊，一個名叫寇涅多爾的城市……』

『妳們在那座城市停留一會兒，觀察防衛戰的情況。因為我對攻打過來的魔物，還有防守的人們有多強很感興趣。妳們要參加也可以，不過記得要幫人類那一邊喔。』

『我明白了。那個……』

『等我平定王國之後再去找妳們。還有，史佳爾和世界樹——』

就這樣，蕾亞指示眷屬們趕緊將里伯大森林、托雷森森林和盧爾德城恢復原狀，之後便結束聊天功能。

王都已近在眼前。

◆◆◆

如此這般，最後蕾亞一共花了大約三十分鐘從里伯大森林飛抵王都。由於已接近王都，她放慢速度並發動「夜幕」。

減速時她將所有翅膀同時完全展開，利用空氣阻力來煞車。雖然蕾亞自己看不見，那副模樣想必非常帥氣。

「——奇怪，只剩下三個人啊？」

剛才進行戰鬥的城牆外只剩下零星幾人，只有三個像是傭兵的人影。

而且其中一人還是韋恩。名字似乎叫做基爾的肉盾也在。至於另一人則沒什麼印象。

他們朝蕾亞所在的方向仰望，表情一臉茫然。

身旁則有神祕的金屬塊。

原本蕾亞瞬間以為他們在進行某種儀式，不過那恐怕是鎧坂先生的殘骸吧。與其說他們做了什麼，看起來更像是鎧坂先生自己變成那樣。活體類怪物死亡後說不定都會變成那樣。

蕾亞緩緩朝他們幾個靠近。

「災、災厄……」

「喂喂喂喂……我們不是打倒這傢伙了嗎……」

「話說這傢伙的翅膀變多了……不管怎麼看，威力好像都增強了……！」

「……也說不定。」

「什麼？韋恩，你剛才說什麼？」

「這場活動或許不是災厄討伐活動，而是災厄覺醒活動也說不定……」

✦◆✦

明太清單
基諾雷加美許

「這麼說來，不論怎麼做，希爾斯到頭來都還是會毀滅嗎……」

「意思是這傢伙不是活動用頭目，而是這場活動本身的目的就是要介紹新頭目……？」

蕾亞剛才在戰鬥時也感覺到了，看來他們好像把蕾亞誤以為成NPC的活動頭目了。

如果是這樣也無所謂，就繼續假扮NPC吧。況且——

（我總覺得在韋恩面前佯裝NPC這件事已經超越因緣，稱得上是一種命中注定了。）

雖然韋恩講話總是不太能夠切中要點，偶爾還是會直指核心。

覺醒活動——這句話不見得有誤。

「——就只有你們幾個嗎？其他人去哪裡了？」

反正他們已經聽過蕾亞的聲音，就算開口也沒問題。

大概沒想到災厄會向自己搭話吧，三人顯然十分驚慌。

「唔！怎麼辦？」

「雖然這下必輸無疑……還是盡可能收集情報吧。」

「也只能這麼做了吧……要是我先補充魂縛石就好了。」

那個人會這麼發牢騷，看來他應該是之前使用「精神魔法」的那個玩家。儘管蕾亞完全想不起來他的名字。

「『識翼結界』。」

蕾亞猛地展開三對共六隻翅膀，散布羽毛。

縱然尚未確認範圍有多大，似乎有蕾亞的正常視野，也就是大約中距離的程度。假如可以在這個範圍內感知一切，實用性將大到不可估量。

無數白色羽毛在空中飛舞。

這項技能原本應該可以期待利用黑色羽毛飛舞的不祥氛圍，帶來令對手心生不安的次要效果，但是由蕾亞來發動只會給人夢幻的感覺。

「這次沒有箭會飛過來嗎？」

不過就算射過來也是白費力氣。

無論箭從哪裡飛過來，一旦接觸到「識翼結界」，蕾亞便會察覺。只要察覺到了，憑蕾亞在高AGI下獲得提升的反應速度，她甚至可以徒手抓住箭頭。

「這座城裡沒有其他騎士或士兵嗎？我會在這裡等，你們可以儘管把其他人找來。」

機會難得，她想要蹂躪人數至少和方才一樣多的對手。

「喂，羅森先生他們……」

「他們所有人應該都正在重生。只要我們設法撐下去，他們說不定很快就會趕來這裡。」

「不，好像沒有那個必要。他們已經來了。」

聽了不知名玩家的話，蕾亞將注意力轉往城門的方向，結果見到好幾道魔力正在往這邊靠近。數量相當多，人數多到足以稱之為騎士團，而且魔力量也很高。

「大概有四十人嗎？比剛才還要多呢。算了，無所謂，那我就開始報仇吧。」

蕾亞決定立刻來試試新的技能。首先就從「羽毛格林機槍」開始。

根據說明欄的內容，和傷害量有關的能力值是DEX。雖然在所有能力值之中，DEX是蕾亞比較少去提升的部分，應該還是比一般玩家和NPC來得高。假如這個攻擊有效，之後可以考慮投入經驗值。

說出發動關鍵字的同時，無數白色子彈從展開的翅膀中被釋放，襲向騎士們。

儘管不具貫穿盔甲的威力，只要命中好幾發，仍可憑藉衝擊力道將其震飛。也有些騎士因子彈射進了盔甲縫隙，而不幸當場喪命。

「唔喔！剛才沒有這招啊！」

「這恐怕是增加的那些翅膀的特殊能力！」

由於對韋恩發動這個攻擊輕易就能殺死他，蕾亞僅朝著騎士們的方向發射子彈。基爾或許能夠存活下來，但「精神魔法」玩家大概也會死吧。

蕾亞並沒有忘記那份難以言喻的不甘心。

她打算盡可能用惡毒的攻勢招待他們來當作回禮。

蕾亞的目標是「好好善用經驗值」，而非「巧妙地作戰」。手上的手牌也已經湊齊了。

如今已沒有任何因素會導致失敗。

她一邊用「羽毛格林機槍」令騎士們心生畏懼，一邊微微睜眼。周圍的天色好像已經變暗許多。如果是這樣，就沒有必要讓眼睛習慣了。

蕾亞完全睜開雙眼，將騎士們捕捉到視野中。雖然因為正常的視野和「魔眼」的視野會重疊，讓人有點難以辨清，作為座標使用的只有「魔眼」，所以沒問題。

她將意識集中在「魔眼」上。

以此作為關鍵字發動魔法。

結果騎士們旋即全部被黑暗所吞沒，在黑暗中被強制進行互相推擠的遊戲，然後就這麼像被某種東西捏扁一樣越變越小，最後連同黑暗一起消失。

這是蕾亞不發一語施展的「黑暗內爆」的效果。

由於之前沒有機會使用，這是她第一次嘗試使用這個魔法，不過她很慶幸自己在剛才的戰鬥中發動自爆攻擊時沒有使用。

其範圍雖然感覺比其他範圍魔法狹小許多，充斥在那狹小範圍內的破壞力和殺戮力，卻大到連蕾亞都不禁愕然。

原來如此，這個真不錯。

「那是……什麼……」

「不發一語……？不對，是眼睛……」

眼睛怎麼了嗎？縱使蕾亞有辦法確認自己的翅膀，眼睛就不行了。難不成眼睛也產生了變化嗎？看來果然得有鏡子才行。

蕾亞又透過「魔眼」對倖存的騎士擊出數發範圍魔法。雖然可能有人會認為她過度殺戮，她還是要仔細地掃蕩敵人。

解決完騎士們之後，她再度閉上雙眼，朝向韋恩等人的方向。

「你們不攻擊我嗎？比方跟剛才一樣緊抓著我不放。對了，也可以施展『精神魔法』喔。」

即使如此挑釁，韋恩等人還是一動也不動，就只是一臉茫然地望著騎士們消失的那一帶。

◆◆◆

「既然你們不動手，這個嘛，不如我們就來閒聊一下好了。

剛才戰鬥時的那個奇妙的……好像有人說是滅益場域？那是怎麼回事？現在還有嗎？你們這次不使用嗎？」

蕾亞對這一點十分好奇。倘若那是可以大量生產的東西，或是各國都會常備的道具，今後就必須更加謹慎行事了。

回過神的韋恩回答：

「妳以為……我們會告訴妳嗎？」

蕾亞不這麼認為。威脅死了還是能一再復活的玩家沒有用。可是，只要等事情告一段落再到社群平臺上面查就好。即使是想要隱匿的情報，既然玩家那麼多，其中肯定還是有人會說溜嘴。

應該說是角色扮演的一環嗎？蕾亞只是覺得被迫嘗到苦澀滋味的「災厄ＮＰＣ」大概會想這麼說，所以才問問而已。

「既然你們不說，那也沒辦法。我就快點把你們解決掉，拿下王都吧。」

「唔！」

蕾亞覺得很意外。

看來他們似乎很不希望王都遭受攻擊。不過ＮＰＣ死了就無法復活，所以蕾亞多少也能理解他們的心情。

「妳為什麼要對王都下手？」

「你還想繼續閒聊嗎？明明自己不回答問題，卻要求我回答你？你不覺得這樣很自私嗎？不過要我回答也是無所謂啦。」

蕾亞繼續閉著眼睛仰望城牆。儘管「魔眼」使得視野變成了粉紅色，聳立在眼前的建造物依舊和白天時一樣美麗。

「——因為我覺得很美。我從上空俯瞰時覺得很美，所以想要得到它。我要得到這座美麗的城市，作為我的活屍們的住處。」

這番話同時也是宣戰宣言。這種事情果然還是等向某人宣示之後再達成比較爽快。

也就是所謂言出必行。

「好了，這樣你滿意了吧？」

角色扮演應該可以到此為止了。

「那麼，各位永別了。我遲早也會去殺死剛才的其他人。既然你們死後還是會復活，那就先替我轉告要他們等著吧。」

蕾亞睜開雙眼將韋恩等人納入視野中，發動再次使用時間結束的「黑暗內爆」。

三人和剛才的騎士們一樣被黑暗所吞沒，接著越變越小，最後慘遭壓扁消失。

蕾亞感覺心情稍微舒暢了些。

她剛才會閒聊，一方面也是為了等待這個殘忍魔法的再次使用時間結束。居然沒有懷疑會使出魔法攻擊的敵人在爭取時間，他們真是太大意了。

解決完韋恩等人和感覺頗具實力的騎士們之後，蕾亞再次於上空將大量精金和齊格「召喚」至城內。

她已經決定好一開始要先做什麼了。那就是找出並壓制旅館等重生點。

剛才交手的三名玩家應該全都死於上一場戰鬥，他們卻比蕾亞更早來到這裡，這就表示他們一定是在王都重生。

「我得攻陷王都、毀滅這個國家，賺取更多更多經驗值才行。因為玩家們會好幾人聯合起來攻擊我，我方只要我一人被打倒，整個戰線就會立刻瓦解……不過，和別人通力合作啊……」

蕾亞沒有那種經驗。可是，在這款遊戲裡……

「……我沒有朋友——不對，應該說我的朋友很少……」

蕾亞並不覺得羨慕。

儘管不羨慕，如果單純從合理性的角度來思考，那麼就分散風險這層意義而言，有其他玩家協助說不定也不是一件壞事。

「……不曉得哪裡有站在魔物這一方的玩家耶？那種人應該很少會使用社群平臺吧……」

要是有玩家能夠像蕾亞一樣，在盡情蹂躪人類城市這件事情中感受到樂趣就好了。

另外還有一點，如果那個人也喜歡惡搞整人，能夠理解蕾亞為何假扮ＮＰＣ的活動頭目就更好了。

「這種人大概很少吧。假如其他國家有……算了，還是先平定這個國家再說好了。」

『精金們，還有骷髏騎士們，不用理會試圖騎馬逃逸的騎士和士兵，直接放他們走無妨。』

◆◆◆

「好了，旅館在哪裡呢……」

城裡到處都是被釋放的骸骨騎士。考慮到王都的面積廣大，光只有精金隊可能數量不夠，但是齊格「召喚」來的骷髏騎士數量非常多。由於數量明顯超過可「召喚」的極限值，齊格可能利用了某種技能在這裡讓數量增加了吧。

令人慶幸的一點是，就連蟻群和骷髏騎士們這些眷屬的眷屬，也都在蕾亞死後的一小時後重生了。

這個自動重生的一小時好像不是所謂的冷卻時間，而是基於其他因素所設定的時間。最有可能的應該是「復活受理時間」。因為有可能在那段期間被復活，無法自動重生——這樣的假設感覺比較能夠讓人接受。

◆◆◆

情勢一旦混亂到這種程度，人的本性就會如實地顯現出來。

有拉著旁人的手、想跟對方一起逃的微胖商人，也有把別人推開、自顧自逃命的士兵。

然而唯一可以確定的是，所有人都試圖逃離骸骨群的魔掌。

「逃跑的人都是普通的王都居民呢。至於不逃跑的人……」

是不會死去的騎士和玩家。

「——找～到韋恩了。」

只要從上空觀察，很快便能找出舉止怪異的人。他和基爾一起逆向撥開人潮，正準備和騎士們聯手對抗精金們和活屍們。

既然如此，旅館應該就在他們身後的來時路方向。

「不管怎麼看都是貴族區……他們有錢能夠在這種地方過夜嗎……？」

如果不知道重生點在哪裡就無計可施，畢竟總不能將所有建築統統摧毀。蕾亞希望儘量保留這片美麗的街景。

「這樣的話……就只能在掌控這座王都的所有安全區域的狀態下，殺死他們了。」

如此一來就需要更多人手。

蕾亞和齊格都擁有能夠暫時增加低階手下的手段。

那就是「死靈結界」和「死靈將軍」的「徵兵」。

「戰鬥交給有戰鬥力的人們負責，建築物內的清除工作就交給弱小的活屍。」

她發動「死靈結界」，一邊把剛死去的居民們變成殭屍，一邊讓精金小隊去追趕韋恩等人。

雖然運氣不好、不小心照到太陽的殭屍立刻就升天了，多虧有雄偉的城牆，王都內部幾乎都被影子籠罩。

「好了，接下來就交給牠們吧。至於我的話……」

蕾亞望向韋恩等人的來處，也就是王都的中央地帶。

「我得收拾掉貴族們，將騎士澈底剷除才行。不然他們也會一再出現。」

◆◆◆

王城內的騎士意外地少。由此看來，多數騎士應該都到城裡去了。

『陛下。』
「咦？」
在王城的入口城門前的，是迪亞斯和齊格。
齊格會出現可以理解，因為蕾亞「召喚」他過來。可是迪亞斯為什麼會在這裡呢？能夠「召喚」他的，就只有身為主君的蕾亞。
蕾亞降落在城門前開口詢問：
「迪亞斯，你怎麼會來？你該不會是跑過來的吧？」
那是不可能的。迪亞斯重生至今才過了不到一小時才對。
要是他能夠像蕾亞一樣飛行就另當別論，可是怎麼想都不可能只花一小時就從里伯大森林跑到王都。
『是我「召喚」的骷髏領導人揹他來的……』
『也就是說，在下暫時成為骷髏領導人的裝備品，一起被「召喚」到這裡。』
什麼啊，原來可以那麼做嗎？
「不對，這樣不行吧？這個肯定會在下次維護時被修正掉……因為這等於是『由於確認舉動和預期不同，於是作出調整』耶……」
他們這些身為眷屬的ＮＰＣ，基本上都聽從蕾亞的命令。由於身上據說搭載了超高階ＡＩ，面對不明確的命令也能彈性應對，和真人相比毫不遜色。
非但如此，如果是自我主張強烈的個體，甚至還會反過來利用那個不明確的命令，擅自加以解釋並強行去做自己想做的事。

這次恐怕也是如此。

『在下身為陛下的近衛，無論使用何種手段都必須趕赴陛下身邊……』

「我就知道是這樣……算了，既然你人都來了，那也沒辦法。剛好我正準備攻城，我們就三個人一起去吧。」

城門雖然緊閉，迪亞斯一劍砍下，門立刻就崩解成骰子狀。只不過要變成骰子狀勢必得砍好幾遍，所以嚴格來說其實不止一劍。

『對了，陛下。』

「什麼事？」

『您又變得更加神聖莊嚴了呢。』

話說回來，這是蕾亞追加技能後第一次和他們見面。

「感覺很帥氣吧？我自己也挺滿意這副模樣。」

『請問您的眼睛怎麼了？您從剛才開始就一直閉眼。』

「呵呵呵，我現在就算閉著眼睛也能感知周遭情況，所以我打算只在必要時睜眼。」

再說平時一直閉著眼睛也比較有強者的感覺。

三人就這樣一邊閒聊，一邊入侵王城內。

◆◆◆

蕾亞等人一路上遇到騎士就砍殺騎士、遇到女僕就砍殺女僕，不斷地壓制城堡。

如果對屍體發動「死靈」，因為騎士的靈魂無法被束縛，只會變成弱小的活屍——蕾亞決定姑且稱之為低階殭屍。可是女僕就不同了，她們會受到蕾亞的「死靈結界」，或是迪亞斯與齊格的「瘴氣」影響，變成具有相當實力的活屍。

「女僕之類的文官比較方便耶。」

會變成哪個種族的活屍，似乎和原本的個體狀態無關，騎士和女僕同樣都會變成殭屍。可是大概是原本INT就很高吧，變成殭屍的女僕和文官們的INT都很高，會以和生前同樣優雅的走路方式跟過來。假如讓屍體保持完好，那麼只要不去在意臉色就幾乎看不出來是殭屍。

「不過話說回來，這個迴廊還真複雜耶。」

從剛才開始，蕾亞一行人已經不知道迷路又折返幾次了。

雖然因為窗戶很少，無法得知外面的情況，從完全沒有光線照射進來這一點來看，太陽應該已經下山了。蕾亞這方的勢力比較喜歡夜晚，因此這樣反而對他們有利。

蕾亞忽然靈光一閃，讓一旁的女僕殭屍們取得「火魔法」。

「女僕們，去把迴廊牆壁上的燭臺點亮。」

女僕殭屍們聽了蕾亞的命令後同時施展魔法，將射程範圍內所有燭臺的燈火點亮。

接連被點亮的燭臺燈火十分夢幻，讓蕾亞不禁入迷地看了好一會兒，忘了自己正在侵占敵人的城堡。

「……好帥氣喔。不曉得能不能也在我們的洞窟裡面這麼做耶？」

『應該可以……不過洞窟內沒有窗戶，點火的話恐怕會呼吸困難。』

這句話一點也沒錯。若要再補上一句，其實需要燈光的成員根本就很少。就連一開始最需要燈光的蕾亞，現在也能閉上眼睛而不覺得不便。

「那還是不要好了。對了，將巢穴像蟻塚一樣不斷往上增建，蓋成像城堡的樣子如何？」

『……您要不要和史佳爾討論一下呢？畢竟實際動工的不是我們。』

『陛下，先不說那個了。』

「嗯，我看見了。前面有好多人呢。」

走廊的寬度自從經過前一個轉角之後變寬了。前方不遠處的門也看起來非常厚重。門後恐怕是謁見廳之類的地方吧。

「平時來謁見的人也會經過這條蜿蜒的走廊嗎？還是說哪裡有捷徑呢？」

蕾亞吩咐女僕們分頭尋找是否有人躲在其他房間裡。她指示所有殭屍至少以五人為一班行動，假使遇見打不贏的敵人就逃跑，之後便將殭屍們釋放到城內。

「發動『識翼結界』。好了，開門吧。」

◆◆◆

「就是現在！射擊！」

打開門的瞬間，好幾道魔法攻擊飛了過來。

其中也有像是「神聖魔法」的魔法，可能對方以為我方是活屍魔物吧。的確有兩人是活屍，然而蕾亞不是。

蕾亞以「魔眼」辨識，接著僅以「神聖魔法」與其互相抵消。「神聖魔法」非但不會受到「瘴氣」等攻擊的影響，還具有將對活屍造成的最終傷害值提升一．五倍的效果。縱然迪亞斯和齊格他們不至於因此喪命，卻也不會想要故意遭受攻擊。蕾亞保留安全邊際使出較強的魔法，因此餘波也將其他魔法一併吹散。

至於「神聖魔法」以外的魔法，因為會被迪亞斯和齊格兩人的「瘴氣」弱化，不會對我方造成多大的傷害。

受到的傷害則憑藉頻繁使用「治療」來回復。「治療」只能對單一對象發動，射程範圍非常短，回復量也很少。可是具有消費MP很少，冷卻時間也非常短的優點。

「回復魔法」則完全相反。雖然回復量多、射程也多半很廣，可是消費MP多，再次使用時間也比較長。再加上這是魔法，如果和其他魔法的再次使用時間相撞就會非常麻煩。

蕾亞決定姑且等到對方的魔法攻擊不再那麼猛烈。

儘管有騎士企圖趁亂沿著牆壁接近，只要在「識翼結界」的發動範圍內就逃不過蕾亞的法眼。每次發現有人接近，她便以「羽毛格林機槍」將其擊退。

「原來如此，雖說我保留了安全邊際，原來有時威力很強是因為『識翼結界』的關係啊？」

這項技能的效果是在結界範圍內，對蕾亞的攻擊威力進行加成。

沒多久對方的魔法攻勢衰弱下來，這次換成騎士們舉著盾牌上前突擊。

「先用魔法給予一擊，等敵人陣腳大亂再上前取其性命吧。」

這樣的戰術還不賴。

可是死靈騎士們不會允許那種事情發生。他們將好幾名衝上前的騎士一併砍倒或踢飛，不許任何人接近蕾亞。

由於魔法攻擊即使進入再次使用時間，還是會有別人繼續發動攻勢，雙方纏鬥了相當久的時間，然而突擊的騎士只要死亡就結束了，因此戰局很快便告終。

「——好了！你們滿意了嗎？」

大概是ＭＰ耗盡了吧，蕾亞等到魔法攻擊完全停止，並且除了魔法師和貴族的護衛以外的騎士全數死亡才開口。

「妳就是……攻擊王都的『災厄』嗎？」

回應蕾亞的人，是一名身材魁梧的中年男性。蘊藏在眼中的堅定意志，顯示出他絕非只是普通的肥胖貴族。

「詢問別人的名字之前，應該先自己報上名來。你難道不知道什麼叫做禮貌嗎？」

「妳才應該在拜訪別人家之前先跟對方約好！妳這個沒禮貌的傢伙！」

「你說得很對呢。沒錯，我的確就是你們口中的『災厄』喔。大概啦。畢竟又不是我這麼自稱的。」

「……『災厄』一詞確實只是我們所使用的通稱。妳是約莫在十天前，誕生於里伯大森林的魔物嗎？」

「宰相！現在不是悠哉說那些話的時候——」

「假使這傢伙不是災厄，之後還是可能會有其他巨大的不幸降臨！夠了，妳給我閉嘴！」

◆◆◆

現在發言的能幹大叔似乎是宰相。可是多虧其他無能的貴族，蕾亞總算明白他的身分，以及他為何要特地這麼問。

「我就看在體貼貴族的面子上回答你吧。大約是十天前嗎？我這個魔物的確可以說是在那個時候誕生的。」

雖然正確來說是轉生成魔王。

「……勇敢的傭兵們剛才應該已經打倒妳了才對。」

那是一段不愉快的回憶。

蕾亞儘管沒有收起從一開始就掛在臉上的淺笑，身體卻不自主地作出改變站姿以掩飾不悅情緒的反應。尤其是翅膀。可能因為是原本身體所沒有的器官吧，感覺似乎特別難控制。

「……是啊。」

「妳是怎麼復活的？」

「我怎麼可能告訴你。」

宰相似乎有話想說，但是剛才的貴族們又開始嚷嚷了。

「宰相大人，這傢伙說不定是某個更強大存在的眷屬……！」

「該不會是大天使的手下吧……！」

「可是這傢伙比文獻中的天使還要凶殘……！」

蕾亞什麼也沒做，情報就自己不斷地冒出來。或許在交涉的場合，蕾亞保持沉默才是聰明的做法。畢竟以前她和韋恩交談時，也是說越多越會露出破綻。

一想到當時韋恩眼中的自己可能就像這群貴族一樣，就有另一股懊惱的情緒湧上心頭。

姑且先不管那些，重點是天使和大天使這幾個詞。

蕾亞為了避免精神受到傷害所以沒有仔細看，不過剛才她上社群平臺稍微瞄了一下，發現討論串上寫著「賀！災厄討伐成功！」之類的蠢話。

蕾亞，應該說魔王誕生至今才短短十天，可是災厄這個共通的通稱卻廣為ＮＰＣ和玩家所使用。由此可見，蕾亞顯然不是第一個出現的「災厄」，應該還有其他好幾個。

而其中之一恐怕就是「大天使」吧。

蕾亞決定先結束這場猜測，當作提供情報的回禮。

「沒錯，我就是大天使。儘管對我表示敬意吧。」

「少騙人了，妳這個狡猾的傢伙。」

馬上就被識破了。看來果然不應該多嘴。

「……你為什麼會這麼想？」

結果宰相沒有回答，而是從懷裡取出一個散發七彩光芒、像是短杖的東西指著蕾亞。

「這個就是答案！啟動『精靈王的血管』！」

那瞬間並沒有產生什麼巨大的變化。如果是之前的蕾亞，說不定就會完全沒注意到。

然而若是擁有「魔眼」又將宰相捕捉到「識翼結界」中的她，便能輕易地察覺此刻發生了什麼事。

「這是……剛才的減益場域啊？不對，不是場域，對象就只有我一個人。這麼說來是對付單一對象的減益道具，感覺好不方便使用喔。」

可是效果是貨真價實。不知究竟是什麼原理，從那根短杖到蕾亞之間，具有一個「魔眼」和「識翼結界」都無法偵測到的直線區域。不是普通的減益，更像是讓蕾亞的力量澈底失效。

繼續這樣下去很不妙。正當蕾亞開始考慮要不要使出「魅惑」奪走短杖時，狀況突然有了劇烈的變化。

『精靈王……！』

『你剛才是說精靈王嗎……！』

是隨侍在蕾亞兩旁的迪亞斯和齊格。

不過只有蕾亞聽得見他們說話。在不明所以、一頭霧水的蕾亞眼前，宰相正努力舉起短杖指著她。

「妳因為這個『精靈王的血管』而弱化這一點，就是妳並非天使的證據！這個道具是古代精靈王遺留給我們人類的祕寶！裡頭藏著能夠從妳這樣的惡徒身上奪走力量的詛咒！之前殺死妳的時候，我們也是使用經過精靈王加持賜與的祕寶──」

大概是再次成功發動減益很興奮吧，就連宰相也變成了多話的解說員角色。可是由於蕾亞自己也有過那樣的心情，沒辦法批評他什麼。

人在以為自己贏了的瞬間，經常會犯下意想不到的錯誤。不，就算沒有到錯誤那麼嚴重，也通常會做出不必要的事情來。

宰相這時的發言正是如此。

『開什麼玩笑啊啊啊啊啊！』

『唔唔喔啊啊啊啊！』

迪亞斯和齊格大聲咆哮，散布出比先前更加濃密的「瘴氣」。

「等等，你們沒事吧？」

兩人的突然轉變連蕾亞都不禁有些擔心。

就在這時——

『眷屬已滿足轉生條件。只要妳支付經驗值一千點即可轉生。要允許眷屬轉生嗎？』

『眷屬已滿足轉生條件。只要妳支付經驗值一千點即可轉生。要允許眷屬轉生嗎？』

「咦？好貴！」

貴是貴，卻也不是付不起。畢竟蕾亞是懂得從錯誤中學習的人，所以她事先保留了經驗值以規避風險。

不對，問題不在那裡。

從這個狀況來看，所謂眷屬應該是指隔壁這兩人吧。

他們兩人從那之後，不管怎麼投與賢者之石Great都無法轉生。既然這一點即將獲得解決，現在當然要從後面推一把了。

對於失去為以防萬一而保留下來的經驗值，蕾亞感到有些害怕，但是現在距離活動結束還有遊戲內時間的一星期之久，只要之後再賺回來就好。儘管又要將史佳爾的轉生往後延，她還是決定之後再向牠道歉，允許轉生了。

◆◆◆

『開始轉生。』

『開始轉生。』

兩人身上開始釋放出光粒子。不久兩人便被光芒團團籠罩，甚至看不見輪廓。

雖然此時應該正在發生這樣的事情，由於蕾亞閉著眼睛用「魔眼」觀看，視野是一片粉紅，幾乎什麼都看不見。然而，有一件事恐怕只有蕾亞才知道。那就是這兩人正超越一般程度地大量吸收周圍的魔力。

（原來轉生時的能量取自周圍的魔力啊？）

這時兩人的變化冷不防結束了。

蕾亞久違地睜開雙眼，觀察兩人。

『死神「怨恨的迪亞斯」已轉生成為不死者之王（Immortal Ruler）「憤怒的迪亞斯」。』

『死神「齊格」已轉生成為不死者之王「悲嘆的齊格」。』

兩人的外表變得氣宇非凡，完全不負王者之名。

不再是以前那副只是把皮貼在骸骨上的樣子，而是變得恐怕如同生前那般英挺壯碩。雖然臉色很差就是了。

迪亞斯是蓄著鬍鬚，將一頭白髮全部往後梳的帥氣老人模樣。只不過那雙怒火熊熊燃燒的眼睛，將他身上散發的沉穩氣息澈底破壞殆盡。

齊格則將黑色長髮綁成馬尾，長相十分精悍。雖然他的氣質宛如一頭年輕獅子，從看似悲傷的雙眼中卻能窺見他艱辛的過去。

「你們兩個……都變成帥哥了耶……」

『特定災害生物「不死者之王」誕生。』

『由於「不死者之王」已受到既有勢力支配，因此規定的訊息已取消發送。』

『特定災害生物「不死者之王」誕生。』

『由於「不死者之王」已受到既有勢力支配，因此規定的訊息已取消發送。』

「哦，這和我那時的情況一樣耶。可是……」

原來只要受到既有勢力支配，那個訊息就不會被發送出去啊？如此說來，那是當威脅人類等特定勢力的「新勢力」誕生時才會流傳的訊息了。

「啊啊，原來這就是災厄啊？」

這個事實具有非常重大的意義。

雖然之後有必要確認目前人類已知的災厄有多少個，如果是在現有的災厄支配下誕生出新的災厄級魔物，那麼人類恐怕無從得知這一點。

看來這個世界比想像中更加危險。

「這下沒辦法鬆懈了……唉，雖然站在遊戲平衡的角度，這片大陸上應該不會有那麼多災厄……畢竟還有玩家，今後未必會繼續維持現狀吧。」

『陛下，實在非常對不起。』

『可以請您將這件事交給我們處理嗎？』

悲嘆的齊格
憤怒的迪亞斯

兩人似乎都顯得心浮氣躁。

他們說要接手處理，但他們究竟想處理什麼，又要如何處理呢？難道除了殺人外還有別的？

「咦？可以是可以……不過你們想做什麼？」

『在下有一點事情想問這些傢伙……』

「咦？可是你們沒辦法說話耶？」

如果要蕾亞幫忙口譯也可以，畢竟蕾亞也很想知道兩人究竟想問什麼。

「啊啊，嗯嗯！啊～這樣他們應該也聽得見了吧。」

齊格突然出聲說話了。一瞬間，蕾亞還以為他透過好友聊天功能開口，然而那很顯然是他本人發出的聲音。難道是轉生讓他變得可以說話了嗎？

「哦哦嗯！嗯！原來如此，在下可以說話了啊？這下省事多了。」

看樣子果然是受到轉生的影響。

確認這一點之後，迪亞斯大搖大擺地走上前，單手揪住獨自站著的宰相前襟，然後用另一隻手將他的手臂扭斷。

「精靈王的血管」匡啷一聲掉落，重重地摔斷。

「——唔！」

蕾亞忍不住哀號。

她清楚記得這個感覺，不可能忘得了。

看來那個強大的減益，是藉由破壞道具所產生的特殊效果。

◆◆◆

可是和當時不同，這次並沒有嚴重到無法站立。

「這麼說來……一旦發現那種道具，最重要的是……不能讓它……被破壞了……」

「陛下！你這傢伙！」

迪亞斯一副隨時要殺死宰相的模樣，可是這並不是宰相的錯。不過話說回來，責怪迪亞斯又好像有點不太對。

「——哦，消失了啊？呼～原來如此，看來效果時間是固定的呢。真是幸好能夠在這裡驗證這一點。既然可以這麼隨意拿出來使用，應該就表示這類道具是可以量產的吧。迪亞斯，可以請你問問宰相大人還有沒有這個道具嗎？」

既然是以破壞為前提的道具，那麼應該會把好幾根帶在身上備用才對。

隨著LP最大值減少，減少的LP暫時無法恢復。由於已經減少到光憑「治療」無法彌補的程度，蕾亞選擇以「回復魔法」進行療癒。

「給我從實招來！」

迪亞斯邊問，邊伸手在宰相大人的胸前翻找。

這是一幅帥氣白髮男子對微胖大叔襲胸的畫面。

「……唔唔嗯……真的……有需要……那麼做嗎……我不是專家，所以不是很清楚……」

「已經沒有了嗎！」

看樣子宰相身上沒有其他類似的道具了。

由於手臂遭到迪亞斯扭斷，宰相痛到臉色發白、狂冒冷汗。

◆◆◆

「難道這是無法量產的道具嗎……？算了，既然沒有也沒辦法。對了，迪亞斯，宰相大人感覺已經沒有力氣說話了喔，你要不要放了他呢？你有事情想問他對吧？還有，也可以去問問坐在後面的那些人，我想他們的口風應該沒有宰相那麼緊。」

「那麼，就由我來盤問他們。」

齊格朝癱坐在地的貴族走去。

迪亞斯沒有放開宰相。

「沒辦法了，『治療』。」

蕾亞走上前，對宰相發動「治療」。

那名治療師玩家使用的「回復魔法」連被砍斷的手臂都可以再生，可是宰相的手臂就只是止住血，並沒有長出新的手臂。

莫非「治療」並不是魔法，而是一種技術？就好比「鞣製皮革」一樣。

「唔！妳、妳為什麼……要治療我……？」

「因為感覺你是最好溝通的人。我家的迪亞斯和齊格好像有事情想要問你。」

蕾亞一邊說一邊將注意力放在「識翼結界」上。之前發動攻擊的魔法師們的ＭＰ有可能已經回復到可以擊出一發魔法了。

「好了，迪亞斯，你儘管問吧。」

「謝謝陛下，抱歉給您添麻煩了……好了，我問你，你剛才提到了精靈王對吧？」

「唔，像你們這種汙穢的存在，沒資格說出那個名字……」

「閉嘴！」

（這兩位大叔很不會聊天耶……）

「算了，『魅惑』……好了。」

不耐煩的蕾亞立刻就施展「魅惑」。

由於她不曾讓可以交談的人類種陷入「魅惑」狀態，得試了才知道處於這種狀態的宰相能否正常對話，但是應該至少會比現在這種一開口就互罵的狀況來得好。

「好了，你問問看吧。宰相大人，請你回答迪亞斯的問題。」

「請容在下再次表示歉意。我問你，那個精靈王是怎麼回事？還有那個道具又是什麼？」

「……那個、祕遺物、是從前支配、這片土地的精靈王、遺留下來的祕寶。其效果是……」

「效果什麼的不重要！精靈王遺留下來的祕寶是什麼！」

不，也不能說不重要。可是蕾亞確實也很在意文物這個感覺就像重要道具的稱呼，還有先人遺留下來的祕寶這個關鍵字。

「……精靈王、在臨死之前、將名為祕遺物的、稀有祕寶、遺留給子孫。要子孫用那個、來對抗災厄。」

換言之，大概就是當出現憑國家軍事力量無法對抗的威脅時，用來反擊的手段了。

不曉得精靈王是否只是用來營造氣氛的角色，而那個祕遺物是營運方為避免國家輕易毀滅所安排的道具，抑或真的是精靈王本人所準備的道具。

蕾亞當時雖然選擇轉生成魔王，但其實還有另一個選項是成為精靈王。

可是即使蕾亞變成精靈王，也不會知道那些道具是如何製造。那或許是實際成為精靈王之後才會解鎖的技能吧。

「……我來告訴你一個事實吧。」

才心想迪亞斯怎麼這麼安靜，就見到他的雙眼和剛轉生完一樣散發紅光。恐怕是剛才的對話中，某句話激起他心中熊熊的怒火了。

「首先，精靈王陛下並沒有子孫。就在下所知，那些子孫全都因謀反遭到殺害了。」

迪亞斯原本是從前大陸上唯一一個統一國家的近衛騎士團團長。聽說當時的王族遭到謀殺，而那個王族或許正是精靈王的親戚吧。又或者是精靈王本人也說不定。

「雖然可能也有王族存活下來，當時距今已不知過了多少時日，其血脈想必也早已斷絕。在那之後，謀反之人建立的國家興起，而這個名叫希爾斯的國家應該也是其中之一。」

宰相的表情沒有變化。畢竟他受到「魅惑」，所以這是當然的，假使他冷靜聆聽，不知會露出何種表情。

「精靈王會留下庇佑給你們這些人？別開玩笑了！」

蕾亞摀住耳朵。真希望迪亞斯不要突然爆發。

「不僅如此，你們居然偏偏使用了精靈王陛下的遺產加害蕾亞大人、加害魔王陛下！你究竟要褻瀆到何種地步才甘心！」

事情總算串連起來了。

精靈王大概是從前迪亞斯他們效忠的王吧，而精靈王所統治的國家是統一國家。後來那個國家在陰謀之下分裂，雖然不曉得是誰做的，總之那個人打倒了應該遠比現在的蕾亞厲害的精靈王，迪亞斯等騎士團和剩餘王族也在那時遭到謀殺。

之後唯有算是精靈王遺產的時代錯誤遺物被遺留下來。

仇人的子孫們本來就是迪亞斯他們所仇恨的對象，偏偏那群人又使用前主君的遺產殺害他們現在效忠的蕾亞。

也難怪迪亞斯會生氣了。

「從這個狀況來看，『已滿足轉生條件』這句話會不會是那個意思啊？也就是憤怒……又或者是悲傷？大概是因為情感還是什麼的參數超過一定數值吧。

搞懂這些事情的感覺真痛快！再來我想知道那個道具還有多少，以及實際效果為何。」

無論如何，那似乎不是可以量產的道具，這下總算可以稍微安心了。

「……我手上的這個、就是、精靈王的遺產。而這也是城堡裡的最後一個。其他的、已經由陛下帶走，準備逃亡到、其他國家。」

「——逃亡。」

蕾亞完全沒想過會發生這種事。

換句話說，留在這裡的貴族們全是誘餌。騎士們也是。

說起來，這個房間明明像是謁見廳，卻沒有可以讓人謁見的國王。由於對手的魔法飽和攻擊促使雙方一下就展開交戰，導致蕾亞分了心，沒有注意到那件事。

「不，我想這種狀況應該任誰也預料不到……不過嘛，我今天的確做得有點太過火了……這也是我思慮不周的結果，應該要好好反省才對……

我想順便問一下，你們是何時決定逃離城堡的？」

「……是我、一開始向陛下稟報、災厄將現身王都時。陛下允許使用精靈王的心臟這件國寶時，當時就已經、火速整理好所需物品、展開逃亡了。」

從剛才精靈王的血管效果是對單一對象進行減益來推測，精靈王的心臟無疑是玩家們所使用的那個。

將國寶級道具借給玩家這一點固然令人訝異，既然都打算把整個王都當成誘餌了，這樣的行為也不是不能理解。

可是如果陛下早在那之前就已經逃走了，現在就算想追也不知道該往哪個方向。

「我再順便問一下，他要逃往哪個國家？」

「……此事、全權交由國王決定。即使拷問、留下來的貴族、也問不出答案。」

「……你沒有通知他成功討伐我的消息嗎？」

「……我不知道、國王逃亡去哪裡。原本計劃、等事情都平息之後、再派使者出使、所有同盟國。」

這位宰相大人似乎真的非常優秀。

不曉得其他國家是否也有像他這樣的人呢？如果有，那麼下次侵略就有必要多用點腦筋了。

這是不會顯現在技能和狀態列上的強大實力，坦白說十分值得害怕。

「……那麼我還有最後一個問題。告訴我這個血管道具和心臟道具的效果。」

◆◆◆

儘管說話結結巴巴，宰相仍緩緩地吐出實話。和蕾亞猜想的一樣，其性能非常可怕。

雖然純屬偶然，那個道具還有一項附加功能，就是對魔王這個與精靈王相反的存在特別有效。只是從宰相的口氣聽來，他似乎並未察覺那一點。

「……真是愚蠢。弱化詛咒本來是用來對付你們的詛咒，是你們應該接受的詛咒，然而你們竟然將它……！」

迪亞斯的憤怒指數又上升了。

感覺他的沸點比以前要低許多。如果只有在這件事情上如此就無所謂，要是總是這樣就會有點麻煩。

「……結束了嗎？對不起，我把那些人全都處理掉了。」

這時齊格走了過來。在他身後，那些接受齊格盤問的貴族們全都斷了氣。蕾亞在談話過程中已經感應到周圍的魔法師們陸續死亡，所以並不驚訝。

「……迪亞斯。」

「是。」

最後蕾亞命令迪亞斯動手取宰相的性命。

他真是一個可怕的敵人。

「目的算是達成了吧……雖然不否認有種消化不良的感覺，這也是無可奈何的事，只能把這次的事情當作以後的教訓了。」

◆◆◆

王城內的清除工作完成之後，蕾亞指派齊格和殭屍們負責維持現狀。殭屍們原本就住在這裡，管理上應該非常拿手。

迪亞斯則負責在王都內增加活屍的數量。既然抵抗的居民已逐漸減少，就表示可用的素材增加了。

既然已經掌控住王城，接下來該做的就是整頓周邊都市。

根據城內的精金們的回報，牠們已壓制住大部分的貴族宅邸，也已控制住旅館和民宿等玩家們有可能前往的大型住宅。

由於蕾亞沒有自信可以走在王城的迴廊上而不迷失方向，她來到謁見廳後方像是休息室的房間，從那裡的陽臺飛到上空。

心想「迪亞斯是用走的離開嗎？」的她回頭望去，結果見到他從陽臺跳了下來。蕾亞不希望他把庭院弄出一個洞，但也沒辦法了。

從上空俯瞰，整座王都靜謐無聲，幾乎到處都沒有人在作戰。看來精金們回報壓制作業已大致結束的報告所言不假的樣子。

換句話說，只要去還在進行戰鬥的地方就能找到韋恩等人。

◆◆◆

也不知究竟是幸運還是倒楣，韋恩、基爾和精神魔法玩家都在，另外旁邊還跟著兩名騎士。

「……好奇怪喔，我還以為貴族大致都被解決掉了，為什麼還有騎士留下來呢？」

「——喂，韋恩，你看！」

「唔，是災厄！」

他們似乎注意到蕾亞了。明明太陽已完全下山，四周籠罩在黑暗之中，真虧他們能夠發現。

「妳是覺得游刃有餘才不使用隱形技能嗎？因為妳太白了，看起來就像飄浮在黑夜中……」

（原來如此，說得也是。看來只要有些許光線，我就會顯得很醒目……）

「……你們幾個好像玩得很開心，那真是再好不過了。原來你們已經復活了啊，速度還真快呢。話說我還以為我已經讓王都內大部分的居民都變成活屍了，旁邊那兩位是你們的朋友嗎？」

「可惡！難道羅森先生他們會突然死去是因為這樣嗎！」

「我不曉得你在說誰，不過這座都市裡的貴族已經大致都被我解決掉了喔。只是從那兩位騎士還活著來看，似乎還有漏網之魚呢。為了以防萬一，我已派人在王都內仔細搜索……」

騎士們默默地瞪著空中的蕾亞。

「聽到我這麼說卻完全不為所動，看來你們的飼主不在這座都市裡呢。這麼說來，你們是從其他都市來這裡出差的騎士？這種事情有可能發生嗎？」

騎士沒有回答。可是看得出來他們的身體微微動了一下。

蕾亞想起之前也發生過類似的情況。記得沒錯的話，那是在攻陷拉科利努時。當時交手的騎士們也是在城市毀滅之後依然活著，恐怕當時他們的主君也在別的地方吧。那件事雖然感覺已經過了很久，事實上卻是今天早上發生的事情。事情發生至今還不到一天。

「拉科利努啊……」

蕾亞喃喃地這麼脫口而出，豈料騎士們的反應卻異常地大。他們顯然十分慌張，不停地互使眼色。

「哦？」

儘管純屬巧合，看來他們的主君似乎和拉科利努有關。

拉科利努裡沒有主君，只有騎士。這座王都裡也沒有主君，只有騎士。實在讓人很難相信這兩者之間毫無關聯。那麼，那個主君究竟人在哪裡呢？

「主君在……拉科利努嗎？在那個已經毀滅的城市裡。」

這次騎士們的反應不如剛才那麼激烈。也就是說，他們已經知曉那座城市毀滅的事實了。

蕾亞原本心想，假如當時在拉科利努的騎士主君還活著，那麼有可能會在這座王都裡，然而如今王都的貴族已所剩無幾。這麼一來，如果假設主君其實在那座城裡，那麼有可能的情況會是什麼呢？

「躲在瓦礫堆中……裝死？有貴族會那麼做嗎？」

她本來覺得不可能，可是又想起剛才和宰相的對話。小看NPC太危險了。

蕾亞睜開眼睛注視騎士們。她雖然並不擅長解讀他人的表情，如果這是演技，那他們還是別當騎士，改行從事其他職業比較好。

蕾亞方才的猜測恐怕沒有錯。他們不可能知道身在拉科利努的主君此時此刻的詳細狀況，不過他們應該很確定自己的主君有可能會那麼做。

「這下可真是得知好消息了。不只是這座王都，我連在拉科利努都太掉以輕心了。我今天真是沒有一件事情做好呢。」

她繼續睜著眼睛，將範圍魔法瞄準騎士們和韋恩等人的中央附近。

「我接下來有事情要去辦。你們……縱然不曉得之後會在哪裡現身，就到時再見吧。你們不管死幾次都還是會復活對吧？既然這樣，那我就見一次殺一次。」

蕾亞收拾掉韋恩等人後一度返回王城。

她從空中降落在陽臺上，朝正在謁見廳裡對活屍下屬們下達指示的齊格走去。

「陛下，您辛苦了。外面的情況如何？」

「清除工作大致結束了。王都內大概只剩下我們了吧。」

這一點從已經可以將這座王城設定為領地也能得知。

可是蕾亞打算把王城當成有活屍頭目坐鎮的王都地下城的最深處使用，所以她不會那麼做。

這時蕾亞靈光一閃，從背包取出所有賢者之石。

「有需要時，你可以儘管用這個道具強化下屬。即使遇到需要經驗值的情況，你也可以聯絡我，找我商量。」

「這是……哦哦，這實在太不敢當了。謝謝陛下。」

倘若今後齊格和迪亞斯在這座王都遭人討伐，那麼今天一整天的辛苦就泡湯了。雖然覺得那是不可能的事，自以為不可能的事情卻偶爾真的會發生。現在的蕾亞比誰都還要清楚這一點。

「不要吝惜使用道具，要盡可能有效率地用來強化下屬。至少要趁現在鞏固防禦，讓這座王城絕對不會遭人入侵。」

「我明白了。」

齊格單膝跪地，低頭回應。

「……這種帥哥對自己下跪的情節，讓人感覺有點像在玩其他遊戲……」

VR技術的發達當然也對那類遊戲的開發帶來莫大的影響。

「對了，我要出去辦一點事情，接下來就拜託你了。」

「您要去哪裡呢？」

「拉科利努。就是今天早上被砲兵蟻剷平的地方。那裡好像有漏網之魚，我去確認一下。」

「……您該不會要獨自前往吧？」

「……可是又沒有其他人會飛。」

「請您至少穿上鎧坂大人。」

對喔，只要「召喚」並穿戴上鎧坂先生和劍崎們，蕾亞就能單獨飛去那裡了。

「就這麼辦吧。那麼我走了……再見啦。」

蕾亞轉身背對再次低頭的齊格，「召喚」鎧坂先生和劍崎們。

「……剛才真是抱歉啊。總有一天，我會去殺死朝鎧坂先生扔擲墨魚汁彈的傢伙。帶給你們『恐懼』的傢伙剛才已經被我收拾掉了，不過之後一定還能再見面。好了，我們走吧。」

◆◆◆

蕾亞抵達拉科利努的上空時，透過鎧坂先生的視野遠遠看見地上竄出宛如營火的火焰。

她立刻閉上眼睛啟動「魔眼」，緊接著在淺桃紅色的視野中確認到起火那一帶有看似人形的魔力。

「——那邊好像有人在戰鬥耶。怎麼會有人喜歡在這種廢墟作戰呢……」

從上空靠近一瞧，只見戰況乍看似乎陷入了膠著。

看樣子好像是四名操控骷髏與像是人類的人，正在與率領騎士和傭兵、地位看似很高的男人發生衝突。

戰況逐漸從膠著狀態，演變成不利於骷髏那一方。

蕾亞雖然不喜歡見到人類方獲勝，卻對雙方似乎都不害怕蒙受損害這一點感到好奇。假使這些人是某人的眷屬，並且以復活為前提發生衝突，那麼蕾亞隨便現身恐怕會有危險。

不久後，骷髏的數量和傭兵的數量產生逆轉，勝負已進入最後關頭。人類方的男性指揮官就像要展開最後追擊般舉起弓，將箭搭在弦上。

倘若那支箭射中骷髏方的指揮官，屆時勝負將會塵埃落定。那是決定勝負的最後一箭。

骷髏方的指揮官看著箭，渾身僵硬。不曉得逐漸逼近的箭看在那名指揮官眼裡是什麼模樣？

不愉快的記憶在蕾亞腦海中閃過。

◆◆◆

「——雖說不關我的事，眼睜睜看著別人被弓箭射殺，對精神衛生實在有害。」

蕾亞如此喃喃自語後，扔掉用鎧坂先生的手指捏在手裡的箭。

山丘上有三名像是人類的人。

在那三人的前方，剛才和紅色骷髏作戰的傭兵們停下動作，盯著蕾亞這邊。對此，骷髏也沒有趁機攻擊。骷髏似乎也很在意蕾亞。

也是啦，見到巨大盔甲突然從上空降臨，會在意也是當然的。

射箭的應該是身在這座山丘中央的男人吧。從那身裝扮來看，他好像是貴族。這下說不定是「踏破鐵鞋無覓處，得來全不費工夫」。

仔細一瞧，在他左右兩邊的騎士是之前在王都見過的面孔。既然如此就不會有錯了。

蕾亞從鎧坂先生裡面走出來。

「嗨！兩位騎士，咱們一會兒不見了呢。看來你們似乎平安回到家，真是太好了！對了，那邊的……」

「——唔哇！這是什麼？機器人？是機器人！好大！超帥的！」

蕾亞有點嚇到。才在想發生了什麼事，原來是剛才和他們作戰的骷髏勢力中、恐怕是首領的人物在嚷嚷。也就是方才被鎧坂先生扔掉的箭瞄準的人物。

從服裝來看，蕾亞原以為那個人是男性，沒想到卻是女性的聲音。

正當她在思索該說什麼時，那個人身旁的女性開口勸說：

「主、主人，是不是應該先道謝呢？對方可是救了您一命喔？」

「重點不是那個啦，杜鵑紅。人家好像正在談正事，我們不應該打擾——」

「先不管那個了，我們還是先退下比較好——」

情況變得一發不可收拾。

話說回來，明明剛才還處於差點戰死的狀況，她們幾個的態度未免太悠哉了吧？

「說、說得也是！謝謝妳！啊，抱歉打擾各位，那我們就先退下了，嘿嘿嘿。」

四人一邊這麼說，一邊往後退。剛才作戰的三具紅色骷髏也跟著往那一頭退開。

先前和骷髏交手的傭兵沒有追上前去，他們似乎正在提防蕾亞。

「……我剛剛說到哪裡了？呃，啊，對了！那邊那個人是你們的飼主嗎？」

騎士們只是擺出備戰姿勢，沒有回答。說不定他們沒有聽見蕾亞的話。無論如何，這樣的距離確實除非扯開嗓門，否則很難對話。

蕾亞決定從鎧坂先生身上跳下來，前往山丘上。

「好了，這樣的距離應該就可以正常對話了。你們剛才好像沒聽見，所以我再說一次。咱們一會兒不見了呢，看來你們似乎平安……」

「聽到了啦！臭災厄！」

「……這樣啊。那麼，那個滿身灰塵的人應該就是你們的飼主吧？」

走近之後才發現，那名衣著氣派的男人身上沾滿了塵土。「魔眼」雖然可以在效果範圍內清楚看見物體而不受本身視力影響，卻無法分辨顏色和髒汙。

「——妳就是攻擊這座城市的災厄嗎？」

「怎麼？你也是那種不回答別人的問題，只問自己想知道事情的人嗎？這個國家的教育到底出了什麼毛病啊？」

不過話說回來，相同類型的韋恩並不是這個國家的人。

「因為我懶得一問一答，就好心回答你吧。我就是那個災厄沒錯。雖然同樣的對話已經重複好幾次了，在此之前我可從來不曾那麼自稱。」

「就是妳毀了這座城市……！」

「是啊。可是我要訂正一點，我不是毀了這座城市，而是這整個國家，因為我已經壓制住王都了。不過既然那兩名騎士在這裡，我想你應該也已經知道王都的事情了吧？」

從那兩名騎士比蕾亞先來到拉科利努這一點來思考，他們果然和玩家一樣，無法在受其他勢力壓制的地點重生，因此才會在王都的前一個據點，也就是這座城市重生。

儘管很難相信他們可以在被破壞得如此澈底的地點重生，或許他們睡覺的地方位於地底。領主之所以存活，恐怕也是因為如此。

可是不管怎麼樣，襲擊拉科利努的行動太掉以輕心是事實，必須在這裡作個清算才行。

「好了，閒聊就到此為止吧，我還得去找這裡的領主呢。不過如果你就是領主，那麼再多聊一會兒也可以。」

「我就是領主！這座城裡的無辜人民全都因為妳……！」

蕾亞從未遇過所謂無辜的人們所以不清楚，不過就當作這座城裡的人們是無辜的吧。說起來，他們的確什麼也沒做。

可是如果真要那麼說——

「我記得這裡之前有許多軍隊對吧？這件事是我在王都從宰相大人那裡聽來的，聽說他們原本打算前往里伯大森林討伐我，而且還是超過十天前就從王都出發了。換句話說，你們當時就已經決定要討伐我了。可是我想在這裡問一句，我那個時候究竟做了什麼？」

雖然從宰相那裡聽來這件事是騙人的，那些細節現在就先放一邊。

假如按照他的道理來說，那麼國家便僅僅只是因為推測無辜的蕾亞是災厄，就派遣軍隊想要殺死她。

「那——那是！……因為……妳是人類之敵！」

換言之，這麼做就和發現胡蜂的蜂窩，於是打算在受害之前加以驅除一樣。不過很可惜，蕾亞不是普通的胡蜂，沒辦法輕易驅除。

「你講話很矛盾耶。既然你說我是人類之敵，那我正在做的事情不就是正確的嗎？身為人類之敵，我的所作所為反倒值得嘉獎，你到底有什麼不滿啊？」

其實蕾亞也不是真心這麼認為。畢竟任誰見到自己的城市突然遭到破壞，應該都會想要那麼說。對於蕾亞揶揄似的口吻，領主沒有回答，就只是恨恨地瞪著她。

「……你這個人真無趣耶。算了，永別吧。」

對領主失去興趣的蕾亞發動「羽毛格林機槍」，將他的身體打成蜂窩。

結果兩旁的騎士和傭兵們也隨即像斷了線似的癱倒在地。看樣子他果然是主君。剛才誰都沒有採取擋在蕾亞和領主中間的防禦行動。蕾亞確實說過要聊聊，不過她並沒有說不會發動攻擊。

◆◆◆

這麼一來，蕾亞總算真正將拉科利努澈底毀滅了。

其實她很想接著去追趕王都的漏網之魚，也就是逃亡的國王，但是她連對方逃往哪個方向都不知道。

況且假使宰相所言屬實，國王手上應該有好幾個對付魔王特別有效的文物，而且那個文物也存在於其他五國。在這個狀況下去別國找人太危險了。

再說現在還有一件更重要的事。

那就是背後那群吵鬧的人。既然她剛才提到機器人，就表示她應該是玩家沒錯。然後從緊守在她身旁的女性稱她為「主人」，還有紅色骷髏聽從她的指示來看，她擁有「使役」類技能的可能性很高。

蕾亞以外的玩家取得了那項技能。

這是有可能撼動蕾亞優勢地位的重大事件。可以的話，蕾亞想要仔細問個清楚。

就剛才的狀況來看，她似乎與人類為敵。

這是蕾亞第一次和友好的玩家交談。

◆◆◆

「好了，抱歉讓妳們久等了。」

「別這麼說！一點都不會！」

她一邊這麼說，一邊在鎧坂先生身上摸個不停。透過「魔眼」觀察，她的ＭＰ量相當多。雖然不及專精精神魔法的那名玩家，這樣的數值也算相當多了。

正設法阻止她隨意觸碰的三名女性的ＭＰ則在她之上。

假如這三名女性是男裝玩家的眷屬，那麼她一人應該可以說至少擁有相當於三名頂尖玩家的戰鬥力。

「……妳對鎧坂先生很好奇嗎？」

「原來這個機器人叫做凱伊．班．仙森啊！」

「不，不是那樣，我想妳恐怕誤會我的話了。」

蕾亞向她解釋鎧坂先生——應該說活體盔甲類魔物是什麼。

「要是妳滿意了，接著就來自我介紹吧。我叫做蕾亞。如妳所見，我是非人虛擬化身的玩家。我在這次活動中，主要加入侵略人類城市的那一方。妳叫做什麼名字？」

「啊！這可真是失禮了！我叫做布朗！是以骷髏角色開始遊戲的玩家！因為骨頭是白色的（註：法文blanc的發音近似布朗，意思是白色），才會取這個名字！妳別看我這樣，其實我已經消滅兩座城市了喲！」

骷髏——不管怎麼看都不像。可是她看起來不像在撒謊——應該說，看起來不像是會面不改色地說出那種馬上就會被揭穿是謊言的人物。

「……雖然妳看起來一點都不像骷髏，妳該不會曾經轉生成其他種族吧？」

「沒錯，就是那樣！我跟妳說，我一開始——」

第五章 布朗與新遊戲

在完全由白色構成的小房間內，擺著一張最新型的醫療用ＶＲ床。躺在床上的，是一名僅穿著手術服般服裝的年輕少女。

她平常其實不太會打電動，但是因為意外多出好長一段空閒時間，她決定趁此機會嘗試看看之前嫌棄的ＶＲ遊戲。ＶＲ機器可兼作醫療用途這一點，也是她決定試試看的原因之一。

「嗯～難得有這個機會，我想讓外表變得和平常的自己不一樣耶。」

既然要在異世界生活，她想要過著和從前的自己截然不同的人生。

她如此心想，刻意不在製作虛擬化身時完整掃描自己，就這麼開始創建角色。

「骷髏……這是什麼呢？感覺聽起來很不錯。種族就決定是這個了——等等，這不是骨頭嗎！未免太光溜溜了吧！」

對平常不打電動的她而言，骷髏是個陌生的單字。她萬萬沒想到居然只有骨頭。

可是這是個難得的機會。這個她在毫不知情的狀況下選擇的種族，外表雖然感覺有點怪異，就不同於平時的自己這層意義而言，沒有比這個更好了。

「好吧！種族就決定是骷髏了！」

決定好種族之後，接著是技能組成。話雖如此，她對遊戲的技能幾乎一無所知。

「骷髏應該要有什麼技能呢……我完全不知道……啊，難得有這個機會，我好想用用看魔法喔。那就決定是魔法吧。反正我也不知道哪個好，乾脆選喜歡的好了。」

她大略看了一下，將所有屬性的魔法都各取得一項。因為她不懂「自失」是什麼意思，「精神魔法」這類屬性成謎的技能則無視。

「經驗值還有剩耶……啊，原來選擇骷髏可以多領到一百點經驗值！真幸運～很好，那就把剩餘的經驗值用來提升能力值吧。魔法的判定是看這個印特(INT)啊？好吧，反正還有剩，那就全部都投入到印特上好了。」

角色資料創建完畢，接著是名字。

「名字是……嗯～就叫做『布朗』吧！因為是雪白的骨頭嘛。」

就這樣，布朗選擇在魔物領域的「洞窟環境」登入。

◆◆◆

教學解說結束後，布朗生成的地點是一個昏暗潮溼、四周岩壁環繞的洞窟。雖然說昏暗，實際上卻是沒有任何光線的一片漆黑。之所以看起來昏暗，是布朗的種族「骷髏」的種族特性「夜視」的效果。

布朗決定姑且朝這座洞窟的出口走去。只不過她根本不曉得出口在哪裡，因此只是隨便選了個方向前進。

由於她之前不曾藉由在ＶＲ上進行復健的方式在天然洞窟內行走，行走的過程中被絆倒了好幾次。

「好像抵達某個房間……了……」

布朗站起身後一抬頭，便目睹她開始遊戲以來首次見到的生物。

在那裡的是螞蟻。

只不過大小和柴犬一樣。

「噫！」

而且螞蟻還不只一隻。三隻螞蟻朝著布朗的方向不停晃動觸角。

「呀啊啊啊啊啊啊啊！」

不知是對反射性尖叫的布朗起了反應，還是把尖叫聲視為攻擊，只見蟻群朝布朗襲來。

「唔哇！螞蟻咬——嗯嗚！」

螞蟻毫不留情地咬住布朗的骨頭腳。柴犬大小的螞蟻下顎相當大，反觀布朗的骨頭腳則十分纖細。

布朗跌倒了。

「好痛！……咦？」

螞蟻大概一直在等布朗的弱點（頭部）位置下降吧。別隻螞蟻蜷縮身體，將臀部朝向布朗。不對，昆蟲的那個部位不是臀部，正確來說應該是腹部。

「等——等等！」

氣味刺鼻的液體從螞蟻腹部前端的毒腺中被猛烈噴出，灑在布朗的上半身上。骨頭身體冒出感覺對健康有害的煙霧，開始融解。

接著神祕的說話聲傳來。

『一小時內都可以受理復活，妳要立刻重生嗎？』

「這是什麼……啊，我死掉了嗎……話說先是被啃腳，接著又被從頭潑灑酸液死掉，這個難度未免太高了吧！還有，這種逼真感是怎麼回事？雖然不是非常痛，而且我也已經習慣這種疼痛感了，除此之外的一切……真的會讓人留下陰影耶！原來玩遊戲這麼難……」

對於剛才遊戲中初次見到的其他生物突然對自己展現濃烈殺意，布朗一開始感到非常錯亂，可是冷靜下來後，她內心也開始湧現「要是當時這麼做就好了」、「我應該那樣做才對」的懊悔情緒。

「好吧，既然在這裡等下去，螞蟻也不會讓我復活，那麼只要重生應該就能回到一開始的地方。啊，我記得死掉時好像會有死亡懲罰耶？」

在答應重生之前，她先在說明欄查詢有關死亡懲罰的規定。看來死亡後系統讓玩家重生時，會扣除先前取得的總經驗值的一成。

「好重的懲罰！……啊，不過如果經驗值的總使用量在一定程度以下，就不會有死亡懲罰啊？唔嗯，上限是兩百，骷髏勉強逃過一劫呢。如果是哥布林，只要死過一次就會變得比最初的狀態還要弱嗎？我的天哪～」

不惜承擔魔物這項缺點換來的初始經驗值，竟然只因為一次失誤便化為烏有，這實在太過嚴苛了。

「勉強保持平衡。看來骷髏果然是最強的。呃，總之先重生吧。」

經過瞬間的酩酊感，布朗回神時已站在洞窟內一開始醒來的場所。

「這次要謹慎行事……」

從結論來說，後來布朗又死亡重生了好幾次。過程中，她親身實地學會如何使用魔法，同時慢慢地在洞窟內進行探索。

魔法中好像有名為「再次使用時間」、限制連續使用的制度。關於這一點，她也在官方網站的社群平臺確認過了。

當連續擊發「火焰箭」和「冰子彈」時，假設雙方的再次使用時間分別都是五秒，那麼擊出第一次「火焰箭」後必須經過十秒才能再次擊發「火焰箭」。

由於布朗已經取得不同屬性的五種攻擊類魔法，最多可以連續擊發五次魔法。也就是說，她一次最多可以應付五個敵人。

可是有一次，正當她幹勁十足地準備再次重生時，卻聽見一則不同以往的神祕訊息。

『妳的重生點是其他角色的私人領域，無法重生。妳沒有其他既有的重生點，妳將隨機於初始生成地點重生。』

步驟。

「啥？咦？」

布朗因為已經聽過太多次重生這個詞，差點就要陷入格式塔崩壞的狀態。

不過眼前的狀況並沒有等她反應過來。

系統已經受理重生的請求，而且由於沒有其他選項，視野很快就變得扭曲，開始進行重生的步驟。

◆◆◆

視野恢復後，布朗環顧四周，發現自己身在陌生的地方。

雖然這裡無疑是某個洞窟，空間卻比之前見過好多次的重生點洞窟要寬敞許多。

「……這裡是哪裡？」

其實她也不曉得原來的洞窟位於何處，然而至少看得出來和現在所在的地方明顯不同。兩者的岩石顏色和質地也不一樣。

「話說回來，我的重生點屬於他人是什麼意思……？」

明明直到剛才為止都還能夠順利重生。

「……現在卻因為那是某人的私有地而無法重生，莫非這表示在我瀏覽社群平臺的幾十分鐘內……有人買下了包含洞窟在內的土地嗎？話說土地是可以購買的嗎？等我成為獨當一面的骨頭人、對自己有足夠的信心之後，我也好想買房子喔。不過既然我是骨頭人，比起房子好像還是買墳墓比較好吧……算了，事情過了就別想太多了。反正我大概也回不去了。」

比起那些，現在最重要的是探索新洞窟。

「既然我已經習慣了，還是先作好隨時都能擊發『火焰箭』的心理準備吧。好了，繼螞蟻之後會出現什麼呢？」

布朗重新繃緊神經，謹慎小心地開始沿著洞窟前進。

走著走著，洞窟內的氣氛突然在過了某個地方後整個改變。

具體而言就是從岩石外露的牆壁，變成疑似由人工堆砌而成的石牆。

「感覺變得好像遺跡喔……不是蟻窩這一點固然值得慶幸……不過會出現在遺跡的野生動物是什麼呢？」

雖說遊戲才剛開始，可能出現的敵人未必是野生動物，因為初次見面的螞蟻帶給布朗太大的震撼，使得她無意識地都把魔物想成現實中會出現的生物。

因此她才會驚慌失措、大聲尖叫，最後因為來不及應對而喪命。

「啊，好像有東西……咦？唔哇！屍體？是殭屍？呀——！好噁心！拜託真的不要從那方面進行傷害啦！」

『一小時內都可以受理復活，妳要立刻重生嗎？』

「是殭屍啊……我完全沒想到會有這種可能性……」

布朗一邊重生，一邊沮喪地說。

「就已經死掉這層意義來說，殭屍好像也可以算是我的……同伴……不，這樣說應該太牽強了。算了，我還是積極正面一點吧！既然不是同伴，那麼就算燒燬也沒關係！接下來我每天都要燒燬殭屍！」

布朗發誓這次一定要把之前的事情當成教訓、謹慎行事，接著邁開步伐。

在從洞窟切換成石壁的邊界附近，儘管不知道和剛才的是否為同一具——總之站著一具殭屍。布朗瞬間一驚，不過大概是教訓起了作用吧，她沒有過度慌張，而是姑且使出「火焰箭」。

可能是腐敗導致可燃性氣體產生的關係，殭屍頓時化為一團火球。

「……魔法真的很強耶。話說不曉得是『火焰箭』特別強，還是魔法很強就是了。啊，我的INT上升了。看來也有可能因為是我使出的魔法，才會這麼強……」

不知是對焚燒殭屍的聲音和氣味起了反應，還是有其他原因，下一具殭屍很快就出現了。

布朗確認魔法的再次使用時間結束後，冷靜地再度擊出「火焰箭」。殭屍同樣被一擊斃命。

之後馬上又有其他殭屍從石壁另一頭現身。仔細一瞧，殭屍是成群結隊地到來。

「好像以前的電影情節！呃，『雷電』！」

耀眼的雷光聚集在布朗手中，瞬間之後刺中殭屍。與此同時，殭屍全身瞬間被閃電的強光所籠罩，之後旋即變得焦黑倒地。

看樣子「雷電」也能將敵人一擊斃命。

「『冰子彈』！『水槍』！『空氣刃』！」

之後布朗也謹慎地接連施展魔法，一一殲滅掉殭屍。

憑布朗的ＩＮＴ數量，似乎無論使用何種魔法都能一擊打倒這些殭屍。唯一的差別只有屍體的形狀。

「……不對，既然是殭屍，那麼應該一開始就是屍體吧？算了，實際怎麼樣都好。話說怎麼還有啊！」

由於她已經連續擊出五發攻擊魔法，必須稍等一會兒才能繼續攻擊。

現在大概只能暫時後退，一邊儘量爭取再次使用魔法的時間，同時一一打倒敵人了。

布朗緊盯著朝自己逼近的殭屍群，慢慢地後退。

可是殭屍群明明知道布朗就在前方，卻不打算繼續靠近。

「奇怪？為什麼不過來啊？」

殭屍們在石壁和洞窟的邊界不停徘徊。

「那些傢伙果然無法進到這邊嗎？咦？這個該不會是……」

獎勵關到來了。

布朗以和ＭＰ的自然回復達成平衡的步調，開始不慌不忙地焚燒殭屍。

布朗就這樣享受了獎勵關一陣子，而就在她開始覺得殭屍數量漸漸減少的幾分鐘後，聚集在入口附近的殭屍終於全滅了。

✦◆✦

她踩著殭屍的屍體小心翼翼地窺探遺跡的通道。沒有會動的東西。接著她提心吊膽地嘗試進入遺跡，也沒有聽見任何聲響。

「……真的已經獵殺完了嗎？」

布朗離開洞窟，開始沿著石壁綿延的遺跡通道而行。

「說到這裡，我好像已經玩了滿久的耶……唔哇，已經超過八小時了！嗯～算了，反正醒來也沒事可做。」

幸好布朗使用的VR座艙是也兼具醫療床功能的高價款式，因此即使長時間沒有醒來也不會發出警告，維持生命方面也沒有問題。

布朗充分享受了走在連是什麼時代都不知道的古老遺跡內，這種不只在現實中，就連在其他VR內容中也無法經歷的體驗。她完全擺脫之前的地獄，變得簡直像在觀光一般。

閒逛一陣之後，沒多久前方出現一道古老卻布滿精緻雕刻的厚重大門。

「哦哦，好有最深處的感覺！不對，我連這裡是遺跡的哪裡都不曉得，自然也無法確定是不是最深處。話說回來，我這樣算迷路嗎……？」

儘管門發出「鏗鏗鏗」的沉重聲響，卻意外輕易地就被開啟了。應該說，門從半途就自己打開了。

門後的房間深處有一張寶座，寶座上則坐著一名金髮美男子。

「——是入侵者啊……好久沒有見到入侵者了。本大人從剛才就沒見到隨從們，是妳這傢伙

◆◆◆

把他們幹掉了嗎？」

「唔哇，跟我說話了！話說原來是人！發現第一位村民了！」

這是布朗開始遊戲至今遇到的第一個能夠溝通的ＮＰＣ，因此她非常興奮。

「區區骷髏竟敢說本大人是村民……！在那之前，妳先回答問題。本大人的隨從們是妳幹掉的嗎？」

看來是本大爺系村民。不過既然他自稱本大人，好像應該說是本大人系才對。

「隨從……你在說誰啊？這座遺跡裡面就只有殭屍啊？」

「就是那個殭屍！還有，這不是遺跡，是本大人的城堡！妳是故意來找碴的嗎！」

「我沒有！對不起，我把殭屍燒掉了！」

「燒掉了？可是妳看起來兩手空空……難道妳會使用魔法？就憑妳區區骷髏？」

「呃，是啊……」

「等等，話說回來，妳這個骷髏居然會說話又有智慧？妳……究竟是什麼人？」

布朗覺得會說話很正常，可是假如這位自稱本大人的人物隨從全是那個殭屍，那麼他身邊確實沒有可以交談的人才。

既然如此，他想必很渴望和他人對話。

「我可以陪你說話喔。反正我作戰到現在也累了。」

「唔嗯……有意思，妳就成為本大人的隨從吧。」

意思是他想僱用我當隨從嗎？這場面試來得還真是突然。

✦✦✦

而且只是因為能夠交談就立刻錄取，錄取標準也太寬鬆了。

可是布朗只是偶然隨機生成在這座遺跡，可以的話她想要去外面冒險看看。把這裡當成據點縱然很好，被束縛在這裡就不是好事了。

「不，不用了。祝貴公司事業蒸蒸日上。」

「妳沒有選擇的權利！『魅惑』！」

『抵抗失敗。』

神祕的系統訊息響起。

然後就在那瞬間，布朗感覺寶座男子的帥氣度又上升了。

（怎麼會！這個帥氣度是怎麼回事！居然又上升了！奇怪？發不出聲音！話說身體也動不了！就連視野也變成粉紅色了！這是怎麼搞的！啊，原來是狀態異常嗎！）

布朗急忙確認視窗，發現自己已陷入魅惑狀態。

她無法憑自己的意志控制自己的身體，也沒辦法出聲說話。另外她後來才知道，對方的帥哥化和視野中的粉紅色煙霧在系統上不具意義。

「很好，看來生效了。那麼接著是『支配』。」

『抵抗失敗。』

「再來是『使役』。好了，成為本大人的隨從吧。」

『抵抗失敗。』

本大人系帥哥接連發動好幾個技能，而布朗全部都抵抗失敗了。

『已滿足特殊條件。可轉生成為吸血鬼的隨從（隨從殭屍）。』

『「德．哈維蘭伯爵」試圖收服妳。如果沒有問題，請於五秒內答應。若不表態，此事將於五秒後取消。』

系統訊息如怒濤般湧來。布朗上次收到這麼長的訊息是重生失敗那時。

（等等！事情發展得太快，有人會跟不上啦！而那個人就是我！）

『保留課題。』

（啊，真的等我了。）

系統願意等待真是太好了。

首先是剛才不斷出現的「抵抗失敗」訊息。根據系統的訊息內容，這應該是指「德．哈維蘭伯爵」對布朗施展的「魅惑」、「支配」和「使役」吧。布朗大概可以猜出那是什麼樣的技能。然後從把殭屍當成隨從，還有坐在這種古堡的寶座上來看，這位伯爵恐怕是吸血鬼之類的存在。然後，現在布朗在吸血鬼的魅惑之下即將受到支配。不對，既然抵抗失敗，那麼應該是已經受到支配了。布朗因此渾身動彈不得，眼看就快被收服。

接著是「可轉生」這個詞。所謂隨從殭屍，指的無疑是布朗在通道燒燬的那群殭屍。她雖然不懂「轉生」是什麼意思，要是答應了，有可能會變成和那個殭屍同種的怪物。這件事讓人有點……不，是相當抗拒。

最後是收服。布朗也不知道收服代表什麼意思，但若按常理來思考，應該是會變成伯爵的寵物吧。

玩家有可能成為ＮＰＣ的寵物嗎？等等，既然系統正在保留中，就表示選擇權從頭到尾都在我手上吧？縱然這位伯爵說布朗無權選擇，據說ＮＰＣ聽不到系統訊息；而且如果是ＮＰＣ，說不定就會一下被收服而沒有選擇的餘地。

「唔，雖然幾乎沒有受到抵抗的感覺，本大人的力量卻完全起不了作用……妳這個骷髏果然有意思。」

伯爵這麼說道，但布朗決定先置之不理。

然而令她在意的是，「轉生成隨從」和「成為下屬」這兩件事出現在不同的訊息中。感覺好像可以接受轉生成隨從，但是拒絕被收服。簡直就像身體受到改造後，在進行大腦改造前一刻逃出來似的。

（感覺好像坐上第一代假面騎士的機車……）

若是繼續過著正常的生活，要和那個為人傳頌至今的傳奇Japanese Live-action的主角採取相同行動是不可能的事。

布朗很煩惱。所幸伯爵願意在一旁自言自語等待回覆。

苦思到最後，布朗決定接受轉生。

至於收服則當然是拒絕了。

『已滿足條件。可選擇轉生成為吸血鬼的隨從（隨從殭屍）或有意志死者（亡靈）。』

（咦？那我選亡靈。）

只要不是殭屍什麼都好。布朗的願望是被改造後逃出去，而不是成為殭屍。

『已滿足條件。支付經驗值一百點即可選擇轉生成為低階吸血鬼（Lesser Vampire）。』

（等一下！）

『保留課題。』

系統又願意等待了。

（當玩家真方便耶！）

低階吸血鬼，也就是眼前的伯爵的同伴。

儘管可能有無法在陽光下活動，還有怕大蒜之類的弱點，仔細想想布朗從遊戲開始到現在都不曾置身在陽光下。既然如此，這款遊戲也有可能所有地區都照射不到陽光。再說她本來也就討厭大蒜，所以實際上可以說毫無缺點。

布朗支付靠殭屍賺來的一半經驗值，轉生成低階吸血鬼。

「什麼？怎麼會——」

◆◆◆

從那之後，布朗便過著只有遊戲時間的晚上到古堡外的荒野狩獵和探索，然後在太陽升起前回到古堡，白天時在古堡裡登出（睡覺）或和伯爵聊天的生活。

雖然有些日子要在現實中接受身體檢查而一整天無法登入，導致遊戲在不知不覺間正式上線了，隨著正式上線而開始收取的月費會從建立帳號時便完成連結的虛擬貨幣錢包中自動扣除，因此沒有問題。

當時——

儘管布朗作出選擇轉生而拒絕「使役」，這種彷彿坐上第一代假面騎士機車的任性之舉，吸血鬼伯爵的心情卻意外地好。

他對憑一己之力成為低階吸血鬼的布朗給予高度評價，還送她像是吸血鬼會穿的貴族服飾和手杖。他似乎無法忍受身為支配階級的吸血鬼衣著寒酸——也就是只穿戴初始裝備。衣服雖然是伯爵的老舊男裝，布朗在創建角色時沒有掃描真實的自己也沒有變更造型，所以她的外表十分中性，穿上男裝後看起來就像一名嬌小的男性。只不過由於初始設定的虛擬化身頭髮長及腳下，她將頭髮分成兩邊綁起來。

不僅如此，伯爵還把布朗當成自己的朋友，告訴她可以自由使用城堡。

話雖如此，畢竟機會難得，布朗還是希望有朝一日能成為一國一城之主。

這時，布朗單純只是抱著想要有個自己的家的心態這麼說，伯爵卻將她用來比喻的話照單全收，不但露出愉悅的笑容告訴她哪個國家比較容易消滅，還說等她再多培養一點實力就可以試著發動襲擊。

「可是我記得那個國家在官網——呃，我之前聽說那是個雖不富裕卻也不貧困、局勢穩定的國家……」

「哼，穩定這個詞說得還真好聽。無論是人還是國家，對生命有限的存在而言，所謂穩定不過就是緩慢地衰退罷了。人才一旦停止流動，國家便會開始逐漸腐敗。再說那個國家據說檯面下早已經展開激烈的派系鬥爭，所以毀滅只是早晚的問題。」

「你明明一直待在這座古堡裡，為什麼會知道那些情報啊？」

「什麼古堡……算了。因為本大人派出老鼠當臥底啦。」

「你是說間諜嗎！好酷喔！」

「不，就如字面那般是老鼠。本大人派出受到『使役』的老鼠潛入各個組織中。」

「咦？嗯……勉強還可以！」

「哈哈哈！是嗎？勉強還可以啊！」

這樣的評語明明相當失禮，還給人一種高高在上的感覺，伯爵卻開心地笑了。

「不過那樣還挺不錯的耶。我也好想要使役看看。」

「妳辦得到喔？妳在轉生成吸血鬼時，應該就已經可以取得『調教』系統的『使役』了。妳試著取得『調教』看看吧。」

布朗聽從伯爵的話取得「調教」。消費經驗值是二十點，對現在的布朗來說是小意思。

「真的耶！『使役』出來了！」

「如果只使用『使役』，除非雙方的實力差距很大，否則就不會成功。因為這是給能夠自己生出眷屬的人使用的力量。倘若想征服現有的對象，最好搭配使用『精神魔法』的『魅惑』或『支配』等技能。」

原來如此，這大概就是之前伯爵對布朗造成的一連串狀態異常吧。

雖然要一路連「精神魔法」的「支配」也取得必須消費相當多經驗值，反正目前也沒有其他想得到的技能，布朗便決定這麼做了。

「前輩！我取得『支配』了！」

「哈哈哈！前輩是嗎？這個稱呼聽起來真不錯！好了，由於『支配』這類和『精神魔法』相關的魔法，成功率基本上會受到精神力的強弱所左右，妳要儘量鍛鍊自己的精神力。」

伯爵所說的精神力，應該就是遊戲裡的MND吧？布朗記得關於能力值的說明中好像曾經提到這一點。

布朗相信伯爵的話，將剩餘經驗值全部投入到MND中。這麼一來，布朗的MND數值就和INT相當了。

「很好！那麼等天黑之後，我就出去『使役』他人！」

「嗯，妳就去吧。只要能夠『使役』具一定戰鬥力的魔物，訓練的效率也會比較穩定。」

◆◆◆

太陽一下山，布朗便離開古堡去尋找收服的對象，而就在她跑了大約來得及趕在日出前回到城堡的距離後，她發現一座廢棄的墓地。

畢竟好不容易才來到這裡，她決定稍微查看一下墓地裡面。因為古堡旁邊雖然也有許多骷髏和殭屍，這裡說不定有更高階的怪物。

進去之後，她發現墓地內和荒野不同，也有少許活屍以外的生物。

比方說此時正朝她襲來的蝙蝠。

「——唔哇哇嚇我一跳！」

好幾隻蝙蝠纏著布朗。其目的不明，大概想要進食吧。假如牠們是吸血蝙蝠，牠們有辦法從身為吸血鬼的布朗身上吸到血嗎？

「嘿！看招！『恐懼』！好了！害怕我吧！」

結果蝙蝠們隨即應聲墜地。牠們似乎全都中了布朗的「恐懼」。

「呼～幸好有效……聽說這招的成功率好像不高，可是既然我是吸血鬼，而牠們是吸血蝙蝠，那麼效果應該特別好吧。」

蝙蝠們在地上蜷縮成一團，不住顫抖。見到牠們那副模樣，布朗不禁覺得自己好像做了什麼壞事。

「話說回來，我從遊戲開始到現在都只有見到螞蟻和活屍耶……唔嗯，活的生物啊……」

收服牠們說不定是個不錯的點子。因為讓蝙蝠隨侍在側不僅很有吸血鬼的感覺，況且有這麼多蝙蝠，就算能力稍弱應該還是有辦法打倒殭屍。縱然活的生物這種說法聽起來有點蠢，畢竟這款遊戲裡也有許多死的生物，這也是沒辦法的事。

既然是蝙蝠，或許可以在危急時刻用來當作障眼法，更重要的是，感覺還能像伯爵一樣當成間諜使用。

「再說我記得蝙蝠還有個別名叫做天鼠，作為老鼠伯爵的後輩應該不賴……不，倒不如說簡直太適合了也說不定。」

布朗對蜷縮在附近的蝙蝠們一一發動「使役」。

她雖然省略了「支配」，大概就和伯爵說的一樣，因為實力差距很大吧，布朗很順利地將所有蝙蝠成功收服。因為假使不順利，就得被迫面對「布朗和蝙蝠的實力沒差多少」這個悲慘的事實，得以順利收服真是太好了。

「總共有九隻啊～？種族是……吸血蝠？這個名字跟外表相比還挺強悍的……」

蝙蝠們靈活地活動翅膀和小小的後腳，一窩蜂地朝布朗靠近。

「蝙蝠居然會走路！而且速度還意外地快！」

真不愧是老鼠的同伴。

可是因為雙方的步幅有落差，就這樣把牠們帶走有困難，布朗決定用雙手將牠們抱在懷裡。

「算了，反正你們其實也還算可愛。好了，我們回去吧。」

◆◆◆

布朗回程時稍微加快步伐，最後總算趕在日出之前返抵古堡。

「我回來了～！」

「嗯……那是什麼？是蝙蝠嗎？」

「蝙蝠很好啊！你不覺得很有吸血鬼的感覺嗎？而且蝙蝠還是老鼠的同伴。」

「蝙蝠和吸血鬼很搭這一點可以理解……不過蝙蝠和老鼠是完全不同種的生物喔。」

「咦？」

那為什麼要叫做天鼠？

「算、算了，沒差啦。對了，前輩，你之前好像說過，使役之後如果變成吸血鬼就可以直接支配，可是受到使役的魔物有辦法轉生成吸血鬼嗎？」

「這個嘛，如果在滿足特定條件的情況下讓魔物喝下特別的血，就有可能使其轉生。」

「特別的血？」

「就是更高階的吸血鬼的血。比方說，若是讓滿足條件的有意志死者喝下本大人的血，也許就能轉生成低階吸血鬼。」

「喝我的血不行嗎？」

「嗯……除非妳的等級再提升一些，否則恐怕沒辦法。若是讓吸血鬼的隨從轉生成有意志死者，或許就可以……」

「等級……」

「其實那並不是非常遙遠的事情，因為妳已經擺脫『低階』二字了。」

經伯爵這麼一說，布朗趕緊確認自己的能力，結果她果然已經從低階吸血鬼變成吸血鬼了。

「這是什麼時候發生的事……」

「大概是妳取得『精神魔法』或『使役』的時候吧。要取得那兩項需要相當程度的等級。」

換言之，假如想提升等級，就要賺取經驗值投資自己。只要反覆賺取經驗值然後使用，就會逐漸被遊戲系統認定為強大的存在。

◆◆◆

「可是光靠這一帶的殭屍們，已經賺不到什麼經驗值了……」

「唔嗯，本大人記得在可經由這座城堡的地底前往的地下水脈，有一群蜥蜴人在那裡築巢而居。如果是牠們，應該會比殭屍們好賺吧。」

「蜥蜴人！原來有那種東西啊！話說這座城堡原來有地底嗎？」

伯爵傻眼地看著布朗。

「……妳來的地方就是城堡的地底。算了，反正妳八成是從某個地方誤闖進來，然後因為回不去才來到這裡吧……本大人幫妳畫個簡單的路徑圖，妳就去看看吧。」

「多謝！」

「哈哈哈。還有，那些蝙蝠似乎是和我等有淵源的物種呢。因為說不定也能在某種條件下讓牠們轉生，妳就好好養育牠們吧。」

「好！我會努力！」

起初見面時，布朗本來覺得伯爵是個愛裝模作樣的大哥哥，不過漸漸習慣之後，現在就連那副說話口吻也莫名覺得可愛，真是令人感到不可思議。

「來，這是地圖。對付蜥蜴人可以盡情使用『精神魔法』，而且也不會太辛苦，所以要是有餘裕，也可以讓蝙蝠們累積一些經驗。」

「對付蜥蜴人可以盡情使用『精神魔法』是什麼意思啊？」

「嗯？本大人沒有告訴妳嗎？『精神魔法』對活屍無效。」

「我還是第一次聽說！可是，伯爵，你在初次見面時，不是對我施展了一堆『魅惑』之類的技能嗎？」

◆◆◆

「這個嘛，那是因為有漏洞可鑽。這一點本大人之後會再一步一步教妳。」

儘管覺得好奇，因為伯爵說他以後會教，於是布朗決定暫時不去追問。況且她也想趕快賺取經驗值。

「那我走嘍！」

「嗯，再見啦。」

布朗迅速來到地底，前往地下水脈。

◆◆◆

地下水脈似乎可以經由比布朗的初始生成位置更下方，宛如地牢之處的崩壁前往。只要不斷往地底而去，沒多久便會聽見水聲傳來。

地下洞窟的水暗到看似全黑，即使有布朗的眼力，也完全看不出水裡有什麼東西。

她做好隨時都能擊發魔法的準備，小心翼翼地沿著洞窟往下前行。

雖然布朗照例完全不記得自己走了多久，總之最後她來到一個稍微開闊的地方。那裡似乎是一個巨大的地底湖。

她謹慎地窺視，在地底湖的湖畔看見幾個人影。

從有長長的尾巴來看，那應該就是蜥蜴人吧。數量不少，看來已經形成聚落。

「……呃，用那玩意兒賺取經驗值的難度好像有點高……」

布朗不知道蜥蜴人有多強，不過至少應該比殭屍和骷髏來得厲害。蝙蝠們恐怕無法成為戰力，而憑布朗現在的實力也無法單槍匹馬殲滅對手。

正當她苦於不知如何進攻時，胸前的蝙蝠突然向她表示自己有個點子。

「咦？誘餌？那樣……不會很危險嗎？啊～對喔，你們會飛嘛……嗯……那好吧，我在戰鬥聲不會傳到聚落的地方等，你們可以幫我從那個聚落引誘幾個人到那裡嗎？」

說完三隻蝙蝠從布朗的斗篷飛出去。

目送牠們離去後，布朗躡手躡腳地退到洞窟深處。

之後過了一陣子，兩名蜥蜴人追著蝙蝠進到洞窟內。蜥蜴人們一邊尋找在黑暗中跟丟的蝙蝠，一邊緩緩地進到深處。

「居然為了三隻蝙蝠如此大費周章……或許是因為蝙蝠也是珍貴的蛋白質來源吧。」

布朗集中精神準備詠唱魔法。蜥蜴人是親水的種族，第一擊選擇「雷電」應該可以吧。她記得好像在哪裡聽過對付水型敵人要用電屬性技能。

「很好……還差一點……再過來一些……就是現在！『雷電』！『空氣刃』！」

布朗釋出的電擊以迅雷不及掩耳的速度襲向蜥蜴人，接著幾秒過後，無形的斬擊將倖存的蜥蜴人砍裂。

遭電擊貫穿的蜥蜴人當場死亡，另一人則一息尚存。

「嗯……難道果真只有弱點屬性才能確實殺死對方嗎？『冰子彈』。」

遭到碎冰擊穿，這次蜥蜴人總算斷了氣。布朗確認了經驗值，獲得的數量確實不少。

「可是若要說這麼做的效率好不好，感覺有點微妙耶。畢竟要先引誘過來，再躲起來擊發魔法，這樣還挺費工夫的……難道沒有可以將牠們一網打盡的方法嗎？」

布朗為了尋求新的力量，打開習得技能畫面。

結果名為「吸血魔法」的技能樹映入她的眼簾。

以前她還是骷髏時並沒有這個技能樹，大概是變成吸血鬼之後才解鎖的吧。她打開技能樹，裡面的第一項技能是「霧」。

「呃……這是讓霧大範圍產生的魔法啊……效果是在範圍內，對自己所使用的『吸血魔法』和『精神魔法』的判定進行向上補正……說到這裡，我只有對蝙蝠們使用過『精神魔法』耶。」

除此之外，這項技能似乎也有在產生的霧中妨礙視野和偵測的效果。

發動「霧」後利用「恐懼」讓敵人停下腳步，再一個一個用魔法打倒雖然也很好，如果有敵人能夠抵抗「恐懼」就麻煩了。一下就在實戰中嘗試感覺不太保險。

「要是我有請剛才打倒的兩人幫忙測試就好了。嗯……」

煩惱了一會兒，她決定再用蝙蝠引誘敵人一次。

在那之前，她先取得技能「霧」和「雷魔法」的範圍攻擊「閃電暴雨」。雖然ＭＰ的消費量變大，可以一次攻擊多名敵人這一點很吸引人。

這次共有三名蜥蜴人上鉤。

等到三人被引誘至殺戮區之後，布朗首先讓「霧」產生。可能是因為這裡的環境本來就陰暗又潮溼，蜥蜴人們並沒有注意到霧。

接著她發動「恐懼」。三名蜥蜴人同時僵在原地，尾巴開始發抖。

「……這樣應該算……有效吧？我不知道蜥蜴人是不是因為恐懼才發抖耶……假如牠們抖動尾巴是發情的訊號怎麼辦……算了，不管那麼多了。再來是『閃電暴雨』。」

好幾道從洞窟天花板貫穿地板的電擊竄動，其中幾道擊中位在範圍內的蜥蜴人。遭到電擊的蜥蜴人往後一仰、渾身痙攣。這一切全都發生在轉眼之間。

可是牠們似乎還活著。布朗走近後，揮舞手杖一一打破牠們的腦袋。

「這麼看來就算去地底湖的聚落，也只要用『恐懼』先發制人就能成功。嗯，就這麼辦！」

布朗再次前進到可以看見地底湖的位置。

「『霧』。」

儘管不確定從這裡發動能否讓霧飄過去，反正也不會被發現，即使行不通，也只要等再次使用時間結束再發動就好。

「大範圍的範圍果然很大耶……感覺如果是小村莊也能輕易覆蓋。不過『精神魔法』的效果範圍就沒有那麼大了。」

「霧」的效果時間是「直到解除為止」，發動過程中會持續消費ＭＰ，因此發動「霧」之後必須儘快將事情解決。

布朗混在霧中，沿著牆壁緩緩接近聚落。

霧似乎不會對布朗的視野造成妨礙，她可以如常看見四周的物體。

「看我的，『恐懼』！」

從離布朗較近的開始，蜥蜴人們紛紛渾身僵硬、不住顫抖。雖然「精神魔法」的效果範圍不足以覆蓋整個聚落，如果是立刻就能抵達布朗所在位置的範圍便不成問題。

「接著是『閃電暴雨』！」

儘管這裡的天花板比剛才的洞窟來得高，閃電的強光仍舊充斥地面和天花板之間。剛才的攻擊相當華麗，即使身在這個地底湖空間的角落也能清楚望見。

布朗將剩下的蜥蜴人一一解決掉。

不久之後，視線所及範圍內已沒有任何蜥蜴人。另外往湖畔望去，那裡有好幾個像是人造土堆的東西，那大概是房子吧。

「如果是房子，那麼出入口應該是朝向湖泊吧？畢竟蜥蜴人似乎是水棲生物。若真如此，過去窺探就很危險了。」

布朗原本考慮用魔法讓房子倒塌，然而想了想最後還是將「霧」解除。

因為就算裡面有人，可能也是小孩子或卵——雖然不知道蜥蜴人是不是卵生——她決定還是暫時放置一段時間使其成長，等下次來的時候再將牠們化為經驗值。

「很好，回去吧。不管怎麼樣，我現在如果再繼續強化下去，就會變得沒辦法用蜥蜴人賺取經驗值，回去之後就來強化蝙蝠們吧。」

✦◆✦

布朗懷著愉悅的心情回去城堡。

◆◆◆

在布朗渾然不知時，似乎曾經舉辦過所謂大規模活動。活動日期正好和她在現實中接受長期檢查的日子重疊，真是太不湊巧了。

自那天起，布朗有好一陣子都反覆過著狩獵地底湖的蜥蜴人，然後把經驗值分給蝙蝠們的生活。如果地底湖的蜥蜴人減少了，她便會稍微走遠一點，去攻擊疑似是其他部族的集團。

「感覺現在就連一隻蝙蝠也能夠獵捕到一名蜥蜴人了耶……要是戰術正確，說不定還能一次派出九隻將整個聚落攻打下來。」

布朗投入在每一隻蝙蝠身上的經驗值已經快逼近自己了。

雖然不清楚關鍵是什麼，因為從中途開始「吸血魔法」也出現在蝙蝠的可取得清單上，一方面也是為了驗證，布朗決定讓牠們比自己先行取得。

與此同時，布朗也讓牠們取得和「吸血魔法」協同作用高的「精神魔法」。這是布朗在伯爵的勸說下取得技能樹「召喚」和技能樹「死靈」之後，出現在蝙蝠們的技能樹中的魔法。

布朗之前便隱約知道技能的取得條件和其他技能或種族有關，卻沒有察覺眷屬的技能和主君的技能有關這個事實。

既然如此，不只是身為執行部隊的蝙蝠，布朗本身也有必要不斷成長。這個事實讓布朗無法再將經驗值集中在蝙蝠們身上，最後導致利用蜥蜴人賺取經驗值這件事變得困難起來。

「沒辦法，無論如何，那個時刻總有一天都會到來。雖然就增強戰力這方面而言，蜥蜴們依然還是有利用價值。」

布朗找伯爵商量後，伯爵給了她這樣的回應。

「哦哦，比方說？」

「嗯，妳有『死靈』的『魂縛』對吧？既然如此，妳只要對打倒的蜥蜴人發動『死靈』，就能讓屍體復活變成活屍。接著只要成功『使役』化為活屍的蜥蜴人，便能得到永久的下屬了。」

「原來——如此……可是活屍啊……」

站在布朗的立場，她實在不太願意把殭屍帶在身邊。

「只要把我的血分給那個活屍化的蜥蜴人，牠就會變成有意志死者對吧？」

「唔……蜥蜴人的等級本來就比普通的人類種來得高，因此蜥蜴人殭屍的等級也會在一般殭屍之上……考慮到這一點，要使其轉生恐怕有難度……不過嘛，反正試試看也不會有損失，即使失敗了，頂多也只是失去些許生命力而已。」

布朗本來對吸血鬼擁有生命力這一點感到懷疑，但是從遊戲的角度來看，所謂生命力指的大概是LP吧。換句話說，吸血鬼分享自身鮮血的行為，就相當於消耗LP的行動。

「原來如此，那我就試試看吧！」

◆◆◆

於是，布朗意氣風發地來到第一次遇見蜥蜴人們的地底湖。

她立刻使用雷魔法，製造出三具完整的蜥蜴人屍體。

「首先是『死靈』。」

只見一陣漆黑雲氣從蜥蜴人的屍體中竄出。雲氣的漆黑程度，讓人莫名在幾乎沒有光線的地底湖也察覺得到。

雲氣籠罩蜥蜴人們之後，隨即傳來彷彿空氣外洩的咻咻聲，完全看不見蜥蜴人的身影。

就這麼過了幾秒後，雲氣自然而然地散去。

接著蜥蜴人以只有骨頭的模樣站起身。

「根本就是骷髏嘛！」

可是骨骼依舊是蜥蜴人的樣子。長相與尾巴的輪廓都和在恐龍圖鑑中見到的一樣。

「算了，這樣總比殭屍來得好……再來是『使役』。」

『成功收服蜥蜴人骷髏。』

『已滿足條件。要允許轉生成為吸血鬼的隨從嗎？』

「啊，不允許。」

布朗之前受到伯爵「使役」時，是布朗本人收到轉生的確認訊息。

這次還是由發動「使役」的布朗收到。

這大概是因為ＮＰＣ無法接收系統訊息的關係吧。

『成功收服蜥蜴人骷髏。』

『已滿足條件。要允許轉生成為吸血鬼的隨從嗎？』

「原來要一隻一隻確認啊？不允許。」

『成功收服蜥蜴人骷髏。』

『已滿足條件。要允許轉生成為吸血鬼的隨從嗎？』

「嗯，不允許。」

就這樣，布朗順利「使役」三隻蜥蜴人骷髏。

「好了，接下來就看看把血分給骷髏會發生什麼事吧。」

伯爵也說過，即使失敗了也只會減少ＬＰ(生命力)。

既然這樣，分給三具骷髏應該也不會有問題。

布朗用自己的虎牙咬破手指，將鮮血抹在三具蜥蜴人骷髏的額頭上。

「啊，這個好像應該叫做獠牙，而不是虎牙。說不定——！」

忽然間，一股全身無力的奇妙感覺襲來，令她不由得癱軟跪地。確認之後，她發現ＬＰ確實減少了。而且這陣子ＬＰ明明增加不少，如今卻一口氣少掉一半。

「消耗得真多……前輩，你怎麼不早說啊……」

正當布朗在思考該怎麼教導遊戲世界的吸血鬼伯爵「報告、聯絡、相談」的重要性時——

『眷屬已滿足轉生條件。開始轉生。』

眼前的骷髏們逐漸染成紅色。

✦◆✦

「哦哦？好像要發生什麼事了……看來似乎會發揮作用。加油啊，我的生命點數……！」

產生變化的不只是顏色，還有骨骼的形狀。不僅背部到尾巴之間出現刺刺的突起，手指和腳趾也變尖，整體骨頭逐漸變得粗大。最後當後腦勺長出兩支短短的角，變化才終於結束。

「好……猛！感覺好強！完全判若兩人！雖然其實不是人！這是什麼啊！呃……地生人（Spartoi）……？咦，什麼意思……從土裡面長出來的……？」

儘管憑布朗的知識無法理解種族名的意思，總之轉生成功了。

「哦，是地生人啊？這可是相當強大的活屍耶。妳果然還是一樣讓人猜不透會搞出什麼花樣來，哈哈哈。」

布朗得意地給伯爵看了之後，獲得這番稱讚。

一如伯爵所言，地生人們的總能力值似乎和剛成為吸血鬼的布朗相當。

「對了，妳沒有把血也分給蝙蝠們嗎？先給新來的地生人，牠們難道不會鬧脾氣嗎？」

「咦？會這樣嗎？」

布朗看了一眼斗篷裡的蝙蝠們，結果牠們只是睜著圓滾滾的眼睛，用一副「什麼事？」的眼神望著她，感覺完全沒有不開心的樣子。

話雖如此，伯爵說得沒錯。比起為了自己努力至今的蝙蝠們，先把血分給骷髏、讓牠們轉生，的確讓布朗有些過意不去。

◆◆◆

「可是那麼做的話，LP會少掉很多……」

「放心，要是有什麼狀況，到時本大人會出手幫忙，妳就儘管試試看吧。畢竟本大人也很感興趣。」

「好吧，既然如此……」

布朗和先前一樣用獠牙咬破自己的手指，讓蝙蝠們各舔一滴。等到所有蝙蝠都喝下血之後，她將牠們輕輕放在寶座之間的中央，接著退後幾步觀察牠們的變化。

「唔！」

忽然間，LP被吸走的感覺再度襲來。由於這次早有心理準備，不至於露出癱軟跪地的醜態，然而LP的減少量仍和先前相當。

『眷屬已滿足轉生條件。開始轉生。』

黑色雲氣覆蓋蝙蝠們。雖然沒有像骷髏們那時一樣發出聲響，雲氣的範圍卻逐漸擴大。

沒一會兒，雲氣便擴大成不只是蝙蝠，甚至可以容納好幾個人類的規模。

「既然聽到廣播，那麼應該表示轉生成功了……可是這未免太大了吧……」

「妳就靜觀其變吧。瞧，霧氣要散去了。」

就在布朗心想「啊，原來這是霧，不是雲氣啊？」的時候，霧果真如伯爵所言漸漸散去。

霧消散之後，只見坐在地板上的不是蝙蝠。

是人。而且還是三個人。

「這是誰啊！話說怎麼只有三個人！」

「哦，這可真是……恐怕是三隻蝙蝠轉生成一具摩耳摩了。看來光憑一隻蝙蝠的能力不足以轉生。」

「摩耳摩？」

「嗯，那是一種擅長變身術的吸血鬼。」

「吸血鬼！」

坐在地上的，是三名以人類來說臉色欠佳的美少女，而且身上一絲不掛。

「那個，伯爵……」

「哈哈哈，真拿妳沒辦法。妳等一等，本大人現在就派人拿衣服過來。」

「多謝！」

伯爵對他的隨從殭屍下達指示，沒多久衣服很快就準備好了。

然而三名摩耳摩似乎不懂衣服要怎麼穿，就只是歪著頭，把衣服攤開拿在手上。無可奈何之下，布朗只好一一幫她們把衣服穿上，試著讓她們站起來，可是她們又立刻蹲了下去。

「她們直到剛才都還是蝙蝠，所以大概不習慣用雙腳站立吧。看來之後得暫時對她們進行步行、使用雙手之類的運動訓練了。」

「要從那裡開始啊……」

「啊嗚……唔噫啊……欸嗯。」

「算了，沒關係，我會負責讓妳們有能力自理。」

「她們好像因為是妳的眷屬，能夠明白妳的意思，但是沒辦法說話。她們剛才大概也是第一次發聲吧。」

說得也是，畢竟蝙蝠不可能開口說話。

只不過由於她們經常聽布朗說話，而且因為是眷屬能夠理解布朗的意思，並不是不懂布朗在說什麼。看來應該就和用雙腿走路一樣，只是肌肉和神經目前還沒有達到最佳狀態而已。

幸好布朗早已習慣復健。

既然她們看起來沒什麼問題，想必應該很快就能走路和對話了。

◆◆◆

從那之後，布朗有好一陣子都在對眷屬們進行步行訓練和發聲練習。偶爾她也會帶著地生人們去地底湖或是更遠的地方賺取經驗值。

在伯爵的提議下，布朗使用賺來的經驗值讓摩耳摩們取得「身法」和「敏捷」，結果她們的動作一下變得靈活許多。

可是讓摩耳摩們和蜥蜴人作戰完全得不到經驗值。仔細想想，摩耳摩消費的是三隻蝙蝠的經驗值，而一隻蝙蝠的經驗值量原本就和布朗相當。換言之，一名摩耳摩的實力是布朗的三倍。

「她們比我強那麼多，應該不會做出謀反之類的事情吧……不會對吧？」

「因為她們受到『使役』的束縛，那是不可能的事。她們連一絲反叛的念頭都不會有啦。」

「哦，那就好。」

「先不說那個了，本大人之前曾經提過摩耳摩是擅長變身的種族，妳不妨試試看。」

觀察了一下，她們已經取得名為「變身」的技能，另外技能樹也開放了不少。

「妳們幾個可以利用技能『變身』變成什麼是嗎？那就稍微試試看吧。」

只見三人同時點頭，隨後便被黑色雲氣，不對，是黑色霧氣籠罩。幾秒過後霧氣散去，那裡站著三名布朗。

「唔哇！這是我嗎？好厲害喔！」

布朗再次確認技能，發現技能樹「變身」中有一項名為「個體變化」的技能。這項技能好像可以模仿吸過血的對象的模樣。

接著三人「變身」的是蝙蝠。一人變成了三隻蝙蝠。

「我好像見過這個……對了，是轉生前的蝙蝠們！感覺好懷念喔……啊，要是在這個狀態下有一隻死掉怎麼辦？」

「復原之後的生命力恐怕會減少三分之一吧。變身成複數生物時只要有一隻還活著，應該就能在解除『變身』之後休養復原。」

「前輩，你什麼都知道耶！」

「哈哈哈！妳也不想想本大人當多少年吸血鬼了！伯爵這個稱號可不是浪得虛名！」

「啊，我忘了得替她們取名字才行。還有地生人們也是。」

布朗其實沒有什麼命名的品味，這一點從她自己的名字便顯而易見。

「那麼就從摩耳摩開始。呃……妳是杜鵑紅，妳是胭脂紅，妳是洋紅。再來地生人的你是朱紅，你是緋紅，你是猩紅。」

名字全部統一使用紅色系的顏色名稱。布朗自認這樣的命名方式很有品味，再加上她自己的名字也是以顏色命名，感覺更是充滿一致性。

「不過這下妳的戰力應該算是增強不少了。好像差不多可以試著攻陷一個國家……不，還是從一座城市開始好了。」

這麼說來，之前確實提過這件事。

◆◆◆

就在這時，營運方發出即將舉辦大規模活動的通知。雖然上面寫著第二屆，因為布朗沒有參加第一屆，沒什麼感覺。

「很好！這次我一定要參加！」

布朗反覆賺取經驗值和增強眷屬，不知不覺間手下已經有大約三十名的地生人下屬。順帶一提，摩耳摩們依舊只有那三人，不過伯爵也仿效布朗「使役」了蝙蝠。

如今伯爵身旁隨時都有俊美的執事隨侍在側。那是從伯爵的蝙蝠轉生成的摩耳摩。

這位執事的能力非常優秀，優秀到連遠比布朗能幹的杜鵑紅她們都顯得像個天兵。

杜鵑紅她們雖然也很努力想要照顧布朗，卻經常被執事搶先一步把事情做完。

而且執事本來就是伯爵的眷屬，所以他是在處理完伯爵的身邊大小事之後才去照顧布朗。而且他事後總會這麼說：

「妳們明明有三個人。」

每次聽到這句話，杜鵑紅等人總會不甘心得咬牙切齒，擅自賭氣躺在布朗的床上淚溼枕頭。

回歸正題。

「前輩！我要攻城，請告訴我哪裡比較容易攻陷！」

聽到這句話，伯爵用手指抵住形狀美好的下顎，難得一臉煩惱地開始沉思。

「前輩好像很為難的樣子耶？」

「沒有什麼好為難的……只不過妳也知道──好吧，本大人不曉得妳有沒有發現，總之這座城堡興建在地勢非常高的高地上，因此若要攻打城市就得到下面去。可是這麼一來，要怎麼讓妳手下這麼多的地生人移動到下面呢？」

「恕在下冒昧，請問我可以發言嗎？」

隨侍在伯爵身旁的執事行了一禮後說。

「什麼事？你說吧。」

「謝謝您。依在下愚見，憑布朗大人的力量，應該可以用魔法強行撬開沿著地下水脈而行的洞窟出口，不知您覺得如何？」

憑布朗的能力值，確實能夠輕易鑿穿一片岩壁。可是倘若洞窟在強大的撞擊力道下崩塌，那就麻煩了。

「這個點子還不賴……但是多少有些危險性。若要採用這個方案，那麼改成用眷屬地生人的爪子開挖，那麼洞窟的岩盤應該就不會有問題。」

也對，畢竟地生人是相當高階的活屍。

布朗命令地生人們徒手開挖，擴大地下水脈的洞窟盡頭處、水流到外面的出口。

「所以，從那邊出去到荒野上就會看到城市嗎？」

「只要沿著河流往前走一陣子應該就看得到。這片荒野附近沒有人們恐懼的魔物領域，因此那座城市也沒有所謂的城牆，堪稱是易攻難守的一個據點。」

「原來如此！那樣真不錯！附近沒有魔物領域就表示靠著和魔物作戰維生的玩……呃，我是說傭兵之類的人應該很少，感覺很適合當作個別教學！」

「個……什麼？妳這個人偶爾會說些莫名其妙的話耶……唉，算了。總之如果是那裡，即使只派出幾名地生人應該也能攻陷吧。」

「我會再三注意啦！既然戰力相差那麼多，想必我應該不至於喪命吧！」

「恕在下冒昧，勸您還是不要說那種話比較好……」

執事勸告布朗。遊戲裡面大概也有立旗的概念吧。雖然布朗這麼說並沒有要立旗的意思。

◆◆◆

地下水脈的出口擴大工程在活動開始前順利結束了。

「很好，那麼大家一起出發吧！」

布朗
德・哈維蘭伯爵

「等等，為了以防萬一，妳最好把外套穿上再走，不然要是太陽升起就麻煩了。妳現在還不是晝行者，出去之後也未必每天白天都能在有屋頂的地方休息。尤其妳這個人做事毫無計畫，本大人完全可以想見妳在荒野正中央進退不得的模樣。」

見到伯爵對自己如此信賴，布朗感激涕零地接過外套。

不過這下總算準備就緒了。

「那麼我出發了！因為活動時間是一星期——十天，等攻陷第一座城市後我會利用街道，在這十天內盡可能摧毀人類的城市！」

「嗯，妳要小心陽光喔。」

「不要說得好像要我小心路上的車子一樣啦。」

這天晚上，布朗等到太陽下山便立刻意氣風發地出發前往人類城市。

「對了，這好像是我第一次和人類種見面耶？初次見面就帶著殺意和對方接觸，看來我也變得很有魔物的樣子了呢！」

一旁的摩耳摩們面露苦笑。由於只要伯爵和執事不在，布朗就會穩坐天兵排行榜第一位，摩耳摩們則是排名最後，這種時候她們總會顯得相當沉著。

她們一行人穿過地生人們開通的出口，沿著河流前行。

地生人不會感到疲勞，所以不需要休息，再加上不用進食，也不用排泄。不僅不需要防寒用品，裝備也與其說只需最低限度，事實上是全員赤身裸體，因此行軍速度非常迅速。

多虧如此行程走得相當順暢，沒多久便見到城市出現在遠方。

整座城市十分安靜，幾乎看不見燈光。居民們大概是為了避免浪費燃料，養成天一黑便早早就寢的習慣吧。

然而，可能是布朗一行人什麼也沒想就這麼悠哉靠近的關係，像是瞭望臺的木塔頂端的燈光突然開始匆忙地閃爍。緊接著鐘聲隨即響起，城裡的燈光也從城市的邊緣開始往布朗等人的方向聚集。

看樣子好像被發現了。

「也是啦，一大群紅色骸骨往這邊靠近當然會被發現了……」

「姑且不論我們，讓地生人們在河裡涉水而行是不是比較好呢？畢竟牠們本來就是蜥蜴人，這麼做或許可行……」

「啊。」

可是現在才說這些已經太晚了。由於發言的胭脂紅剛才好像也察覺到這一點，這並不是布朗一人的責任。如果是那位能幹的執事，他肯定會在接近城市之前就發出「恕在下冒昧」的話語發表意見。

「現在沒必要扯到執事吧！」

「我又什麼都還沒說！」

即使不出聲，布朗和眷屬還是多少可以得知彼此的想法。

「算了，既然都被發現了，那也沒辦法。你們幾個！去把他們幹掉！」

這也是布朗一直很想說說看的臺詞之一。在一般日常生活中，根本沒有機會大方說出這種臺詞。這種感覺真是痛快。

地生人們聽從布朗的號令衝向城市。

布朗和摩耳摩們則進入觀戰模式，將戰鬥交給地生人。

「哦哦，獲得了不少經驗值耶。對手明明顯然都是一些小嘍囉，這是為什麼呢？這下說不定比打倒蜥蜴人還要好賺耶。莫非這是獎勵關嗎？」

布朗的這個想法其實大致正確。

因為如同官方公告中提到的，這次活動期間取得的經驗值會另外附加紅利。

這次活動的侵略戰對魔物種玩家而言堪稱是獎勵活動。不過前提當然是要有一定的實力才能獲得。

上一次的大逃殺幾乎沒有魔物種玩家參加。

原因是活動舉辦的時間距離遊戲服務上線沒有多久。

對魔物種玩家而言，這款遊戲一開局的難度就非常高。

不但幾乎都身處在四周全是敵人的環境，那裡也不像城裡的旅館一樣會在安全區域豎立看板。即使幸運找到後，將其作為據點賺到經驗值，也沒辦法把獲得的素材賣掉來添購裝備品強化自己。

魔物種玩家靠著忍受這些缺點換來了初始經驗值的紅利，可是即使如此，依然很難在遊戲一開局勝過有效率地成長的人類種玩家。

由於這是經過臨時變更的活動內容，難免有些地方不夠周到，不過仍有不少選擇魔物種的玩家們感到不滿。

儘管目的並不是要消除那些不滿的情緒，總之營運方為了讓所有玩家都能參加，規劃了這次的攻防戰。

魔物玩家只要混在一般的NPC怪物中闖進城市，隨便殺死居民NPC便能獲得經驗值，可以說相當好賺。

即使對手是士兵，只要玩家在遊戲一開局稍微賺到一些經驗值，那麼打倒城裡的衛兵絕對不成問題。由於打倒衛兵還可能獲得武器，也有許多玩家積極地把衛兵當成下手目標。

然而若是不慎參與襲擊有城牆的城市，就有可能遇到成群結黨的防衛方武裝玩家。他們大致都比城裡的衛兵強上許多。

哪座城市的反擊能力比較弱，以及要怎麼做才能以最大效率捕捉獵物，認清這點非常重要。

可是布朗所襲擊的城市不需要擔心這些。

由於沒有城牆，不需要費工夫進行攻城戰。

再加上幾乎沒有玩家，因此也不會遭受猛烈還擊。

至於在這種情況下堪稱最大威脅的衛兵，則在地生人的猛攻面前宛如風中之燭。

不僅如此，這裡還沒有其他魔物會來和布朗競爭。

這無疑就如同布朗所言是獎勵關。

「主人，衛兵好像已經幾乎都被收拾掉了。」

「那麼接下來就挨家挨戶地搜索，把躲起來的居民全都殺了！因為我想用『死靈術』增加骷髏的數量，妳幫我轉告大家找個像是廣場的地方，把屍體聚集到那邊。」

隨侍在側的地生人指揮官朱紅讓牙齒咯咯作響，呼喚附近的部下。被叫過來的地生人明白布朗的意思之後，便跑進城裡傳達命令。

「要是有那種像無線電一樣，即使隔得很遠也能下達指示的技能就好了……」

「您在說什麼夢話……要是有那種東西就不需要傳令兵，信和信鴿也全部都會消失喔。」

「說得也是耶～原來這個世界的文明只有這種程度啊……我看等骷髏的數量增加之後，就在這座城市設立專屬的傳令兵好了。」

在布朗和摩耳摩們閒聊的同時，地生人傳令兵似乎已確實完成工作，城裡各處又再度傳來陣陣悲鳴。

地生人們大概已經闖入民宅，展開虐殺了。

牠們依照布朗的命令將所有居民化為屍體，然後聚集在城中央附近的廣場上。

既然地生人們正在掃蕩一般居民，危險性應該已經降低許多。

布朗帶著摩耳摩們和朱紅等人一同踏進城內。

「話說回來，廣場在哪裡啊？」

「您連在哪裡都不知道就開始走嗎！」

「那洋紅知道嗎？」

「……杜鵑紅，妳來回答。」

「……胭脂紅，交給妳了。」

「咳咳。那個，猩紅，妳走前面。」

「妳們真是一群天兵耶！」

在猩紅的領頭帶路下，廣場總算出現在前方。

廣場上聚集著結束工作的地生人們，中央則聳立著一座由居民遺體堆積而成的山。

「唔哇，好驚人的景象。不管怎麼樣，堆積在這裡的居民應該全都距離死亡不超過一小時吧？還是已經快要一小時了？如果是這樣就得加快速度了。首先是『霧』。」

技能「霧」是吸血鬼的種族技能「吸血魔法」之一。

在後來開放的「死亡之霧」的強化之下，又追加上只要在霧的範圍內發動「死靈」類技能，成功率和效果即可獲得提升的能力。

接著布朗發動技能「死靈」。

這也是她從伯爵口中得知的情報，據說如果是死亡時間一小時內的屍體，其靈魂便還會殘留在身體內。只要在這個狀態下發動「死靈」，靈魂就會被死靈術囚禁在肉體中，誕生成為新的活屍魔物。

本來若是屍體內有靈魂殘留，便會因為受到靈魂的抵抗，導致「死靈」的活屍化成功率不高，可是布朗憑藉技能樹「死靈」的「魂縛」和「死亡之霧」提升了成功率。如果是這座城裡的

NPC屍體，應該幾乎都能成功使其化為活屍。

「很好，應該全部成功了吧？不過這下糟了。因為我隨便點頭回應，結果大家全都變成殭屍了，可是我比較想要骷髏耶，這該怎麼辦呢？殭屍的腳程應該很慢吧？」

「何不乾脆把牠們留在這座城裡呢？反正也沒必要現在強行將牠們帶走。」

「原來如此，那還是把牠們留下來好了。只要事先吩咐牠們白天時要進屋裡去，應該就不會白白死掉了。你們聽好了，我們幾個要走了，之後要是有人類進到城裡就殺死對方。」

布朗帶著下屬離開城市，沿著街道而行。

途中她遠遠望見街道上有人影。然而人影一發現布朗等人便立刻離開，之後再也沒有現身。

沒一會兒東方的天空開始泛白，宣告夜晚即將結束。

「糟糕，天快亮了，我得穿上外套才行。」

「……事情果然如伯爵大人所料，真教人不知該說什麼才好。」

「我知道啦，妳很囉嗦耶！」

她們就這樣邊走邊拌嘴，過沒多久便見到城市出現在前方。

「唔哇，也太不湊巧了，要在這個時間戰鬥嗎……該怎麼辦呢？」

「請等一下。那座城市……感覺已經做好戰鬥準備，對方可能已經在警戒我們了。」

「真的假的！」

「剛才的人影說不定是這座城裡的人。」

「啊……」

確實如果有人出現在這樣的荒野中，附近應該會有那個人已經造訪，或是即將造訪的城市。

可是既然這是離看見人影的地方最近的城市，那麼照理說應該可以輕易料到會發生這種情況才對。倘若真的夠機靈，應該就會在那個時候提出警告。

看來果然……

「沒必要扯到執事吧！」

「我連想都還沒想耶！」

「先不管那個了，請問接下來要怎麼做？」

胭脂紅每次只要聽到執事的事情，反應就會很大。杜鵑紅則雖然也會有反應，卻多半還是能夠保持冷靜。儘管布朗不曉得洋紅在想什麼，至少可以確定她會模仿其他兩人，賭氣睡在布朗的房間裡。

「嗯……因為待會兒就要天亮了，我沒把握到時能夠和剛才有一樣的表現……」

「主人，您要不要利用殲滅上一座城市獲得的經驗值來強化自己呢？假如現在能夠取得對抗陽光的耐性和方法，消滅這種程度的城市想必不成問題。」

「原來如此，洋紅，妳的建議真不錯。那就這麼辦吧！」

「既然這樣，您覺得進一步強化『吸血魔法』的技能如何？畢竟『霧』的效果相當好。」

「也對，那項技能不僅範圍廣，又對那些活屍特別有效。嗯，既然我手下只有活屍，這或許是個好方法。」

布朗依序觀察技能樹，發現現在可取得的技能中有「魔之霧」和「霧散化」。

「魔之霧」是在自己產生的「霧」的效果中，追加上讓自己所使用的攻擊類魔法威力提升的效果。也就是「死亡之霧」的攻擊魔法版。

「霧散化」則是一天至多一次，可以將自己的身體變成霧的技能。從使用的那一刻起，冷卻時間便會開始倒數計時，在遊戲內的二十四小時結束之前無法再次使用。發動過程中，自己的肉體會徹底呈現霧狀，不會遭受到任何物理傷害。

可是在這個狀態下，也有遭遇火系和雷系攻擊時受害程度會大幅上升，以及無法抵抗風系技能對移動造成的阻礙等缺點。

效果雖然會一直持續到解除為止，在霧狀態下無法使用有攻擊判定的技能，也無法進行物理攻擊，因此是否要繼續必須視戰局而定。

「若是當成遭遇物理攻擊時的緊急迴避手段，感覺好像就超優秀耶？如果這時對方使出的是雷劈之類的攻擊，就會當場死亡就是了。」

布朗決定姑且取得這兩項技能。

「嗯……沒有出現下一個技能耶……」

「其他技能樹裡面或許也有有用的技能，而且說不定也有技能會因為取得其他技能而被開放的技能喔。」

「原來如……此……啊，增加了一個『黑暗魔法』！」

布朗這陣子一直都專注於賺取經驗值和強化眷屬們，很少去看取得技能畫面，因此不知道這

◆◆◆

是什麼時候解鎖的。

「取得的關鍵是什麼呢？算了，不管這麼多了。這裡面大概有『光耐性』之類的技能吧。」

布朗打開「黑暗魔法」中的四項技能後，取得期盼已久的「光耐性」。

「感覺好像以輔助的效果居多耶？比方說這個『夜幕』可以讓周圍變昏暗，但是這個技能到底要用來做什麼啊……」

「感覺如果是在白天使用，應該可以緩和陽光呢。」

「啊～原來是這樣。這麼說來，如果將這個技能和『霧』並用，或許可以隨時創造出對我方有利的場域。」

這麼一來，在白天戰鬥的準備可以說已經就緒。

旭日已從遠方的地平線上升起，涼爽的風吹拂著四周。

可是陽光並未對取得「光耐性」的布朗造成傷害。縱使感覺有點難施力，這點在現階段恐怕也是無可奈何的事情。

布朗望向地生人們，只見牠們雖然沒有「光耐性」，卻也沒有受到陽光的傷害。有鑑於牠們升等之後就變得能夠忍受缺陷，布朗說不定也只要進一步強化自己便能對陽光完全免疫。

「不曉得我是否已經接近伯爵所說的晝星人了呢？」

「您是說晝行者吧。那是白天也能在外面闊步而行的吸血鬼。」

無論如何，這下總算出現可以在白天行動的選項了。

然而所有同伴的表現都比夜晚來得差這一點依舊不變。

「算了，就先這樣吧。儘管剛才只靠地生人們殲滅了城市，畢竟現在是白天，對方又已經提高警戒，這次應該無法再用同一套方法了。」

對方想必也不可能就這麼等到天黑。

「好吧，我就再靠近一點，發動剛才取得的『夜幕』或『魔之霧』，然後大肆擊發魔法吧！等到對方的戰線瓦解之後，地生人們再上前突擊！」

「雖然靠近時必須小心不要受傷，就現況而言這的確是個好方法。」

「而且在可見範圍內，對方並沒有要採取遠距離攻擊的樣子。」

「要是對方使出魔法，我們會設法將其抵消，請您放心。城裡似乎沒有手持弓箭類武器的士兵呢。」

即使布朗等人步步逼近，城裡的防衛隊依然沒有太大的動靜。

這時從城裡應該已經可以見到紅色骷髏集團才對，他們或許認為必須彼此接近才能夠一決勝負也不一定。

然而這是錯誤的判斷。我方並非是只有骷髏的集團。

「啊，距離似乎夠近了。『霧』、『夜幕』。」

霧和夜色無聲地從布朗所在之處向外擴散。雖說是夜色，其實只有昏暗的程度。因為太陽尚未升起，再加上是和霧一起擴散，使得「夜幕」非常難憑肉眼辨識。

「這個感覺挺厲害的耶。若是在晚上使用就會完全看不——見，可是在半夜讓天色變昏暗好像也沒什麼意義……」

「您自問自答了呢。」

不過至少這項技能現在有效。

眼見四周突然起霧，守備隊頓時緊張起來。

「可是已經太遲了呢。『地獄火焰』。」

布朗一發動魔法，霧立刻就像起火似的不斷延燒，燒燬城市附近的廣大田地。

「好厲害喔！這個霧簡直就像可燃的一樣！還有，多虧有那片田地？火勢延燒得很旺呢。」

「那個應該是大麥吧。從這一帶的氣候和作物生長情況來推測，應該不會有錯。」

「那些農地似乎是這座城市的命脈呢。」

大麥田起火之後，城裡的守備隊開始慌張亂竄。看似指揮官的男性好像在大聲嚷嚷，然而一旁也能見到士兵正在與那名男性激動爭論。

「很好！開始突擊！」

地生人們聽從布朗的號令，同時奔向城市。

「感覺如果是從這裡，應該可以抵達城市的邊緣。我來支援牠們吧。」

杜鵑紅這麼說完便發動魔法。冰粒在她胸前集結，瞬間形成冰箭。那是「冰子彈」。

冰箭一直線飛越地生人們之間，插入位於守備隊前線的士兵腳邊。

「……沒有射到耶。」

「……我是故意的。這是彈著觀測射擊。」

胭脂紅和洋紅見狀，又往城市的方向走了幾步，這才同樣發射出「冰子彈」。

這次確實命中了士兵，兩名士兵中彈倒地。

見到有人在眼前死去，守備隊的混亂程度似乎到達最高點，甚至有人企圖逃進城裡。

這一帶遠離魔物領域，周圍只有野生動物，或是和野生動物相同程度的小型魔物。雖說是城裡的衛兵，他們至今恐怕還沒有遭遇過這種攸關性命的事態吧。

即使逃進城裡也只是改變死亡的順序而已，今天一樣會是他們的忌日。摩耳摩們暫且放過那些逃走的人，依序用魔法狙擊最前線那些並未喪失戰意的士兵們。

與此同時，地生人們已經抵達和守備隊近距離交鋒的位置。考量到可能會演變成混戰，於是布朗等人暫停以魔法狙擊。

地生人衝向守備隊，毫不留情地將士兵們變成屍體。

「人類比我想像中還要弱耶。因為我方明明已經比晚上來得弱了，卻還是比一般人類驍勇善戰許多。」

聽了胭脂紅的話，布朗陷入沉思。

「嗯……既然這樣，從下次開始還是先派出地生人，假使苗頭不對再用『霧』之類的技能支援好了。如果這樣還是不行，再大家一起擊發魔法吧。」

「倘若您想要採取那種作戰方式，我認為可以先讓地生人上前突擊，然後無論順不順利，都趁對方尚未從地生人的突擊中復原時擊發魔法、使其瓦解，這樣或許比較好。」

「主人所說的戰術僅僅只是逐次投入戰力，但若是如杜鵑紅所言賦予其戰略性意義並有計畫地進行，就是一種波段式攻擊了。」

「原來如此……話說妳們真的是我的下屬嗎？腦袋會不會太好了啊？可是從數值來看，我的INT明明就比妳們高。」

布朗悻悻然地說完，只見摩耳摩們開心地抽動鼻子。

雖然不知道是哪個點觸動到她們，她們似乎很高興。

「算了，無論如何，幸好事情進行得很順利。等到攻陷這裡之後，就和上一座城市一樣——

啊，可是那麼做，殭屍們剛出生就會立刻死掉。我看還是等到晚上再用『死靈』讓他們變成殭屍，然後把他們扔進屋子裡好了。雖然可能會變成沒有靈魂的弱小殭屍就是了。」

◆◆◆

「好了！差不多可以前往下一座城市了！」

天色變暗之後，把居民們變成殭屍的布朗一行人立刻出發，準備前往下一座城市。

「這樣好是好，可是從這座城市似乎有兩條街道分別通往西北方和西南方，請問您要往哪個方向呢？」

「啊……剛才沒有人逃出城外嗎？有嗎？」

要是有的話，那個人逃往的方向應該會有城市。

「請稍等一下。」

胭脂紅去詢問地生人們。

「好像有幾個人騎著馬往西北方去了。」

「西北方啊……」

既然是在城市遭受怪物攻擊的狀況下前往，那麼無論他們是逃跑還是去求援，應該都認為那座城市比這座城市來得可靠。

「只要沒有比這座城市強非常多，應該就不會有問題……」

「可是如果那座城市的規模很大，那麼比起質，我方有可能會單純遭到數量壓制喔。畢竟我方只有區區三十名人力。」

杜鵑紅說得沒錯。這一點需要仔細考量。

「雖然這只是一種猜測，有沒有可能他們是因為西北方的城市比較近才會前往呢？」

倘若他們的目的是想要儘快求援，距離就顯得非常重要了。洋紅的意見應該也頗有道理。

「嗯……我覺得我不太適合思考這種問題耶……到頭來我還是不知道該選哪個比較好……」

「現在唯一可以確定的是，西北方的城市已經知曉我們的存在了。」

「再加上我們都在這座城市待到太陽下山了，援兵卻都沒有出現，這或許表示西北方的城市已經不打算幫助這座城市，而是正在為迎擊可能出現的我們進行準備。」

對方是否知曉我方存在這一點似乎非常關鍵。

「……好吧，那就去西南方好了。因為距離說不定很遠，大家要稍微加快步伐。話說我們有辦法用跑的行軍嗎？我記得活屍應該不會覺得累對吧？」

「可是依常識來思考，應該沒有軍隊會無視疲勞（做那種事情）用跑的行軍……」

「不過依常識來思考，應該也很少有骷髏軍隊吧？」

◆◆◆

「既然如此那就好……」

於是就這麼定案了。

幾十分鐘後，布朗筋疲力竭地坐在由三具冠名地生人——猩紅、朱紅、緋紅所組成，宛如運動會的騎馬打仗競賽的坐騎上。

「……活屍不是不會累嗎……」

「不會累的就只有骷髏這些沒有肌肉的種族啦。活屍也有分很多種啊，就拿魔法生物這個大分類來說，其中的魔像類不會疲勞，但是人造人就會覺得累。」

「魔法生物……」

「那是利用魔法或某種法術創造出來的生物。」

「洋紅，妳什麼都知道耶……」

「您太過獎了，我也只是從書上看來而已。」

其他兩人沒有參與對話。因為她們已經變成蝙蝠停在其他地生人頭上。洋紅也是只有說話的時候，才會變身成人形進行對話。

布朗回頭望去，見到三十具地生人列隊跟在後面。

「……這個好像叫做糰子狀態吧？簡直就像剛剛起跑的馬拉松大賽一樣。雖然我沒參加過就是了。」

「不過主人，若是像這樣塵土飛揚地接近，即使是夜晚也很快就會被人發現。」

「等接近之後再用走的……不，還是用半蹲姿勢走路好了。話說妳們幾個可以變身，先去前方偵察嗎？這樣的話，我想應該會安全一些。」

「原來如……不對，您終於發現了啊？那麼就讓我來吧。」

「妳也轉得太硬了！妳這個天兵！」

洋紅沒有回應，逕自變身成狼向前跑去。

「……真不曉得她到底算不算能幹耶。」

之後又跑了約莫兩小時。

「變身」成狼的洋紅回來了。

「主人，關於前方的情況……」

「嗯，城市差不多快到了嗎？」

「不，該說疑似城市——的物體殘骸嗎？前方只有一片被破壞得體無完膚的瓦礫和泥土。」

「什麼嘛，原來是廢墟啊？這麼說來，剛才那座城市的人沒有逃到這邊嘍？」

「……那裡感覺也不像廢墟。和泥土被攪和在一起的瓦礫還尖尖的，土裡也還沒有長出雜草。與其說是廢墟，看起來更像是最近才被某人變成瓦礫堆吧。」

「原來如此！」

既然如此，自然會聯想到那座城市是遭到某種魔物襲擊。

儘管布朗對於被人搶先一步感到可惜，ＮＰＣ的魔物勢力讓人不覺得牠們有能力在官方舉辦的活動第二天晚上就將一座城市摧毀殆盡。

那麼做的應該是和布朗同為魔物的玩家吧。

「我說不定可以和對方成為好友！妳覺得呢？」

「……所謂玩家是主人的同鄉……可以這麼說嗎？」

「嗯，沒錯。假如毀滅那座城市的是玩家，那麼對方有可能是和我類似的人。如果是這樣，我們不就有機會成為朋友了？」

「……即使如此，對方畢竟是不到兩天就將一座城市化為瓦礫的存在，想必擁有非比尋常的力量，您可千萬要小心謹慎……」

「哎呀～應該不會有事啦。魔物方的玩家啊……真教人期待呢～」

◆◆◆

之後又跑了一陣子，洋紅口中的瓦礫山丘總算出現在前方。

那座城市似乎原本就位於小山丘上，整座山丘如今看起來就像由瓦礫和泥土所組成。

「唔哇……這可真是……慘不忍睹耶……」

就連總是樂觀思考的布朗，見到那幅景象也不禁感到驚恐。

她完全無法想像，世上有人的力量大到足以那麼做。

「……剛才那座城市的人為什麼沒有來這裡求援呢？」

「早就得知這個狀況……這樣的可能性也不是沒有，不過我想應該單純只是距離的問題。恐怕在剛才那座城市的西北方不遠處就有城市吧。」

「原來是這樣……雖然照這個樣子來看，這裡可能已經沒有人了，我們還是姑且小心——」

「主人！」

杜鵑紅突然抓住布朗的手臂，將她從緋紅等人身上拉下來。

「好痛……妳做什——」

一支箭發出輕快的聲響，插入匍匐在地的布朗眼前。看來有人朝布朗放箭，而杜鵑紅幫助她避開了攻擊。

「唔喔喔……謝、謝謝妳，杜鵑紅……」

「請您還不要站起來……有一群人瞄準了這邊。」

布朗從地生人們的雙腿縫隙間往上一看，便見到遠處有一個輕裝集團。他們大概是強盜之類的吧。

「……不，以強盜來說他們的熟練度太異常了。您或許忘記了，現在可是晚上。能夠從那麼遠的地方僅憑月光瞄準這邊射箭，他們的本領絕不尋常。」

可是就算是這樣，那群人的裝扮也太寒酸，髒兮兮的模樣簡直就像把埋在瓦礫中的盔甲挖出來穿。還有，「您或許忘記了」這句話真沒禮貌。即使是布朗，她也看得出來現在是不是晚上。

輕裝集團列隊，緩緩地往這邊靠近。

「妳們是什麼人！是災厄的手下嗎！」

集團中像是首領、衣著講究的男人大喊。雖說衣著講究，看起來也和其他人一樣又舊又髒。

「……他說的災厄是什麼啊？」

「……依這個狀況來推測，可能是毀滅這座城市的存在。」

「若真如此，那我們可真是蒙受無妄之災呢……」

「嗯……」

話雖如此，因為布朗等人會往這邊來，原本就是打算遇到城市就將其毀滅，所以儘管無端遭人怨恨，她們也沒有立場發牢騷。

「……算了，姑且不提城市，既然有把獵物留下來就好……」

「可是誰會變成獵物還不曉得……」

「咦？這些傢伙有那麼強嗎？」

「假設他們擁有和剛才的弓術同等級的近戰技術，那麼光憑三十具地生人要對付他們恐怕有點辛苦……」

布朗原以為他們的模樣寒酸，實力應該和之前的守備隊相差無幾。看來敵人的等級要比外表強上許多。

「雖說如此，就算要逃也會被敵人放箭攻擊，要撤退恐怕也有困難……」

「既然只有作戰一途，那麼快點開始或許比較好……」

既然避免不了戰鬥，就應該先下手為強。

「那就動手吧。『霧』。」

布朗的魔手在黑暗中無聲無息地擴散，結果那個集團沒一會兒便慌張起來。儘管他們似乎無法感知到霧本身，卻擁有能在被霧包圍之前察覺的敏銳直覺。他們的等級果真和小城市的衛兵隊不同。

「可惡的傢伙！竟敢裝神弄鬼！全員注意！允許攻擊！」

「地生人們！準備迎擊！小心不要離開霧的範圍！」

布朗一邊這麼說，一邊準備魔法。雖然範圍大小有些勉強，由於對方正朝這邊而來，很快便會進入射程內。

「『地獄火焰』！」

「「「『地獄火焰』。」」」

布朗一發動魔法，杜鵑紅等人也同時施展魔法。

四道「地獄火焰」的破壞力肆虐，對敵方集團造成傷害，打倒的人數卻不多。幾乎所有敵人都只有瞬間表現出退怯的模樣，之後隨即重新站穩，再次朝這邊直衝而來。

「真的假的！這招居然沒效！這些傢伙也太猛了吧！」

「我就跟您說吧！」

之後地生人們很快就和敵人接觸，雙方展開近身戰。

敵人好像受到魔法相當大的傷害，一旦被我方的攻擊命中便會輕易失去平衡，就此倒地。看來魔法也並非全然無效。

可是我方使出的攻擊很難打中對方。

「……似乎是因為武器的攻擊範圍有落差呢。早知如此，應該在之前的城市接收衛兵們的武器才對。」

沒錯，敵人的武器是劍。地生人們的主要武器卻是拳頭和爪子，攻擊範圍明顯不足。但是，布朗等人不可能事先知曉敵人擁有這般戰力。因為她們覺得比地生人的爪子還不鋒利的粗糙武器只會造成負擔，全部都沒有帶走。

「話說回來，敵人即使毀滅了依然有這樣的戰力，看來這裡還不是我們可以來的區域……就難度來說。」

地生人的數量已經所剩無幾，只剩下緋紅等特別強的個體和其他寥寥數人。雖然敵人也減少了許多，雙方的人數眼看就快逆轉。倘若原本是依靠數量優勢來維持戰線，只要數量逆轉，戰況恐怕就會加速惡化。倒不如說，如今雙方的數量都很少，因此勝負很有可能就這麼塵埃落定。

「啊，對了！『恐懼』！」

布朗想起「精神魔法」的存在，趕緊抱著賭賭看的心態發動。可是敵人的樣子沒有變化，看來受到了抵抗。

「……先撇開我們不談，失去那麼多手下對敵人來說應該也是堪稱全滅的損失，他們卻還是毫不猶豫地繼續攻擊，士氣異常高昂。難道他們不怕死嗎？」

「……為什麼要先撇開我們不談？」

「因為主人的地生人眷屬們即使在這裡死亡，也會在上次休息的那座城市復活。」

「啊，對喔。那對方會不會也是這樣呢？」

「這──原來如此。如此說來，對方的首領在人類之中屬於支配者階級了啊？」

就在布朗等人交談的同時，戰場上已經只剩下緋紅等三具強大的地生人。

◆◆◆

這時，只見一名無人防守的敵人穿越緋紅等人身旁，朝這邊跑來。

「唔喔！『雷電』！」

布朗立即施展的魔法命中那個人，然而那個人只是瞬間退怯，依然朝這邊直奔。只不過，他身上似乎已經累積許多傷，應該只差一點即可將他擊倒。

「『冰子彈』！」

「『火焰箭』！」

胭脂紅的魔法被躲開了。可是敵人在閃避時不慎被瓦礫絆倒，因而撲倒在地。不知何時變身成狼的洋紅趁機跑上前去，咬斷敵人的咽喉。

「幹得好！不過剛才真是好險耶，只差一點就——」

「主人！」

聽見杜鵑紅的呼喊，布朗往前望去，看見敵人的首領正準備拉弓放箭。

（沒想到大叔居然會射箭！話說原來他們還有箭啊！）

箭離弦的那瞬間看起來就像慢動作一樣。

（啊，這下完蛋了——）

這個軌道會被射中。

布朗不由自主地閉上雙眼，準備迎接即將到來、令人懷念的系統訊息。

然而她聽見的不是沒有感情的訊息，而是轟隆巨響。

「咦……」

第六章　希爾斯王國滅亡

「——就是這麼回事！」

布朗如此為自己的冒險故事作結。

好奇特的經歷。聽起來十分有趣。

然後與此同時，蕾亞也鬆了口氣。既然布朗是經由這樣的方式取得「使役」，相同的例子應該很難發生在其他玩家們身上。

「這樣啊，是吸血鬼啊……原來吸血鬼可以用自己的血讓自己的眷屬轉生。」

縱然成本似乎相當高，消費的是只要放著不管就會自然回復的ＬＰ和ＭＰ這一點相當不錯。至於說有什麼缺點又或者說限制，大概就是只能對自己的眷屬使用，以及恐怕只對活屍類或與其相關的種族有效吧。

雖然和蕾亞的「使役」大不相同，這份能力卻很有吸血鬼的風格。

「所以，蕾亞小姐，妳是什麼種族啊？妳看起來顯然不是一開始就能選擇的種族。」

這個問題必須經過仔細思考才能回答。

蕾亞不曉得布朗這名玩家的口風緊不緊，不過從她把照理說隱匿起來比較明智的情報劈里啪啦地告訴蕾亞來看，至少可以確定她擁有輕率的一面。

坦誠以告的風險很高。
可是假使今後要和她保持友好關係，又比方說假設萬一兩人進展到要加入好友的程度，那麼現在不坦誠以告就是不智之舉了。
可以確定真相遲早會被對方得知，況且布朗似乎也都據實以告。蕾亞不回答這個問題會讓好感度被扣分，這不是一件好事。
「——我是……」
四人用期待的眼神看著蕾亞。她們雖然長相不同，表情卻一模一樣。
說不定無論眷屬的ＩＮＴ和ＭＮＤ提升到多高，本質上還是和自己的主人十分相似。
「我現在的種族是魔王啦。不過我一開始原本是精靈——」
於是，最後蕾亞花了快一小時敘述自己迄今為止的經歷。

「這麼說來應該是那樣了！既然那些螞蟻現在是蕾亞小姐的下屬，那麼也就表示妳替我報仇了呢！」
蕾亞不知道這片大陸上是否還有其他洞窟有螞蟻，但是從這個狀況來看，攻擊布朗的應該是史佳爾的下屬吧。
「雖然我的本意不是那樣，就結果而言好像可以這麼說。因為那些孩子現在也是我的眷屬，希望妳可以原諒牠們。」

「那當然！不過，蕾亞小姐一直都是獨自行動嗎？」

翅膀「啪」的一聲拍動。

因為翅膀是原本身體沒有的器官，有比較難控制的傾向。可是這一次，除此之外的部分應該都完全不為所動。看來蕾亞也有所成長了。

「……是啊，畢竟我的玩法跟一般人比較不一樣。不過話說回來，我還是有和其他玩家交談過啦。」

雖然最後把交談過的對象都殺光了。

「是這樣啊！我也覺得自己的玩法跟一般人不同，看來我們挺合的呢！妳不覺得嗎？」

感覺好像進展得還不錯。

「就是啊。感覺我應該能和布朗……小姐處得很好。」

「直呼我的名字就可以了啦！妳、妳要不要和我加入好友？」

「請收下。」

蕾亞二話不說就遞出好友卡。

雖然對象都不是玩家，在加入好友的人數上，蕾亞可是無人能出其右。她已經熟練到能夠無意識地完成這一連串流程。

「謝謝妳！……請問這是什麼啊？」

「……啊啊，妳不知道要怎麼加入好友嗎？只要把這個放進背包裡就能加入好友喔。如果是互相交換，就會彼此都是好友。」

◆◆◆

順帶一提，單方面加入好友和互相加入好友在功能上並無差異。

「原來是這樣啊～那麼我的也……呃，這個放在哪裡啊？」

蕾亞教布朗如何從背包中取出好友卡，之後兩人順利成為彼此的好友。

「妳是我的第一位好友耶！」

「我也是……第一次和玩家成為好友喔。還有，妳不用跟我說敬語啦。妳也只要直呼我的名字就好。」

「那就請多指教嘍，蕾亞姊！」

翅膀「啪」的一聲拍動。

由於已順利成為好友，也已經理解彼此的立場，蕾亞決定接下來要談談現狀。

「儘管我現在的種族是魔王，人類之所以想討伐我，好像是因為他們認為我是『災厄』。啊，對了，所謂災厄就是——」

蕾亞向布朗解釋什麼是災厄。由於她還沒有到社群平臺上仔細調查，內容中摻雜了她個人的推測，不過大致上應該正確。

「——所以說，一方面為了有效率地在社群平臺上觀察人類方的動向，讓人以為我是ＮＰＣ的活動頭目會比較方便。」

「因為如果被人知道妳是玩家，人類方玩家就不會隨便在社群平臺上討論作戰計畫了是嗎？原來如此。話說回來，原來那個災厄是蕾亞姊啊？」

「然後如果方便的話，不曉得妳……願不願意也角色扮演成NPC的頭目呢？」

「哦哦！這個好！是女幹部！魔王信賴的美女吸血鬼！天哪！酷斃了！」

「酷……？總之，妳喜歡真是太好了。那麼，假使之後有機會遇到其他玩家，到時就再麻煩妳了。」

「收到！哎呀～這下我可得想想什麼樣的措辭才帥氣了……」

「不過就算有機會和玩家們交談，感覺還是少說一點會比較好。因為我好像只要得意起來，就會馬上說些不該說的事情。」

這麼一來，蕾亞算是獲得目前所能想到最有力的幫手了。下次要是感覺快和玩家集團打起來，蕾亞打算邀請布朗一起作戰。

「那麼，布朗，妳……接下來打算怎麼做？妳要從上一座城市前往位於西北方的城市嗎？」

「這個嘛，過了這座城市之後就是王都對吧？既然那邊已經被蕾亞姊擺平了，我還是往別的方向前進好了。分頭進行應該可以更快解決這個國家，妳說對吧？」

儘管覺得有點捨不得，這的確是比較有效率的做法。縱使蕾亞對布朗的戰力有些不放心，唯獨這一點蕾亞也無能為力。

「既然這樣，那麼這個給妳。」

蕾亞從背包取出之前被當成報酬獲得的地圖，交給布朗。

「咦？地圖？有地圖這種東西嗎？就連伯爵的圖書館裡面也沒有耶？」

「正確來說有地圖，只是因為太過老舊，沒辦法當作參考而已。」

因為蕾亞分不出來才不知道名字，不過其中一個摩耳摩補充說明。

「這是我透過某個管道取得的。因為我還有其他類似的東西，這個就……送妳吧。有了這個，應該可以對侵略行動帶來一些幫助。」

「……真的可以嗎？妳不僅救了我的命，還送我這麼貴重的東西……」

「沒關係啦，因為妳是……我的好友啊。啊啊，對了……」

蕾亞將佩掛在鎧坂先生腰際的劍崎一郎連同刀鞘取下，遞給布朗。

「這把劍妳也帶去。妳別小看這把劍，牠可是魔物呢。即使沒辦法佩掛在身上揮舞，牠也會自動攻擊敵人。等妳攻陷下一座城市之後，要是願意透過聊天功能和我聯絡，我會很開心喔。」

「那是當然！那麼……」

蕾亞和布朗兩人都端正站姿。儘管要一直聊下去也可以，也不是非得現在聊不可。

「嗯，妳要加油喔。我會替妳祈禱一切順利。」

「蕾亞姊也是！再見啦！」

摩耳摩們變身成蝙蝠，布朗則被三具紅色骷髏──地生人扛著離去。

蕾亞望著那幅難以言喻的超現實畫面，直到再也看不見為止。

◆◆◆

【賀】災厄討伐成功──！【擊破活動頭目】

001：堅固且不易脫落
這是擊破活動頭目的紀念討論串。請參加者發表內心的喜悅，未參加者發表嫉妒的心情。

002：amatein
開討論串辛苦了。

003：無名精靈
辛苦了！不過真虧你居然知道打倒了耶。我本來打算要是沒人開討論串就要來開，沒想到會是死亡回歸的人先開。

004：堅固且不易脫落
哎呀，你看看技能畫面嘛。突然增加那麼多經驗值當然會發現啦。

005：amatein
那個經驗值確實很驚人呢。這下可得感謝首領才行。

006：猴子・潛水・SASUKE

>>005　別忘了也要謝謝基爾。
要是他沒有來看那則討論串，大概也不會聚集那麼多人。

007：堅固且不易脫落
無名精靈，你是後衛，你活下來了嗎？
有得到掉落物的報酬嗎？

008：無名精靈
我活下來了喔～
掉落物有是有，可是整座城裡都是相同的掉落道具。我覺得那個道具的等級應該滿高的，不過既然數量那麼多，說不定賣不了多少錢。

009：amatein
這個嘛，關於道具這件事，
既然活動本身不會損失經驗值，那個頭目大概主要是用來賺取經驗值的吧。

010：orinki
就是啊。

反正就算換成錢可能也沒多少，我覺得全部都給首領也無所謂。

011：猴子・潛水・SASUKE
不，那樣韋恩應該會過意不去吧？
這種事情即使只是做做樣子，還是要分配一下比較好。

012：鄉村流行樂
我今天雖然是第一次見到SASUKE，你還挺那個的呢。

013：amatein
真的很那個呢。

014：猴子・潛水・SASUKE
那個是什麼意思啦！

015：那隻手好溫暖
SASUKE先生很會替人著想，和長相一點都不搭呢。

016：鄉村流行樂
哎呀～

017：猴子・潛水・SASUKE
什麼啦，
我才不是那種人哩～

018：荒吹雪
抱歉，這個討論串是話題討論串嗎？
活動頭目是什麼啊？

019：amatein
>>018　這個討論串是不久前開啟，標題為「因為確定出現活動頭目所以到希爾斯王國王都集合」的討論串的慶功討論串。

020：荒吹雪
咦？啥？活動頭目？真假？已經打倒了？

021：沒有附味噌湯
又是只有高手參加啊……

022：堅固且不易脫落
沒辦法，因為這次無論地點還是時間點都很硬嘛。
要抱怨就去跟營運方說吧。

…

…

052：基諾雷加美許
那真的太扯了！

053：韋恩
各位，抱歉。

054：明太清單
災厄增強威力回來了。

055：無名精靈

>>054　咦？什麼意思？

056：明太清單
就跟字面上一樣，災厄增強威力回來了。
據韋恩所言，剛才的戰鬥雖然是活動戰，卻可能不是討伐戰而是頭目的覺醒活動。

057：基諾雷加美許
我想這一點應該不會有錯。目前可以確定的事情如下：
・追加謎樣遠距離物理攻擊
・追加像是範圍增益的神祕能力
・不發一語（省略發動關鍵字）擊發魔法
・魔法的命中準確度提升（幾乎無法迴避）
・羽毛增加為三倍
・眼睛會發光

058：韋恩
>>057　雖然後半段很像玩具的宣傳文案，大致上都正確。
感覺不是兩段變身而是三段變身。

不發一語施展魔法這一點真的很狠。感覺沒有預備動作，即死攻擊就飛過來了，也沒辦法擬定對策。

059：明太清單
你說的應該是災厄對那些騎士擊發，像是小黑洞一樣的魔法吧？
因為能力實在落差太大，讓人到最後已經完全不想抵抗了。

060：堅固且不易脫落
居然有那種魔法！
真的假的啊……

061：amatein
因為活動還剩下將近一星期嘛……
我本來就覺得應該不太可能第二天就結束討伐頭目的任務，
沒想到這居然是追加新頭目的首次亮相活動。

062：猴子・潛水・SASUKE
不會吧？我們明明用了很多道具，怎麼可能會有這種事？

063：明太清單
魂縛石的確消耗很多，不過考慮到取得的經驗值，我想收支應該還是正數。

064：猴子・潛水・SASUKE
墨魚汁彈要怎麼辦啊？

065：堅固且不易脫落
那個應該更便宜吧w

066：韋恩
另外很抱歉，我在回收頭目掉落的金屬之前死掉了，
王都也已經沒救了。
我第二次死掉時沒辦法在王城重生。

067：明太清單
王都……也只能那樣了。
不過我在逃的時候，有一邊撿了幾個掉在王都街上的金屬塊。

068：基諾雷加美許
真假？真有你的！
……話說回來，明太，你在哪裡啊？

069：明太清單
我在威爾斯啊。名叫奇亞洛的城市。這裡本來就是我的據點。
韋恩呢？

070：韋恩
……這裡是哪裡呢？
好陌生的地方……
又來了啊……

071：鄉村流行樂
首領該不會隨機重生了吧？
（相隔半天第三次）

◆

072：無名精靈
我說你該不會被詛咒了吧？
呃……

◆◆◆

遊戲內設定統整討論串　Part5

053：森埃蒂教授
總結來說，全世界一共存在六具災厄：
真祖吸血鬼、大惡魔、大天使、蟲王、魚人王，以及金色龍。
是這樣沒錯吧？

054：豪斯托
另外還要加上這次活動的活屍天使。
雖然已經遭到討伐，還是應該要留下紀錄。

055：藏灰汁

不，那個活屍天使好像又增強威力復活了，
而且還殺害留在希爾斯王都的三名玩家，就這麼壓制住王都。

056：豪斯托
咦？
意思是希爾斯毀滅了嗎？

057：藏灰汁
是啊。

058：森埃蒂教授
那麼，雖然不曉得NPC們如何稱呼，我們還是在這個討論串裡面決定暫定名稱吧。

059：聖雷根
你還真是處變不驚耶w

060：尤斯提斯
既然是活屍天使，那麼叫死亡天使如何？

061：森埃蒂教授
這樣會和大天使撞名耶。

062：聖雷根
聽說災厄會飛，不如取名叫做天空王如何？

063：森埃蒂教授
這樣會和天空城撞名，而且也沒有活屍的元素。

064：豪斯托
從天而降的死亡，
這個怎麼樣呢？

065：尤斯提斯
你以為你是詩人嗎？

066：森埃蒂教授

感覺好像還可以，可是我會有點不好意思唸出來……

067：聖雷根
你的形象崩壞了喔～

068：枕蓮
抱歉，那個災厄只有剛才提到的六具嗎？

069：豪斯托
是七具，不過在這之前應該是六具。
每個國家都是這麼說的。

070：枕蓮
我現在所在的村莊裡有個傳說，相傳某座山的山頂上住著龍。
雖然好像已經很久沒有人見過，聽說以前造成很嚴重的損害。

071：森埃蒂教授
那個龍和住在北極的不一樣嗎？

原來還有別的啊？

072：藏灰汁
那是哪裡的村莊啊？

073：枕蓮
佩亞雷的路特村。

074：聖雷根
那在哪裡啊？

075：豪斯托
先不管那個了，所以第七災厄的名稱是什麼？要採用我的意見嗎？

076：森埃蒂教授
這個嘛，就採用那個吧。
暫定名稱是「第七災厄」。

◆◆◆

蕾亞在拉科利努和布朗道別之後，命令史佳爾準備空運步兵和工兵蟻到這裡，打算這次要讓蟻群也確實探索地下，仔細確認是否有其他遺漏的東西。這麼一來，攻陷拉科利努的工作總算是結案了。

之後她利用「召喚施術者」回到王都，終於在社群平臺上調查了一番。

「……目前掌握到的災厄除了我之外，總共有六具啊？」

那些情報好像主要來自NPC國家內的傳說，可信度不確定有多少，不過那並不重要。

因為蕾亞真正想確認的是玩家和NPC之間的共同認知，不是真相。既然玩家和帶給玩家知識的NPC都將新誕生的魔王視為第七災厄，那麼蕾亞就算繼續假扮應該也不會有人起疑心。

「不過，果然還是不該相信NPC所掌握的災厄數量是正確的吧。」

無論真相為何，從希爾斯王國的領導階層認為精靈王站在自己這邊來看，精靈王有可能並沒有被人類判定為威脅勢力。

如果是這樣，精靈王會被公告為「特定災害生物」嗎？

「雖然進行這項判定——應該說進行設定的恐怕是開發方，和NPC怎麼想沒有關係……不曉得有沒有辦法得到可以聽見那個神諭的技能耶？」

既然叫做神諭，那麼擁有這項技能的應該是宗教相關人士吧。由於蕾亞覺得不重要，她之前並沒有特別留意神殿和教會。隨著宗教相關人士現在恐怕已經在王都某處化為活屍，神諭類的技能也不復存在。因為一旦活屍化，生前的技能等就不會被承接下來。

「真糟糕……看來之後要是再遇到宗教相關人士，我得讓他活命並試著支配才行。」

關於這個國家的其他都市是否還有能夠接收神諭的ＮＰＣ，這一點無法確定。在希爾斯國內從ＮＰＣ口中得知災厄一事的玩家則很少。

由於災厄在其他國家甚至被當成街頭巷尾的流言，再加上這是發生在自己國內的災害，希爾斯國內說不定實施了類似情報管制的措施。

「畢竟他們無法與其他國家即時交換情報嘛……可是今後未必也是如此。假使玩家化身成騎士之類的身分深入國家中樞，該國的情報收集能力便會不可同日而語。」

如果有玩家在玩那種角色扮演的遊戲，玩家本人想必不會在社群平臺上發言，而會像蕾亞一樣默默地吸收情報。

「看來今後也得考量那種可能性才行。要是被玩法如此激進的玩家用之前那個文物對付，我搞不好又會打輸。」

因為對方也有可能利用社群平臺進行情報操作。

「看樣子這則情報有必要和好、好友分享呢。我得立刻用聊天功能……啊，可是要是她正在戰鬥，就會給她添麻煩吧。應該等出國之後再通知嗎……可是早點告訴她或許比較好……」

結果，這一天她並沒有傳送訊息。

◆◆◆

◆◆◆

一開始想要將王都打造成廢墟型領域的目標已經達成。為了詳細確立今後的動向，看來必須制訂新的計畫才行。

「首先是大目標。這個不用說，當然是壓制整片大陸了。既然我在讓齊格成為眷屬時曾經答應他會消滅其餘五國，這麼做便是必然的。儘管會與所有人類方玩家為敵，反正應該還有其他像布朗一樣的人，只要和那些人通力合作，應該就有辦法與之對抗。」

可是，例如蕾亞本身被稱為災厄的副本頭目等，她仍有許多不想公開的情報。雖說利害一致，隨便展開雙臂和他人合作還是太危險了。

「為了壓制大陸，首先必須達成掌控整個希爾斯王國的中程目標，只不過感覺有必要好好思考掌控的定義為何……如果要侵略所有城市和村莊，數量就有點太多了。若是普通的戰爭，做法應該會是攻陷首都、讓領導階層宣布投降，然後逼他們答應對我方有利的停戰協議……但是現在並沒有交涉的餘地。」

精靈王的遺產可能是比國家更為重要的東西吧。也許因為是對抗其他災厄時不可或缺的物品，才絕對不能落入敵人手中。

然而這件事現在就算再怎麼思考，也得不出答案。

眼前最重要的，是接下來該如何處置國內其餘都市。

「我看先試著在攻陷的城市中央種植世界樹的終端，然後釋出螞蟻和樹人，使其成為充滿綠意的廢墟城市好了。如果能夠成功打造出螞蟻和樹人的樂園都市，那麼之後只要在每一座城市都以螞蟻取代人類、以樹人取代住宅，應該過不了多久便會壓制完畢。」

為此，有一個問題必須先解決不可。

那就是史佳爾的轉生。

蕾亞會認為必須讓史佳爾轉生當然有她的理由。

原因在於女王蜂能夠生出的眷屬數量已達到最大值。

在此之前，縱然蕾亞等人並未確切掌握擁有多少螞蟻，因為她們都在里伯大森林和隔壁草原的地下活動，這一點不會構成問題。

然而一旦要開始向外侵略，數量這個問題就會讓人突然感到不放心。

由於樹人也有受到一定範圍內的繁殖數量，也就是生存密度的限制，蕾亞才會認為螞蟻恐怕也有類似的狀況。

如果是這樣，勢必就需要新的蟻后。

史佳爾所產的卵在出生那一刻，便已經決定好會成為什麼種族。

既然如此，那麼應該可以想成下一位女王在以卵的型態出生時，便已經決定好女王的身分。

換言之，既然目前技能樹裡面沒有技能可以產下下一代女王的卵，那麼恐怕是必須發生某種突破才能生出女王級的螞蟻。

舉例來說，世界樹無法利用「分株」增加世界樹本身。同樣的，史佳爾很可能也受到無法生出同等級女王的限制。

因此蕾亞才打算趁此機會讓史佳爾升等，以尋求突破。

「多虧活動期間的取得經驗值增加了，剛才用掉的數量應該可以從王都居民身上回收過來。再加上現在沒有死亡懲罰，所以昨天白天和玩家之間的戰鬥，也只有讓我獲得而沒有損失經驗值。幸運，我真是太幸運了，哈哈哈。」

沒問題——蕾亞從容地心想。

「這些應該夠讓史佳爾轉生了。至於用來以備不時之需的存款……明天再開始存好了。」

可是越是像這樣使用經驗值，必須事先保存的量也將成比例不斷增加。

「……雖然只要我死了一切就會泡湯，只要我沒死就不會有問題。」

再說就減少死亡風險這層意義而言，這也是事前應該進行的投資。

蕾亞以史佳爾為目標「召喚」自己，返回女王之間。

女王之間裡，小狼們正在玩耍嬉戲。

這時蕾亞才猛然想起自己把照顧小孩的工作交給了迪亞斯。她本來還擔心迪亞斯來王都後小不點們該怎麼辦，看來現在是史佳爾在照顧牠們。

蕾亞趁著還沒忘記，趕緊「召喚」迪亞斯。結果迪亞斯一回來便被小狼們纏著移動到牆邊的老位置。

「昨天真是抱歉啊，我突然就死掉了。還有，森林的復興工作辛苦妳了。」

◆◆◆

『您太客氣了……迪亞斯大人，您的模樣又變得更加精悍了呢。』

「哈哈哈！妳別看我這樣，其實在下年輕的時候——」

他的個性果然變得有點麻煩。

大概是因為從活屍變得接近人類，讓他的性格產生出，又或者說恢復了人味吧。不過這種程度還在容忍範圍內。

「史佳爾也很快就會變帥氣喔，大概啦。」

蕾亞立刻從背包中取出賢者之石Great。

她雖然把所有賢者之石都放在王都，Great則全都由自己保管。因為一般的轉生和更進階的轉生，兩者能夠獲得的新情報相差很大。

「好了，轉生的時間到了。過來吧，史佳爾。」

蕾亞將賢者之石Great交給史佳爾。

蛋型的小瓶子從史佳爾手中化為光線消失，融入史佳爾體內。

『眷屬已滿足轉生條件。』

『要允許轉生成為「昆蟲女王」嗎？』

『要消費妳的三千點經驗值，允許轉生成為「Queen Arthropoda」嗎？』

雖然是才不久前的事，三千點這個數字還真令人懷念。

這是轉生成魔王或精靈王時被要求支付的數字。

換句話說，接下來史佳爾將轉生成和蕾亞同等級的存在。

◆◆◆

從不死者之王被要求支付的經驗值是較少的一千點來看，即使同樣是災厄級的魔物，身上的潛在能力可能也有落差。

「我允許支付三千點，轉生成為Queen Arthropoda。但是回頭想想，世界樹那時可是被要求支付五千點呢。如果光從消費量來思考，世界樹可能是等級最高的……」

『開始轉生。』

「不過話說回來，Arthropoda是什麼啊？這個字可以拆成Arthro和poda嗎？是唸成阿～斯拉？還是阿斯拉～？poda……是唸成啪達～嗎？阿～斯拉、啪～達～……啊，是節肢動物？」

光線消失之後，體型變得比以前小一圈的史佳爾出現在眼前。

牠的外型變得接近人類許多。

「哦哦？好帥氣喔！」

史佳爾的臉上覆蓋著一層宛如面具的堅硬皮膚，感覺無法做出表情。既然是節肢動物女王，那個應該是外骨骼，又或者說是甲殼吧。

那個甲殼在嘴巴處分成了上下兩部分，上顎側和下顎側感覺就像分別戴上不同的面具。

頭部看起來也像長了頭髮，而且質感非常蓬鬆，感覺和天蠶的頭部很相似。另外也有觸角。

眼睛則是帶有弧度的複眼，位在比面具般的臉稍微裡面的位置。這部分也和人類的雙眼位置相同。

身體被各個關節區分開來，不過表面同樣覆蓋著看似堅硬的外骨骼，外形上最相近的大概是球體關節人偶吧。

可是近似人類的部分也只有這些。

首先，牠有三對手臂。倘若把腳也算進去就是總共八肢，和人類相差甚遠。

再來從腳的根部後方、以人類來說相當於臀部位置延伸而出的，是有如螞蟻或蜜蜂的腹部。乍看也像是長了一條粗大的尾巴。

相當於人類腹部的部分也好比球體關節人偶一般被分割開來，不過以昆蟲來說，這個應該叫做腹柄節吧。那麼，腹柄節下面長有腳是怎麼一回事？

由於三對手臂和背部的兩對翅膀是有翅體節，而且是長在相當於昆蟲胸部的位置，因此可能到此為止都是昆蟲，至於胸部以下則和其他節肢動物融合在一起。

『災害生物「蟲女王」誕生。』

『由於「蟲女王」已受到既有勢力支配，因此規定的訊息已取消發送。』

「感覺好像應有盡有的貪心套餐……不過算了，帥氣就好。」

『謝謝您。我感受到一股非常……非常強大的力量。原來如此，我總算明白首領此次為何要出征了。』

「咦？什麼意思？」

『一旦擁有這樣的力量，便會抵抗不了想要大展身手的誘惑。』

「啊……」

儘管蕾亞並不是基於那種理由親自出征，現在被牠這麼一說，她也無法否認自己完全沒有那種念頭。

『迪亞斯大人，您明明變得如此英勇強悍，卻依舊十分冷靜自若呢。』

「因為在下有其他更重要的任務。」

「可是史佳爾，系統對妳的稱呼不是特定災害生物，而是一般的災害生物耶？難道是因為妳和活屍、魔王不同，不是特定勢力眼中的災害級……？如果是這樣，那可以反過來說妳是會公平地對所有勢力帶來災害的麻煩嗎？」

倘若這個想法正確，那麼假使誕生的消息被公告出去，所有勢力中擁有特定技能的角色有可能都會收到訊息，屆時前來討伐的敵人也會跟著變多。

「算了，反正現在說那些也沒用，還是先來看看有沒有可取得的新技能好了。」

和史佳爾的「選擇種族」相關技能樹中沒有可取得的新技能。

可是有一個名為「繁殖：蟲」的全新技能樹開放了。

這個技能樹的第一項技能是「蟻后」，從字面上來看，應該是可以生出女王的技能吧。蕾亞立刻讓史佳爾取得。

然而這項技能和平常產螞蟻卵時不同，使用成本是消費經驗值，和樹人們的「分株」是相同的系統。

不過即使考量到成本，只要能夠生出新的女王級，好處依舊很大。於是蕾亞支付所需經驗值，讓史佳爾使用。

『體積比以往的卵要大上許多耶。看來可能也要花一點時間才能孵化。』

假如是普通的螞蟻士兵，卵的體積應該會比這個小上兩圈，而且生出來之後很快就會孵化。

反觀這個卵雖然不至於得花上好幾天，卻也不像幾秒鐘內就能孵化。

「算了，我們就耐心等待吧。現在先來看看技能樹的其他技能。」

在「蟻后」之後，應該說在平行位置處並列著「蜘蛛女王」和「甲蟲女王」。

「我記得有些種類的蜘蛛確實具備社會性，可是甲蟲有女王嗎？我看還是先準備用來以防萬一的經驗值，等之後再考慮要不要取得好了。」

於是蕾亞繼續進行各項確認，之後過沒多久蛋的被膜裂開，熟悉的蟻后從裡面現身。

是女王蜂。

「不管怎麼樣，這下看來應該可以擴大戰線了。王都周邊交給齊格的活屍兵團，托雷、盧爾德周邊交給世界樹和樹人們，埃亞法連則繼續交由史佳爾來支配。至於這座里伯大森林，因為鄰近城市已經消失，現在可以說是我們最安定的據點，所以接下來我打算把這座森林當成管理職的教育訓練所，讓牠們習慣。」

即使今後要派遣下屬到某個城市管理當地，也不曉得牠們剛出生沒多久是否就具備那種能力。假如要讓下屬事先習慣，較為安全的這座森林便是最合適的地點。

『我也贊成。那麼我就再生出幾隻，讓牠們同時接受訓練吧。』

由於必須讓女王取得「強化眷屬」等技能，再加上女王本身的能力值越高越能使整體強化，經驗值的投入不可或缺。

考慮到今後必須增加女王級的數量，蕾亞需要獲得更多的經驗值。

「簡直沒完沒了耶……」

蕾亞本身還有強化的空間，經過轉生的迪亞斯等人也一樣。史佳爾應該也還有其他已經解鎖的技能。

「在那之前，還是先來整頓拉科利努吧。那座城市是好幾條王國的主要街道匯集地，應該可以成為交通四通八達的領域。我看就暫時把那裡打造成新的新手地下城吧。」

『如果是這樣，請將管理拉科利努的工作交給我。畢竟我已經習慣了。』

「說得也是……還有，我看也讓世界樹在那裡播種，培育作為世界樹終端的長老樹人好了。因為那裡現在已化為瓦礫山丘，景色非常無趣。我想將其打造成充滿大自然綠意的領域，讓顧客願意再度造訪。」

倘若真的要使其成為一座主題樂園，其他地方也必須留意不可。那就是住宿場所。

要是沒有玩家可以設定為重生點的區域，就沒辦法吸引顧客上門。

「不過，如果有足夠強大的魅力讓人不惜忍受那些缺點也想來攻略，那就是玩家自己的選擇了吧。畢竟之後攻略的地區旁邊也未必都有城市。」

如果有必要也可以詢問營運方：「如果想要攻略的地區旁邊沒有可以登出的安全區域怎麼辦？」儘管提問內容和回答會被公開，提問者應該會匿名才對，所以就算是蕾亞發問也沒問題。只要問題被收錄到FAQ中，並且提供具實用性的回答，看到的玩家應該就會自己想辦法。

「好，那麼史佳爾，我們去拉科利努吧。之前先送過去的蜜蜂和螞蟻們不曉得到了沒有？」

『好像還沒到呢。要等牠們到了再用「召喚」移動嗎？』

「……不，因為我想測試一下妳的飛行性能，再說機會難得，我們就兩個人一起飛過去吧。」

◆◆◆

迪亞斯，麻煩你照顧孩子們了。」

「陛下，您應該明白……」

「我不會獨自作戰啦。況且史佳爾也在。」

蕾亞帶著史佳爾，為了興建森林樂園而飛往拉科利努。

◆◆◆

凱莉等人決定在位於里伯大森林南方、以白魔牠們的腳程約三天可抵達的城市寇涅多爾，以玩家身分參加防衛戰。因為首領吩咐，如果要幫忙就加入人類那一方。

當時凱莉對蕾亞說：「請妳當我們的首領。」

一切便是從那句話開始。凱莉等人的人生因為遇見首領而有了巨大的轉變。

有人要加害首領，這件事絕對不可原諒。

然而即使怒不可遏，現在的她們無能為力。就結論而言，她們只能聽從首領的指示在這座城市觀察情況。

『所以說，我們決定要參加防衛戰。白魔，你們打算怎麼做？』

『這個嘛……可是我們也沒辦法參加攻防戰。』

『首領雖然沒有特別交代要你們做什麼……既然計畫內容本來就是要前往火山，好讓首領之後可以利用「召喚」立刻移動，你們要不要先去找出通往火山的路徑呢？』

『說得也是，那就這麼辦吧。火山的事情就交給我們吧。』

『麻煩你們了。』

在這座城裡過夜時，凱莉等人是投宿旅館，但是身為巨狼的白魔二人無法那麼做。牠們會在遠離街道的地方鋪床，兩隻一起在那裡休息。大概是因為周邊沒有會構成威脅的魔物，牠們的重生位置就是那個臨時的床鋪。

結束聊天功能後，凱莉轉身面向芮咪、萊莉和瑪莉詠三人。

「白魔牠們會依照原定計畫前往火山。我們則遵照指示，保護這座城市。」

「知道了。話說今天早上還沒來得及看見敵人就離開了，結果這座城市究竟是被什麼東西攻擊啊？」

經過觀察，這座城市的戰況似乎沒有那麼嚴重。

至少就目前看來，敵人並未闖進外牆的內側。

雖然也有可能單純只是因為對手之中，沒有能力足以破壞外牆和門的魔物而已。

「我也不曉得。不過只要去傭兵公會應該就會知道吧。雖然情況看起來並沒有那麼糟。」

「但是起碼和外界的往來……尤其是商業，又或者說物資的往來應該已經中斷了。」

芮咪說得沒錯。

◆◆◆

由於芮咪之前曾在埃亞法連經營店鋪，變得比較會留意那種事情。

「無論敵人是什麼，多虧有玩家在，戰力方面不需要擔心。可是玩家似乎對這座城市的將來不感興趣，因此儘管物流停擺，他們也不想積極打倒敵人的首腦。非但如此，從我們離開森林的……呃，是隔天嗎？因為從那天開始的十天是**活動**期間，獲得的經驗值會增加，玩家不打算在那段期間殺死敵人的首腦。」

對這座城市的人類而言，這是一件令人絕望的事情。

「既然我們要假扮玩家，那麼只要做同樣的事情就可以了吧？只要隨便殺死來襲的小怪物，同時一邊探查玩家的實力。」

「是這樣沒錯……不過我有其他工作想拜託萊莉，可以嗎？」

「可以啊，什麼工作？」

「可以請妳趁著玩家們在和小怪物玩的時候，偷偷闖進領域裡確認敵人首腦的模樣嗎？雖然不知道得等到活動結束，還是我們首領有空的時候，在必須作出決斷的時刻來臨之前，先把能夠得到的情報全部收集好不是件壞事吧？」

◆◆◆

「妳們也是持有保管庫的傭兵嗎？妳們願意保護這座城市實在令人感激不盡，不過……妳們難道沒辦法從根本上解決活屍在夜晚來襲的問題嗎……我們雖然已經派信鴿通知國家方面……卻遲遲收不到回音。」

隔天，凱莉來到傭兵公會詢問關於防衛工作的詳情，結果一名站在公會櫃檯後、滿臉倦容的中年男性嘆息著這麼對她說。

看來就和昨晚討論的一樣，玩家們果然不打算積極解決這件事。

這時，大廳裡一名像是傭兵的男性向這邊搭話。

「這個嘛，其實我們也想做些什麼，可是我們也不是每個人都有相同的想法，只有一兩個人去活屍的大本營實在太冒險了……」

男性傭兵一臉懊惱地如此說。從他的口吻聽來，他似乎也是保管庫持有人——玩家。

凱莉仔細打量那個男人。

這種程度的傭兵無論聚集多少人，感覺也傷不了敬愛的首領一分一毫。

「這麼說也有道理。對了，請問你是？」

「啊～那個，我叫做基爾加美許。」

這番自我介紹感覺結結巴巴的。

大概是假名吧。可是，凱莉實在想不到玩家有什麼理由要向被認為是玩家的自己報假名。

可能是感應到凱莉狐疑的眼神了，男人慌張地開始辯解：

「啊，我知道妳想說什麼，妳認錯人了。其實當初是我先創建角色、取了這個名字，結果因為現在那個人變得很有名，害我感到無地自容。」

他似乎不明白凱莉的眼神是什麼意思。不過凱莉也不懂他在說什麼，所以彼此半斤八兩。

說到這裡，凱莉想起以前首領好像提過撞名什麼的。

或許他們這些玩家無法和其他人取同個名字也說不定。

凱莉要自稱凱莉很簡單，可是假如有玩家名叫做凱莉，到時情況就會變得很麻煩。

「你叫我凱莉就可以了。這幾位是萊莉、芮咪和瑪莉詠。儘管這些都是暱稱，我們已經習慣被這麼叫了。」

凱莉決定這麼蒙混過去。

「妳們平常就是四人一起行動嗎？」

「這……是啊。不過待會兒只有這位萊莉有事要先回去。」

只要謊稱她在旅館房間睡覺（登出），再偷偷溜出去就好。

萊莉因為取得許多適合從事隱密行動和觀察周遭的技能，避人耳目悄悄行動對她來說易如反掌。凱莉會派她去調查敵人的首腦也是基於這個理由。

「那麼就是三個人了。要是不嫌棄的話，如果今晚敵人來襲，妳們要不要跟我一起行動呢？妳們應該是第一次防衛這座城市吧？」

之前韋恩也是如此，這些名叫玩家的人們為什麼態度都這麼親切呢？

以前接近凱莉等人的人們，大家的目的通常不是要搶就是要殺。因此即使對方表現出乍看和善的態度，不知其目的為何的凱莉等人心中依舊充滿不信任感。

然而凱莉等人同樣也是居心叵測。

「那真是太好了呢。因為我們也有很多事情想要了解。」

凱莉等人暫時和基爾加美許道別。

因為距離活屍出動的夜晚還很久，她們想要先觀察城裡居民們的情況。

再說既然敵人活動的時間是晚上，萊莉還是趁白天時潛入比較好。

「那我走了。」

目送這麼說完便消失在人潮中的萊莉離去後，三人再次來到街上。

環視一遍商店街之後，她們並沒有感受到物資嚴重缺乏的狀況。

可能是因為**活動**開始至今才第三天，影響尚未正式顯現出來吧。

「藥水……價格稍微上漲了呢。要是接下來缺貨的狀態持續下去，只要我們能籌措到素材，說不定就可以趁機大賺一筆。」

「看看今晚的情況怎麼樣吧，要是防衛戰打得很輕鬆，那麼讓芮咪負責生產或許會比較有效率。畢竟旅費也是會有用完的一天。」

價格之所以上漲，原因有可能是素材或生產者不足。換言之，不是因為居民們害怕魔物而不敢外出，就是城裡的生產者本來就很少。

無論原因為何，芮咪應該都能大賺一筆。

◆◆◆

之後到了夜幕開始低垂之時。

凱莉等人和基爾加美許會合後來到外牆外面，準備開始戰鬥。

除了凱莉等人，另外還有好幾名傭兵和城裡的衛兵們。光從外表看不出來，不曉得這些人之中有幾成是玩家呢？

「好啦，大概從太陽即將下山……尚未完全西沉的時間帶開始，敵人就會開始湧現。活屍差不多快出來了。」

「抱歉，你說開始湧現具體而言是什麼情況？是從地底下跑出來嗎？」

「喔，不是那樣的。妳瞧，那邊不是有一片岩石區和密集的樹林嗎？活屍就是從那附近跑出來。啊，來了。」

一如基爾加美許所言，好幾具活屍，恐怕是骷髏騎士的魔物從樹林中爬出，朝著城市的方向而來。

可是活屍們立刻就被等候已久的傭兵們獵殺，化為屍體散落四周。

「……沒有事情可以做耶。」

「那是只有現在是這樣。現在會因為追求效率的玩家們一湧而上，一下就把敵人打倒而沒事做，可是等到天色更暗之後，活屍的數量就會多到來不及打倒，到時就會忙碌起來了。」

據他所言，這群幹勁十足的玩家白天會去其他城市狩獵。他們會利用一天可以使用一次、名為轉移服務的東西，兩人一組進行往返，有效率地賺取經驗值。儘管他的話有一半以上凱莉都聽不懂，她還是姑且記住這些內容，打算之後原原本本地告訴首領。如果是首領，她應該能夠理解才對。

在旁邊觀摩一陣子之後，逃過擊殺的活屍漸漸開始增加，凱莉等人也終於有了出場的機會。

首先由芮咪藉由弓箭加以牽制，接著瑪莉詠用魔法將其撂倒。而在等待再次使用時間結束和

ＭＰ回復的同時，凱莉和基爾加美許會上前打倒活屍。
她們大致上以這樣的流程進行狩獵。
由於敵人實在太弱，防衛工作宛如作業流程般順利進行。
「嗯，平常的感覺大概就像這樣。每一天的狀況多少會有些不同，不過如果把經驗值紅利也算在內，這個活動好處還滿多的。只不過因為敵人都是活屍，賺不了什麼錢就是了。」
「原來如此，我明白了。」
整體而言，無論是這座城市的衛兵、玩家，還是進攻這座城的魔物，威脅性全都不高。
只要不像凱莉等人這樣故意摸魚，憑螞蟻和精金軍隊的實力，應該可以憑藉數量將他們一併剷除。
接下來就等萊莉回報了。依照首領的見解，由於和迪亞斯他們一樣的存在有可能分散於大陸各地，儘管很難想像團長級都沉睡在這個國家附近，為了以防萬一，還是有必要確認一下活屍的頭目。
這件任務達成之後，再來就只要混在這群玩家中隨便打發時間即可。

◆◆◆

拉科利努城——前拉科利努城的綠化活動進行得十分順利。
蕾亞先利用「分株」在山丘中央種植作為世界樹終端的樹人，接著從那裡繼續利用「散布種

瑪莉詠

子」增加數量，使得那裡如今已成為一小片森林。

只不過以「散布種子」增加的樹人雖然和原本的樹人是同個種族，卻不具備作為終端的功能。能夠以世界樹終端身分活動的，似乎只有直接從世界樹「分株」出來的個體。

終端樹人所帶來的「豐盛祝福」使得樹人們異常生長，位於中央的終端樹人則已長成長老樟腦樹人。

在持續進行綠化的舊拉科利努市區內，先行抵達的蟻群正在地下不斷挖掘巢穴，上空則有航空兵來回盤旋負責警戒。

「既然有這麼多樹，感覺應該可以採取更加立體的戰術。可是因為螞蟻主要在地上，蜜蜂則因為體型太大，無法在森林裡發揮機動性，我看不如增加一些蜘蛛好了。」

『我認為最好在下一場戰鬥正式開始之前，先確認手邊有哪些牌可以運用。』

這句話一點也沒錯。

既然此刻稱得上是一時的和平，那麼趁現在確認不會有什麼損失。

「那就這麼辦吧。這座城市如此廣大，既然要發展成森林，就乾脆再將面積擴大一些。因為儘量豐富這裡的魔物種類可能比較好，我打算之後也來試試『甲蟲女王』之類的技能。」

在蕾亞推動拉科利努綠化活動的同時，仍有不知從何而來的抵抗勢力在攻打王都。

由於情報在短短一夜之間便傳入NPC們耳裡的可能性不高，前來攻打的恐怕是看了社群平臺的玩家們。

✦◆✦

既然不是死了就結束的NPC傭兵，就有必要請他們儘量多來幾次。

蕾亞下令在王都外圍配置弱小的骷髏，要精金們在看得見王城的位置確實獵殺敵人。雖然白天時活屍會弱化，有可能會被打倒許多，精金不會受陽光影響。

「之前我在里伯大森林會請專門的運輸兵蟻負責調整和計算顧客的經驗值，可是齊格沒有那種部下呢……既然如此，那就提升王城內收服的女僕殭屍和文官殭屍的INT吧。成為INT或MND特別高的殭屍之後，說不定還可以利用賢者之石使其往那個方向轉生。」

蕾亞覺得這個點子很不錯。

現在戰力有比較偏向蟲子的傾向，因此應該可以在這部分稍微強化活屍的勢力。

況且玩家們好像也以為蕾亞是天使活屍。

「那我過去王城一下。這邊就拜託妳了。」

『請儘管交給我，路上小心。』

這一天，蕾亞大致就像這樣努力強化自己的陣營。

她坐在被改造得比原本大上許多的王都寶座上，思考明天以後的事情。

王都的防衛體制可以說已大致確立。

蕾亞已經透過投入經驗值來提升INT，並且給與賢者之石，讓負責防衛及管理都市型地下城遊樂園的文官們轉生成「屍妖」。

轉生時須從屍妖和有意志死者之中二擇一。因為她經由提升全員的ＩＮＴ後使其轉生，不知道哪個才是正規的途徑。

另一方面，女僕型殭屍們則預先轉生成亡靈。其實同樣轉生成屍妖也可以，但是既然有不同的選項，蕾亞還是按捺不住好奇心想要確認看看。至於職責方面，她讓屍妖們管理都市，亡靈們則管理城內。

此時女僕亡靈正在替蕾亞泡紅茶。

「好了，明天開始要怎麼辦呢……要攻打哪個方向的城市呢？」

她望著王城裡的王國地圖一邊思索。

她之所以把地圖讓給布朗，是因為她發現了這個。這上面的內容看起來和營運方給的地圖幾乎相同。

另外，其實這種作業本來不應該在謁見廳進行。雖然她特地準備了用來擺放地圖的邊桌，女僕亡靈也會用推車送茶具過來，可是與其這麼麻煩，還不如從一開始就待在辦公室之類的地方就好。況且這張椅子還莫名巨大。

只不過每次去辦公室後還得花時間回來這裡，所以她才叫女僕們把所有東西都帶過來。她純粹是基於合理性的觀點這麼做，絕對不是因為三心二意。

想著想著，她突然收到聊天訊息。

『妳好！現在方便嗎？』

是布朗。蕾亞立刻端正坐姿。

『那當然，妳想什麼時候找我都可以。怎麼了嗎？』

『我上社群平臺看過了！恭喜！辛苦妳了！』

這是什麼意思？自從昨晚道別之後，蕾亞並沒有做什麼值得慶賀或辛苦的事情。

『謝謝？不過，其實我不太懂妳在說什麼耶？』

『妳太謙虛了啦～妳不是征服希爾斯王國了嗎？社群平臺上是這麼寫的喔～說六大國已經變成五大國了。』

蕾亞差點就要把手裡的紅茶杯摔到地上。

（這是怎麼一回事……？）

她確實已經完全掌控希爾斯的王都，以及國內數一數二的商業都市。除此之外她還毀滅了兩座邊境都市，布朗也摧毀了兩座境內的城市。

可是這個國家的王族聽說已經逃亡到國外，現在應該也還有城市尚未被攻陷。

『那是……什麼時候的事情？是什麼時候變成五大國的？』

『咦？妳不知道嗎？呃……大概是遊戲內時間的今天傍晚左右吧？詳細時間可能要上社群平臺查才知道。妳去看討論串可能比較快，因為我也是看到討論串的標題寫著「希爾斯滅亡了」才知道這件事。』

『這樣啊。總之，謝謝妳的情報，我會去調查看看。能夠和布朗……成為好友果然是件值得慶幸的事情。可以彼此通風報信這一點幫助很大呢。』

◆◆◆

『是嗎？說得也是喔！嘿嘿嘿。哎呀～能夠幫上忙真是再好不過了！啊，我待會兒晚上要去攻打地圖上一個叫做艾倫塔爾的城市～等我結束以後再跟妳聯絡喔！』

『妳要加油喔。其實不用等到結束，妳要是遇到危險也可以聯絡我啦。』

不過因為有劍崎在，應該不至於會落入那麼危險的處境。

『謝謝妳～！那就再見啦！』

「呼……接下來……」

蕾亞的行動導致希爾斯王國滅亡了。

如果是這樣就沒有任何問題。

然而蕾亞對於王族全員存活下來這件事情十分掛心。

另外滅亡時間不是昨天深夜，而是今天傍晚這一點也令人費解。

「社群平臺啊……看來有必要上去調查一下了。追蹤希爾斯滅亡的相關討論串……只要追溯消息來源，或許就能鎖定情報一開始發布的時間吧？」

◆◆◆

【規則？】神祕現象報告討論串【故障？】

563：韋恩
應該可以在這裡報告吧？
我是原本選擇在希爾斯王國開始遊戲的玩家，後來因為據點毀滅而被迫隨機重生。
直到今天早上我都還在王國內的城市附近重生，剛才的重生地點卻是不同國家的城市。
有其他人也遇到相同的現象嗎？

564：好時髦
>>563　希爾斯王國不是已經被災厄，又或者說頭目消滅了嗎？
會不會是因為沒有這個國家了，才會從一開始的選項中被刪除啊？

565：韋恩
>>564　可是我直到今天早上為止，都還在王國內的城市重生。
災厄毀滅王都是昨天半夜的事情，若要被刪除，也應該是那個時間點比較有可能。

566：安迪
>>563　我之前也在希爾斯的維爾岱斯德城努力維生，然而自從在活動第一天晚上死掉後，就踏上不斷隨機重生的旅程了。
反正我現在沒有任何重生點，我就來死看看當作實驗吧。

567：平太郎

>>563 >>566 原來隨機重生的人還不少啊。我還是第一次見到。

568：Over光頭

>>567 才沒有那麼多哩，只是這幾個人比較特殊而已。我也是第一次見到。

…

…

590：安迪

我回來了。因為我走了不少路才這麼晚回來，抱歉。

這裡不是希爾斯的城市。因為我一開始也是選擇希爾斯，看來如今確實已經無法在希爾斯國內隨機重生了。

591：好時髦

>>590 歡迎回來。這麼說來，希爾斯已經確定滅亡嘍？

可能國家滅亡之後，系統就不會再將其判定為國家吧。

592：基諾雷加美許

抱歉插個話。

我剛才去看了官方網站，大陸的說明已經從最初的六大國修改成五大國，

希爾斯也已經從各國的說明中消失了。

593：明太清單

看來是真的滅亡了。韋恩，你知道你上次在希爾斯國內復活的正確時間嗎？

594：韋恩

>>593　你們兩人也來這則討論串了啊？謝謝。

今天早上……不對，是中午過後嗎？我沒吃午餐，所以不確定。

總之，我大概到正午左右都還在希爾斯王國內的城市重生。

◆◆◆

蕾亞關閉討論串，飲啜不知何時已被換了一杯的溫熱紅茶。

問題的重點在於，至少直到今天中午為止希爾斯王國都還存在，然而過了傍晚之後，就甚至已經被從官方網站上刪除了。

「很難把這點想成是程式漏洞耶。比起程式漏洞，感覺更像是因為滿足某種條件而被判定為

國家滅亡，系統自動進行了更新。反正網站的更新八成也是ＡＩ在處理。」

若真如此，那個條件又是什麼呢？

至少應該不是已滅亡都市的數量。雖然目前包括王都在內已有六座都市被摧毀，從社群平臺上的情報看來，並沒有其他玩家常駐的城市毀滅。

另外原因也不太可能是蕾亞率領的勢力壓制了王都。因為王城確定是在昨晚遭到蕾亞支配，假如這是原因，那麼應該當下就會判定滅亡才對。這點和韋恩直到今天早上都還能重生一事相互矛盾。

既然如此，就表示有其他條件使得希爾斯這個國家無法存續下去。至於最有可能符合的條件就是——

「是王族的舉措嗎……比方說王族一行人逃亡成功，在逃亡的國家放棄主權……之類的？」

這是有可能發生的事情。倘若王族接受放棄希爾斯這個國家主權的要求，以換取他國的庇護，那麼國家應該可以算是正式毀滅了。

「可是在半天……不對，如果從我一開始攻打王都的時候開始算，大概是整整一天。那應該是坐落在能夠在那段時間抵達的範圍內，並且位於其他國家的城市。在那種地處該國國土邊陲的城市裡，會有能夠作出如此高度政治判斷的ＮＰＣ嗎……？」

假使有辦法讓他國王族接受這樣的條件，那麼對方恐怕也是王族了。

「除此之外可以想到的可能性……大概就是希爾斯王族全數死亡了。」

這種情況比較簡單。因為王族應該是一起行動，只要發動攻擊便能一次解決。

◆◆◆

「可是如果真的是這樣，那麼究竟是誰下的手呢？直屬王族的近衛騎士團應該會跟在一旁，若想將他們全數剷除，勢必需要相當強大的戰力。即使是現在的我，姑且不論辦不辦得到，我也不會考慮獨自作戰。」

以戰力來說，蕾亞一人或許便已足夠，然而考量到意想不到的陷阱和漏網之魚等因素，還是不要獨自作戰比較明智。

「是已經死了？還是逃亡成功？究竟哪種可能性比較高呢？」

目前手中的情報太少，無法斷定。

不過話說回來，思考哪一種情況對蕾亞較為不利或許更為重要。

「假設是逃亡成功，王族手中可能持有的文物就會是一大問題。必須把王族逃往的國家裡，想成現在有兩個國家的戰術兵器才行。」

儘管不知道剩餘的文物和那顆心臟相比有多大的差異，也不曉得心臟是否不止一個，可以確定那是只需一個便有可能殺死蕾亞的道具。

雖說使用上有很大的限制，仍必須在敵人來襲時保持最大程度的警戒。

不過到目前為止，蕾亞早在從宰相口中得知逃亡一事時便有所預料。

「另一種可能性是某人將王族一行人全滅了……這個情況會引發什麼問題呢？首先應該是有人的戰力大到足以將其全滅。在從王都以馬車……或是其他能夠讓那麼多人移動的手段，可以於一天之內抵達的範圍內，有人具備足以將包括近衛在內的王族一行人殺害的戰力。假如這是事實，就有必要提高警覺了。」

◆◆◆

倘若那樣的存在就在附近，憑王都現在的防衛能力實在做不到滴水不漏。雖然應該不至於被攻陷，至少有可能遭對方入侵至王城內。

「另外還有一點，就是那個存在現在手中握有文物。考慮到文物可以啟動的場所是各國的王都境內，這下看來有必要提升防衛等級了。」

只不過關於這一點，蕾亞倒是不擔心會遭人攻打。因為文物的數量、範圍和效果時間都有限制，即使效果強大，只要採取人海戰術就有辦法對抗。

況且也很難想像對方會突然挑戰一邊保護重要寶物一邊入侵王城，這種不容許失敗的高難度任務。

「只要得到文物的不是既有國家，情況應該就會比逃亡成功要來得好……是這樣嗎？可是話說回來，如果不是隸屬國家的勢力，那麼究竟會是誰這麼做呢？會是強盜嗎？不對，這不是強盜有辦法做到的事情。因為活動而襲擊各地的魔物勢力應該是最有可能的吧。不過如果單論戰力，玩家集團的可能性還是——」

蕾亞頓時打了個寒顫。

假如那個文物是落入玩家手裡——

「……不，這應該不可能，因為玩家沒有理由要攻擊王族。如果是人類方的玩家們，他們絕對會護衛受騎士嚴密保護的一行人，不可能出手攻擊。」

然而如果不是人類方的玩家就未必如此了。

「……會是魔物方的玩家集團嗎？如果真有那種玩家，他們應該也和我一樣有很多敵人，不太可能會突然攻打我方。不過還是應該保持警戒就是了。」

憑現有情報所能想到的大概就是這些。

總結來說，某個國家持有兩國文物的情況感覺比較棘手。如果是國家就能將文物用來攻擊和防禦，非國家勢力就只能用來攻擊。

「不，無論何種情況都很棘手。不管怎麼樣，不曉得文物下落這一點對我方十分不利。就應該鎖定這一點的意義來說，方針和一開始並無不同，總之都必須及早強化王都的防衛才行吧。還有，我也得趕緊將這則情報分享出去……」

◆◆◆

將強化王都和拉科利努的工作交給下屬，蕾亞利用「迷彩」隱身，來到凱莉等人的所在地。

「發動攻擊的敵人是活屍啊……那麼，這裡的首腦怎麼樣？妳們去看過了吧？」

聽說在凱莉的指揮下，萊莉已獨自前去完成偵察。這些下屬真是可靠。

「是的。雖然不知道是什麼種族，那具骸骨散發出來的氛圍和迪亞斯、齊格他們截然不同，真要說起來似乎比較擅長魔法。牠身上配備著充滿不祥氣息的手杖和髒兮兮的長袍。」

這類型之中最有名的大概是巫妖和屍妖吧。既然是魔法師類，ＩＮＴ應該也很高，如果對方和迪亞斯他們一樣是從舊國家時代存活至今，那麼蕾亞想和牠談一談。

「不，牠似乎並沒有那麼聰明……因為牠只是每天一到晚上就派骷髏下屬們出去突擊，感覺好像什麼也沒在想。反倒是會不時混在突擊部隊中，莫名習慣作戰的個體看起來比較聰明。」

「莫名習慣作戰的個體？」

「是的。我們觀察到有個體不會對傭兵……恐怕是玩家的人們下手，而是會優先攻擊應該原本就在城裡的衛兵。那樣的個體有好幾個，但是對方每次都會在玩家和我們準備上前攻擊之前逃跑，所以一次都沒能打倒他們。」

只會指示下屬突擊的指揮官感覺不像會下達那種命令。然後ＮＰＣ的弱小活屍應該也不會採取不在命令之內的奇特行動。

這麼一來，那些個體恐怕是魔物方的玩家吧。蕾亞還是第一次遇到布朗以外的魔物玩家，不過既然有好幾個，這或許表示他們是好幾人一起合作參與活動。

假如是魔物玩家，那麼蕾亞並不介意提供協助，可是一旦與他人合作往來，情報外洩的風險就會提高。蕾亞雖然不小心向布朗表明了自己的魔王身分，她們已經約定好要如何管理那方面的情報，布朗想必不會散布出去。

再說蕾亞也沒有把她最害怕被人知道的「ＮＰＣ也能使用背包」這個事實告訴布朗。

「……算了，反正妳們現在是以和災厄無關的四名獸人玩家的身分待在這座城市，現在不去跟對方接觸也沒關係。萊莉，妳有辦法獨自打倒那個首腦嗎？」

「如果是偷襲就沒問題。因為白天時，牠的活屍下屬幾乎都待在土下面，而牠本身也不是躲在洞窟之類的地方，而是在樹蔭底下休息。」

那個魔法師類活屍肯定不是玩家。如果是玩家，就會在可以重生的安全區域休息。

「我很好奇那段期間疑似玩家的活屍們人在哪裡，不過要是隨便搜索，萊莉的行蹤恐會曝光，看來還是放著不去管比較好吧。

萊莉，麻煩妳等到活動的尾聲，也就是大概再過五天左右，趁白天時去收拾掉那個魔法師類活屍。解決完之後……白魔牠們正在前往火山對吧？那麼到時妳們就先回去大森林好了。」

「明白了。」

「收拾完之後記得跟我聯絡。在那之前，妳們就照平常那樣，呃……妳們現在是白天賣藥水，然後晚上去迎擊嗎？妳們還真忙耶。總之妳們要懂得適可而止，小心別把自己累壞了。」

考慮到活屍大軍有可能是迪亞斯他們的同僚，蕾亞本來想跟對方當面詳談，不過現在看來好像不是那樣。

蕾亞目送凱莉等人出發去迎擊活屍，之後便返回大森林。

◆◆◆

她坐在女王之間的寶座上嘆了一口氣。

「要是這裡也有人端紅茶給我喝就好了。」

「既然您這麼說，那麼就由在下……」

「咦？迪亞斯，你會泡嗎？」

「在下雖然不曾泡過，應該不成問題。」

「……算了，還是不用了。」

通常這種時候都不會有好結果。

「對了，迪亞斯，要是你不會覺得難受……我可以問一些關於精靈王的問題嗎？」

姑且不論從前，現在迪亞斯是蕾亞的下屬，而精靈王的遺產是少數會對蕾亞構成威脅的因素之一。縱然不忍勾起他痛苦的回憶，現在是時候釐清究竟是怎麼回事了。

「精靈王陛下擁有什麼樣的力量？那個名為遺產的道具真的是他製作的嗎？」

「這個嘛，在下並不曉得精靈王陛下是否真的製作出那個遺產，不過他確實擁有與製造物品相關的出眾力量，並且曾經製造出好幾樣特殊道具。」

難道他原本是生產系技能配點的ＮＰＣ嗎？

透過製造賺取經驗值，最後成為精靈王，這恐怕不是不可能的事情。

「精靈王陛下不僅手藝靈巧，完美的肉體也是無人能夠比擬。他有時確實會派人去收集素材，然而如果是高難度的素材便會親自出馬取得。」

儘管蕾亞有點傻眼，她不認為迪亞斯會做出言語性騷擾這種事情。

既然如此，所謂完美肉體指的恐怕是肌肉吧。可是就算是這樣，他應該也不會對異性使用這種措辭，因此精靈王想必是男性了。

「是像矮人那樣嗎……？」

「在下沒有提過嗎？據說精靈王陛下原本是矮人。」

「咦？」

原來矮人也能成為精靈王嗎？

這雖然是遊戲之外的知識，確實在某些傳說中矮人原本也是精靈。

「這樣啊，原來矮人也可以……」

蕾亞之前一直以為精靈王是由精靈變成。

倘若矮人也可以，那麼能夠成為精靈王的人數就會增加許多。即使機率很低，只要分母變大，精靈王再次誕生出現在蕾亞面前的危險性便會提高。

蕾亞不曉得現代的NPC有沒有辦法走到那一步。儘管已經有了前例，考慮到那個前例曾經是大陸統一國家的元首，要成為精靈王想必不是一件容易的事情。

那如果是玩家又會如何呢？

所有玩家之中人口最多的是精靈，其次是獸人。接著是人類和人造人，矮人的數量則和骷髏、哥布林差不多。大概是因為很多人都想要至少在遊戲裡面看起來漂亮體面吧。

「若是從這個角度來思考，那麼就算讓矮人站上通往魔王或精靈王之路的起始點，玩家所帶來的風險其實好像也沒有那麼高。

總結來說，精靈王陛下因為是矮人出身，擁有豐富的生產類技能，而其中某樣出眾的技能讓他能夠製造出那些道具。」

倘若是這樣，或許就不用太擔心以後那類道具還會被重新製造出來了。

因為不太可能會有玩家從生產系朝著精靈王邁進，再說如果是NPC，當有那種跡象時也應該已經早就成為名人了。之後若是出現在那方面出名的NPC，屆時只要積極籠絡對方，要是不成功再殺死對方即可。

「迪亞斯，謝謝你。你的話非常值得作為參考。」

「那真是太好了。假使您不嫌棄，要不要試試精靈王陛下平時常做的肌肉訓練呢？」

「不需要。」

「那不然，學習讓肉體更顯美麗動人的姿勢如何？」

「不需要。」

◆◆◆

『我成功壓制城市了！啊，晚安，現在方便嗎？』

『恭喜！辛苦妳了。能夠順利達成真是太好了。』

『這都是託蕾亞姊的福啦！啊，對了！那位是叫做劍崎先生嗎？牠超強的耶！強到我都忍不住尊稱牠為先生了！』

『真是幸好幫上了忙。』

蕾亞這邊正好也告一段落。

要是沒問題，她也可以利用「召喚施術者」飛到布朗身旁直接對話。因為她也想趁這個機會向布朗解說「召喚」類技能的用處。

布朗是已經取得「使役」，又和自己處於合作關係的玩家，教導她和「召喚」、「死靈」與「調教」有關的各種技能應該沒有壞處。

『我可以現在過去妳那邊嗎？因為我有很多話想跟妳說。』

『完全ＯＫ！不過這裡很遠喔？用跑的大概要半天時間。』

原來她在那之後跑了整整半天啊？

不過，因為她途中還分心告知蕾亞關於社群平臺的情報，看來實際跑步的人應該是那些地生人吧。

『沒關係，我瞬間就能抵達。』

『怎麼可能～妳少來了……』

◆

「——在這樣的情況下，技能樹『召喚』和『調教』裡面會有很多有用的技能喔。還有，如果不是從那個途徑取得『使役』，那麼應該會出現有『使役』的專用技能樹，只要也好好發展那方面，說不定就會出現類似的技能了。

因為那些技能的效果看似重複，要是妳有剩餘的經驗值，不妨可以積極嘗試看看。」

「唔嗯、唔嗯……哎呀～不過沒想到妳真的瞬間就抵達了……我還以為妳只是隨便說說。」

「才不是呢，因為我這個人不太擅長說場面話。

先不說那個了，我看這裡有不少建築都被保留下來，是因為妳打算再利用嗎？」

放眼望去，原本是城內居民的人們已變成殭屍，四處遊蕩。

「其實我沒有想那麼多耶。只是覺得既然都消滅了，不如就讓我的眷屬充滿整座城市，讓這裡變成我的地盤。」

「這樣啊。我看社群平臺上的討論，這附近已經有兩座城市毀滅的事情好像已經被玩家們知道了，說不定會有想在活動期間大賺一筆的玩家前來，把這裡當成新的獵場喔。

還有，因為好像也有玩家會揹著別人穿越兩三座城市，那些人有可能很快就會出現了。」

倘若那樣的玩家大舉現身，憑布朗等人的戰力恐怕不足以應付。

「假如殺死我的玩家也混入其中，要是對方看見劍崎，說不定會懷疑我和布朗的關係……」

「關係被懷疑！感覺好像談話性節目的內容！名人的交友關係！啊，可是在這種情況下，我就是一般的女性角色了吧。」

雖然有點不太懂布朗在說什麼，雜亂無章的對話卻也讓兩人像極了一對女性好友，這樣的感覺真好。

「這個嘛，要是布朗妳不介意就無所謂。」

「不介意、不介意！因為我本來就打算成為魔王的左右手啊！啊，要組成四大天王嗎？」

其實凱莉她們說起來也算是四大天王，只不過目前比起魔王軍，她們的工作更多是從事間諜活動。就探查人類內情這方面而言，凱莉她們應該也比較適合這個方向。

「如果是這樣，那應該就是史佳爾、迪亞斯和齊格了。布朗也要加入他們嗎？」

「我要、我要！有什麼事要做嗎？比方說任命儀式？」

即使要舉行任命儀式，與會者也只有雙方的眷屬。雖然也可以順便自我介紹，蕾亞的眷屬現在廣泛分散於王國西部，如果真的要舉辦，恐怕相當困難。

「要舉辦任命儀式恐怕有難度……總之，現在的重點是玩家們會不會來這裡……好吧，我派人去偵察一下好了。」

蕾亞「召喚」歐米納斯，僅告知方向便將牠釋放到空中。

「啊——！原來還有這種方法啊？不過，等牠抵達另一座城市後要怎麼回報呢？要請牠再回到這裡嗎？」

「有一項技能是剛才的『召喚』的衍生技能，可以讓我的視野依附在眷屬身上。只要使用那個技能窺看就可以了。」

「哇～看來我得以早日取得蕾亞姊所說的技能為目標了……可以麻煩妳看一下嗎？」

「當然可以。那麼我先上社群平臺觀察玩家的動向。」

蕾亞大略瀏覽了幾則似乎可以掌握活動整體氛圍的討論串。

那些常駐在社群平臺上的玩家之間似乎沒有太大的動靜。

幾乎所有玩家都待在邊境，又或者說靠近魔物領域的城市進行狩獵。

由於城市隨時都處於備戰狀態，因而導致物流延遲，糧食和消費性道具的價格出現逐漸上揚的趨勢。

多數玩家卻只把那種現象視為取得經驗值的代價，寧可用金錢支出增加來換取獲得較多的經驗值，很少積極採取行動去解決問題。

◆◆◆

然而現在也已經有些城市當地的騎士團為了解決問題，出面討伐魔物領域內的魔物首腦和集團了。這種行為雖然可能不利於活動進行，看在居住在城裡的NPC眼裡，他們應該是有擔當的統治者吧。

「無論如何，看樣子似乎沒有值得我在意的事情呢。啊，歐米納斯好像已經抵達另一座城市了喲。」

「真的假的？好快喔！」

「因為牠是用飛的啊。能夠飛翔真的占有很大的優勢喔。好了，讓我看看……」

蕾亞透過歐米納斯的視野，從上空偵察城市。

假如城裡有玩家，應該不是在旅館等據點周邊，就是在傭兵公會附近吧。

「啊，我看到像是玩家的人了。因為在這種沒有和魔物領域相接鄰的城市不太可能有這麼多NPC傭兵，那些人應該全部都是玩家吧。」

雖說沒有和魔物領域相接鄰，那也是昨天為止的事情。

由於現在這個艾倫塔爾裡有大量布朗製造出來的活屍，那座鄰近城市也已經可以說算是位於最前線了。

說不定他們原本的目的地是從這裡再過去的鄰近城市亞多利瓦，或是拉科利努城。

可是，他們今天應該已經發現無法在轉移服務中選擇蕾亞等人所在的艾倫塔爾，以及那裡已經成為最前線了。

「要是有很多玩家來就糟了……」

「是這樣嗎……因為從這邊看不出他們的實力，無法妄下定論……如果是在白天作戰，殭屍們應該幾乎發揮不了戰力吧？」

「嗯……假如是待在屋內攻擊進來的人，說不定勉強還可以……雖然只要使用『夜幕』或『霧』應該就有辦法作戰，要覆蓋整座城市恐怕有困難……」

「如果是『夜幕』，我也會使用，我可以幫忙分攤，讓範圍擴大一些。對了，假如把迪亞斯也找來，或許還能利用『瘴氣』讓範圍更擴大。我記得那項技能也有強化我方活屍的效果。雖然不曉得要怎麼判別敵我就是了。」

「妳說的迪亞斯先生，是剛才提到的四大天王之一吧！天哪，這座城裡居然有兩位四大天王！這幾乎就是魔王關了嘛！」

「照妳那樣說的話，既然我也為了觀察情況來到這裡，這裡應該真的算是實質意義上的魔王關了。」

「一開始就出現的最終頭目只要見到戰況惡化就會逃跑對吧？這個我曾經在漫畫上看過！」

「……嗯……可是我應該會選擇把所有人都殺了，不會逃跑耶。」

「原來是必敗關卡！」

『所以說，我想請你幫我的好友一點忙。』

『……在那之前，關於您獨自前往那座城市一事，在下有些話想說。』

『……唉呀。』

『不過也罷，既然您在戰鬥之前呼喚在下了，在下就不多過問了。』

『抱歉喔。還有，因為我對所有人都隱瞞能夠使用背包這件事，麻煩你千萬不要使用。』

『在下明白了。』

「『召喚：迪亞斯』。」

一具氣勢驚人的活屍彷彿從空間中滲出一般，出現在蕾亞等人面前。

「哦哦，是帥大叔！……出場效果意外的樸素耶。」

「這個嘛，因為可能也會有想要悄悄『召喚』的時候呀。」

迪亞斯見到眼前的蕾亞和布朗後端正姿勢，當場跪下。

「——憤怒的迪亞斯應陛下的『召喚』前來了。」

「天哪！好帥氣！」

「咦？迪亞斯，你平常明明不會那樣說啊。」

「……這是因為您的朋友也在場。」

「這樣啊，原來你特地為了我耍帥啊？謝謝你。」

有這麼體貼的下屬真是令人感激不盡。雖然一番苦心都被蕾亞糟蹋掉了。

「啊！我叫做布朗！是一名吸血鬼！這次我有幸成為蕾亞姊手下四大天王的末位？今後還請多多指教！」

「……四大天王？她不是您的……朋友嗎？」

迪亞斯一臉納悶。以前從他臉上完全看不出這類表情，現在則一目了然。雖然因為是眷屬，

✦◆✦

蕾亞可以大概感應出他的情緒，還是表現在臉上比較有感覺。

「啊啊，這個嘛，那是一種角色扮演……嗯……該怎麼說好呢？總之，你只要想成類似扮裝遊戲就好了。」

「在下明白了。既然陛下這麼說的話。」

「你別看她這個樣子，她可是已經擁有超過三十名下屬的勢力領袖呢。今後我會多多教導她、讓她更加強化，所以就麻煩你耐心指教了。」

「什麼叫做『別看她這個樣子』啊？我不管怎麼看都是能幹的女幹部吧？」

蕾亞朝摩耳摩們瞥了一眼，結果她們全都移開視線。看來此事不宜多談。

「那真是太厲害了。說來慚愧，在下到現在還沒有任何眷屬……」

「這樣啊！那我就來教教你吧！」

無論如何，幸好他們似乎能夠和平相處。

後來玩家們的團隊過了好一陣子才抵達這座艾倫塔爾城。

由於太陽已經完全升起，這個時間帶對活屍來說很辛苦。可是考慮到活動的主要敵人是活屍，他們會選在這個時間進攻相當合理。

同時，和凱莉等人所在的城市不同，他們也給人一種「不允許敵人繼續入侵」的感覺。畢竟若非如此，他們只要繼續待在隔壁城市就好。

「好像差不多從這邊也能看見他們了呢。雖然我沒辦法用肉眼看到啦。」

蕾亞從派去追蹤玩家們的歐米納斯的視野回到自己的視野，發動「魔眼」。

「那個好方便喔～我也讓會飛的活屍成為同伴，取得那種技能好了。」

「會飛的活屍啊……」

「啊，可是變成骷髏鳥之後，是不是就會因為沒有羽毛而飛不起來啊？」

「不曉得耶。至少我和下屬史佳爾都是利用技能『飛翔』在飛。只要取得這項技能，之後就和翅膀沒有關係。可是歐米納斯沒有『飛翔』……牠雖然沒有取得這項技能卻還是會飛，這麼說來，牠是憑自己的力量飛行嘍？」

假使這個理論正確，那麼即使腿受了重傷，只要有「步行」之類的技能，應該還是可以正常地走路。

「好想驗證看看喔……可是，雖然大家都有腳，我卻沒見過步行的技能……」

「蕾亞姊很常會去在意奇怪的點耶！」

「奇怪！這樣很奇怪嗎……」

「很奇怪啊！不過也很有趣。」

有趣——該如何解讀這樣的評論呢？布朗在稱讚我嗎？

至少從她的樣子感受不到否定的情緒。

「啊，看到了！」

現在蕾亞等人所在之處是像陽臺一樣，從疑似領主宅邸的建築向外突出的地方。由於這座城市沒有城牆，從這裡可以清楚看見城市的入口附近。

「那麼差不多可以開始發動技能了。我會隱身飛到城市的入口附近，從上空讓天色變暗。因為這座城市的戰力幾乎都是布朗的下屬，要是布朗輸了，我方就會成為這場戰鬥的輸家。妳就待在這裡，不要直接加入作戰。我姑且已經請迪亞斯守住領主宅邸的門口，所以敵人應該不會攻到這邊來才對。」

蕾亞如此叮嚀之後，從陽臺上飛起來。

「那麼就待會兒見了。」

◆◆◆

「……那個翅膀感覺超帥氣的耶！」

就在剛才，蕾亞在布朗面前展開三對共六隻翅膀，飛離陽臺。

「從剛才蕾亞大人的話聽來，她在飛行時似乎不需要翅膀，所以她可能只是因為覺得很帥才那麼做。」

「是不是每位玩家在這方面都很相似啊？因為主人有時也會那樣呢。」

「咦～有嗎？可是我又沒有翅膀。」

「要是有的話，您八成早就那麼做了。」

如果是長在布朗身上，那大概會是像蝙蝠或惡魔的翅膀吧。「唰」一聲展開那樣的翅膀，在漆黑的夜空中飛舞。

「……原來如此，我大概真的會那麼做吧。因為很帥氣呀。」

看來之後有必要向蕾亞請教如何才能長出翅膀了。

「可是經驗值不夠耶～要是這些玩家可以帶給我很多經驗值就好了。」

「既然蕾亞大人願意幫忙，那麼應該可以安全地狩獵吧。」

「說得也是。啊，可是蕾亞姊說過為了避免經驗值分散？所以她頂多只會散布黑暗耶。」

據蕾亞所言，經驗值會依對戰鬥的貢獻程度進行分配。因此蕾亞不會進行任何攻擊，實際打倒玩家是地生人們的工作。

「話說回來，如果只是從上空讓天色變暗，杜鵑紅妳們也辦得到不是嗎？」

「……您終於察覺到了啊？」

「我們也想那麼做，可是我們並未取得『黑暗魔法』。」

說起來「黑暗魔法」裡面都是一些不太方便使用的魔法，所以布朗之前並未讓她們取得。

「……等到有多餘的經驗值就來取得吧。至於我的翅膀……下次有機會再說好了。」

就從領主宅邸所觀察到的，戰況似乎並不差。

目前被玩家打倒的都是殭屍，還沒有損失任何一個地生人。

「這些玩家好像不是很強耶。」

「……不，那似乎是蕾亞大人會不時出手干預的關係。儘管看不清楚，敵人有時會不自然地停止動作。」

「我認為趁現在留意一下經驗值的增加情況或許比較好。那位蕾亞大人的支援會讓經驗值減少多少這一點，可能會對今後的合作產生重要的意義。」

胭脂紅說的或許沒錯。現在不是呆望戰場的時候。

「唔唔唔……哦，有了、有了！獲得了不少耶！這麼說來，這些玩家的等級相當高嘍？」

「應該比地生人和殭屍來得高吧。」

「啊，不過有時也只會拿到一半左右。這是受到蕾亞姊的支援影響嗎？」

「直接造成傷害確實就另當別論，會有這樣的情況，可能代表那一招擁有足以左右戰況的貢獻度吧。」

若非如此，支援類的玩家即使參與戰鬥也有可能完全得不到好處。縱然不知道是如何進行判定，這樣的制度可以說真不錯。

「……感覺沒事可做耶。明明蕾亞姊忙得團團轉，我這樣真的好嗎？」

「您什麼也不做可能反而才是一種貢獻。」

「既然如此，您要不要像前幾天一樣，觀看那個叫做射裙拼苔？的東西呢。」

也對，剛才蕾亞也在空閒時間探看了社群平臺，無論是什麼樣的情報，說不定都能對正在和眾多玩家對抗的蕾亞等人有所幫助。

◆◆◆

【希爾斯】事件不是發生在邊境！而是在內地發生【滅亡】

012：麵包脆餅
希爾斯王國的維爾岱斯德、亞多利瓦和艾倫塔爾這三座都市都已經毀滅了。
雖然維爾岱斯德和亞多利瓦只是不到都市規模的小城鎮。

013：鄉村流行樂
不知不覺又增加了一個。

014：麵包脆餅
艾倫塔爾好像是位於亞多利瓦西邊？的都市。
這是我所處城市的領主騎士透露的，應該不會有錯。

015：塔洛伍茲
啊啊，我就在想怎麼聚集了好多玩家，原來是因為這樣啊？
艾倫塔爾就在我所處城市的隔壁。

016：塔洛伍茲
我本來還以為是防衛失敗，或是反過來摧毀新興勢力的大本營了。

017：塔洛伍茲
>>016　入侵。

018：鄉村流行樂
啊～實際上究竟是怎麼樣呢？
雖然基爾大哥說他第一天就完成防衛了，去不同城市到處打倒頭目級和放過頭目去狩獵小怪，到底哪個比較有效率啊？

019：明太清單
我覺得狩獵頭目比較有效率喔。
問題是否能每天都移動到那種區域，以及有沒有能力打倒頭目級吧。

020：鄉村流行樂
明太清單來了。
你不用照顧首領嗎？

021：明太清單

說什麼照顧w

無法會合……

不過我想應該接近了。

…

…

030：三平

不過為什麼離邊境那麼遠的地方會突然淪陷啊？

031：明太清單

明明連王都這種內地中的內地也早就淪陷了。

032：鄉村流行樂

啊啊……原來如此。

這很有可能也是災厄在暗中指使喔。

033：基諾雷加美許

其實我們也不想把什麼事情都推到災厄頭上，

可是誰教事情發生在同個王國境內，敵人又聽說是活屍呢。

◆◆◆

「蕾亞姊的名譽嚴重受損！」

「怎麼了？」

「我攻陷三座城市的事情變成是蕾亞姊的錯了！」

「……就結果而言並沒有錯吧？畢竟妳們都聯手合作了。」

「……那就好——可以這樣說嗎？」

◆◆◆

038：尤斯提斯

對了，雖然無關，我所處城市的騎士好像已經知道希爾斯滅亡了喔。

039：鄉村流行樂

這麼有名的事情當然會知道吧？

040：明太清單

咦？這不是很奇怪嗎？
因為這件事只有在社群平臺和玩家之間很有名，ＮＰＣ應該幾乎還沒有人知道吧？

041：尤斯提斯
對吧？我也覺得奇怪。
我本來也以為對方是因為知道王都毀滅了才曉得這件事，可是後來發現對方得知國家本身已消失的時間點，似乎和官方網站更新的時間點差不多。

042：基諾雷加美許
我們每天都在各個不同的城市間移動，可是從沒聽ＮＰＣ提過這件事耶？

043：明太清單
我也沒聽過，驗證組那邊也沒有提到這件事。
會不會只有部分重要的ＮＰＣ才會收到這類情報啊？
順便問一下，那是哪座城市？

044：尤斯提斯
歐拉爾的休傑卡普城。應該是歐拉爾的第二大城吧。

因為這裡也有嬝美王城的城堡，你們只要來到附近馬上就會明白了。

045：明太清單
喔，是那裡啊？
我記得位置上好像比較靠近希爾斯吧？

046：麵包脆餅
你怎麼會知道？
有地圖嗎？

047：明太清單
驗證討論串裡，有有心人製作的像是雙六盤的簡易地圖喔～
雖然看不出距離，有像雙六的棋格一樣標示出城市的位置關係。
聽說是統合位於不同城市的玩家的發言做出來的。

048：鄉村流行樂
真假？好聽明喔～

049：尤斯提斯

請問雙六是誰？是很有名的人嗎？

◆◆◆

「我回來了，可見範圍內應該已經沒有玩家了。妳在做什麼啊？」

在布朗查看社群平臺的期間，入侵的玩家們似乎已經全部遭到擊退。

「啊啊！歡迎回來！哎呀～因為我閒閒沒事做，也不好意思只是呆呆地旁觀，就想說上社群平臺查看一下。還有，我也觀察了經驗值的增加情況喔。經驗值只有在蕾亞姊幫忙做些什麼的時候會減少大約一半。」

「哦，妳連那部分都幫忙確認了啊？真是謝謝妳。因為玩家之中有幾個人好像有辦法仗著人多突破防線，我才稍微利用『自失』進行妨礙，同時支援了一下大家。原來光是那麼做就會只分配到一半啊？看來我得小心一點才行了。」

這其實是洋紅的提議，因此被道謝的布朗感到有些難為情。

「呃，還有一件事。我在社群平臺上看到有人製作了名叫雙六？的盤！很厲害吧？」

「……製作雙六盤？呃，意思是……在遊戲內製造販售嗎？娛樂品在這種打打殺殺的世界裡賣得出去嗎？話說回來，這裡有骰子這種東西嗎？」

「骰子？這跟骰子有關係嗎？」

「咦？」
「咦？」
有種雞同鴨講的感覺。可能是因為彼此的認知有落差吧。
「呃，我的意思是好像有人製作了簡易的地圖，把這片大陸上各城市的位置關係大致標記出來，而那個地圖看起來很像雙六盤啦。」
「……啊啊，原來是這樣。如果是現在，的確可以透過轉移服務得知鄰近城市的名稱呢。這麼說來，是有人統合社群平臺上的消息評論，然後製作出那種東西嗎？真厲害耶。那個地圖誰都看得到嗎？」
「應該可以吧？妳等等，我找一下那則討論串──」
布朗告知完之後，蕾亞便徵得她的同意，開始專心查看社群平臺。布朗則決定趁這段時間確認剛才戰鬥的成果。
「雖然不是全部，好像可以取得強化類技能耶。至於『召喚』則因為從一開始就沒有取得，得花費相當多的經驗值……呃，再來那個叫做『空間魔法』嗎？哦，視覺好像可以。雖然好像也能取得精神和自己，這是什麼啊？」
「『召喚施術者：精神』是可以遠距操控眷屬肉體的技能。至於那個自己，記得沒錯應該是將自己『召喚』到眷屬身邊的技能。」
「哦，是這樣啊？好像很方便耶。那就全部取得吧。」
「咦？」

◆◆◆

「這樣好嗎?您不是想要翅膀……還有讓我們取得『黑暗魔法』嗎?」

「啊!」

布朗這時才猛然想起自己說過那些話。可是來不及,因為她已經取得了。

「翅膀的話……反正不管怎麼樣都得問了才知道,這也是沒辦法的事……至於『黑暗魔法』的花費不高,之後一定很快就能取得啦。」

思考已經無法挽回的事情也是無濟於事,還是想想未來的事情比較重要。

目前布朗最想要的,是能夠進行空中偵察的眷屬。

「話說妳們幾個不會飛嗎?」

「會飛是會飛……可是長距離飛行偵察就沒辦法了。即使是偵察城市內,也因為我們無法上升到很高的地方,很難大範圍地索敵。」

「不過相對的,即使是狹小陰暗的地方我們也進得去。」

這一點或許有其用處,不過就已經把活屍釋放到整座城裡加以掌控的現況而言,實在沒有什麼必要那麼做。

「……雖然使用從吸血鬼相關的技能樹延伸出來的『使役』,會讓和吸血鬼有關的蝙蝠和狼以外的生物都變成殭屍,眼前也只有這個選項了吧……」

哪天幸運發現鳥型魔物時或許可以考慮一下。

✦◆✦

「抱歉,讓妳久等了。謝謝妳告訴我討論串的事情,讓我獲得了不少情報。」

蕾亞似乎返回現實了。不對，說她是從現實返回到遊戲中應該比較正確。

「獲得了不少情報嗎？妳好厲害喔！我連雙六是誰都不知道耶。」

「雙六不是人名，是一種古老的桌遊啦。類似把西洋雙陸棋改造成適合小孩子玩的遊戲。」

「西洋……雙陸棋……？」

「不懂就算了。重點是，我發現了更令人感興趣的留言。」

蕾亞有時會對奇怪的事物感興趣，因此布朗完全不明白那則討論串是哪裡引起她的興趣。

「歐拉爾的那座城市是叫做休傑卡普嗎？那裡的騎士好像已經知道希爾斯滅亡的事情了。」

「啊～討論串裡面確實提到了這一點。那個怎麼了嗎？」

「希爾斯毀滅是在第三天的傍晚，也就是昨天。只不過這是營運方判定的滅亡，不曉得當地NPC是怎麼想的。王都毀滅則是第二天晚上的事情，也就是兩天前。」

「妳的意思是，明明是兩天前的事情，卻已經被人知道很奇怪嗎？」

「這也是一點，不過其實在那個當下，即使他國得知王都可能毀滅也不奇怪。因為希爾斯的宰相早就讓希爾斯的國王逃亡至其他國家了。

所以當王都毀滅的時候，周邊國家有可能早就已經從宰相那裡收到王都毀滅和王族逃亡的通知了。」

「唔嗯、唔嗯？」

也就是說，希爾斯王國宰相大概早就事先發布通知告訴他國：「一旦發生事情我會讓王族逃亡，屆時請收留還活著的他們。」

「可是這個名字叫做尤斯提斯的玩家提到的不是王都毀滅，而是國家滅亡這件事。儘管騎士恐怕和貴族有關聯，在官網更新的同個時間點得知這件事未免太奇怪了。

就算那名騎士曾聽聞希爾斯宰相發出的逃亡通知，進而從逃亡一事察覺到希爾斯王都毀滅的可能性，照理說也不會直接聯想到國家滅亡才對。」

確實以現代日本的首都東京為例，即使那裡毀滅了，日本這個國家也不會因此消失。

如果像這款遊戲的希爾斯王國一樣是君主制國家，那麼王都的重要性或許會更高，可是那應該也是因為王都裡有國王的關係。既然以國王為首的王族已經逃離，王都安全與否可以說就和國家存亡沒有直接關係。

「有沒有可能就像這位……明太子先生所言，有部分ＮＰＣ收到了那樣的通知呢？」

「如果是這樣，其他城市的騎士們應該也會知道。然而，除了這位玩家的這則留言以外，我沒見到其他類似的留言。」

蕾亞居然能在短時間內搜索得如此仔細，看來她或許有什麼訣竅也說不定。布朗決定之後嘗試和翅膀的事情一起請教她。

總之蕾亞現在解說得十分起勁，所以還是不要打擾她比較好。

「既然如此，那麼第一個可以想到的可能性就是這位玩家是故意散布那種謊言，不過嘛，我認為那種可能性很低。因為他如果要那麼做，應該會在其他類似的討論串發表相同的言論，或是募集其他協助者一起留言。」

「……或許吧。再說也不曉得那麼做有什麼意義。」

「就是啊。我完全想不出動機，所以我認為不用考慮這個可能性。」

杜鵑紅等人好像出去巡視城市周邊了。她們大概覺得很無聊吧。

她們之前為了護衛布朗才姑且留在這裡，但是因為現在有蕾亞在，陽臺的安全可以說獲得了保障。

「還有另外一種可能是，這些騎士殺了所有原本打算逃亡的希爾斯王族，所以才會比誰都早知道希爾斯王國滅亡。」

「原來如此！……可是他們為什麼要特地把這件事告訴玩家呢？」

「這一點我完全想不通……」

不過，其實我正打算去尋找那些希爾斯王族的下落。

「啊，是這樣啊。那是叫做完美主義嗎？有漏網之魚讓妳很不舒服對吧？」

「不，我的想法要更實際一些……我其實只是想找到他們帶走的道具，不過怎麼樣都好啦。總之，我本來正為了不知他們逃往何處，又擔心沒敲門就突然到他國打擾會很危險而不知如何是好，結果這時正好就得知了這則情報。」

所以蕾亞才會這麼興奮吧。

「嗯……可是妳不覺得怪怪的嗎？」

「說我不覺得奇怪是騙人的，不過我想其他玩家應該沒想到我——身為活動頭目的災厄會看社群平臺，再說即使是某種陷阱，也應該不是衝著我來才對。」

既然如此，我打算親自去確認看看，如果那是為了我以外的某人設下的陷阱，到時只要直接

◆◆◆

粉碎就好；倘若不是陷阱，我也能獲得新的情報。」

「可是我總覺得超級可疑耶……雖然我也說不出來是哪裡可疑！」

「嗯……既然妳這麼說，那妳要不要跟我一起去呢？」

「我要！」

縱然蕾亞遠比布朗來得強，還是有讓人看了不僅擔心的地方。應該說她給人一種不諳世事的感覺嗎？這種人恐怕是世人眼中的天兵吧。但是因為這種話太失禮了，布朗絕對不會跟本人說。

在此之前，布朗總是接受蕾亞的好意，因此她希望能夠藉著護衛稍微回報這份恩情。

「啊啊，可是妳不會飛耶？這下怎麼辦呢……」

「啊，關於這一點，那個，要是方便的話，可以請妳教我怎麼生出翅膀嗎？」

「好啊。那麼妳可以先告訴我，妳現在有哪些可以取得的技能嗎？對了，因為這方面的情報非常重要，妳千萬不要告訴別人喔。」

「我不會說啦！妳把我當成什麼了嘛！」

◆◆◆

後來，兩人好不容易發現疑似能夠生出翅膀的技能，卻因為布朗的經驗值不足而決定在這座城市多逗留一天，殺死隔天現身的玩家來賺取經驗值。

就這樣，布朗總算成功生出翅膀了。那是一如想像中的蝙蝠翅膀。

「雖然要出門也可以，明天之後玩家很可能還是會來這裡玩耶。對了，我『召喚』一位正在里伯玩耍的甲蟲女王過來，順便讓牠進行實地測試好了。布朗，可以嗎？」

「好啊！應該說，謝謝妳這麼替我著想！」

於是布朗便和蕾亞一同啟程前往目的地休傑卡普城。

雖然蕾亞好像被迪亞斯唸了幾句，這趟女性朋友的雙人之旅最終還是成行了。

那是活動開始第五天，也就是進行到一半的事情。

✦◆✦

第七章　重逢

雖說就在隔壁，畢竟是他國都市，因此休傑卡普城非常遙遠。

縱然蕾亞確實為了配合布朗而沒有飛得很快，兩人還是花了幾乎一整天才抵達。

如此說來，這樣的距離算是已經超過能夠使用信鴿的極限，可以視作沒有國家會讓鴿子飛到鄰國。

「是喔～不過要是有人會『使役』鴿子就未必是這樣了吧？因為就算鴿子死了還是可以讓牠繼續飛，即使任務有一定的危險性也能命令牠執行。」

「這……原來如此，確實無法斷言沒有那種可能。」

蕾亞從信鴿一般給人的印象，擅自將其想像成現實中信鴿的模樣。

可是這個世界是劍與魔法的遊戲世界，既然事關城市和國家的存亡，就算有人那麼做也不足為奇。

「布朗好厲害喔……」

「沒有啦～嘿嘿嘿。」

布朗指出了只憑蕾亞，應該說只憑一人容易疏忽的點。她確實帶來很大的幫助。

「請妳陪我來果然是正確的吧。」

◆◆◆

「哈哈！我會好好保護妳喲！」

「妳好可靠喔。」

不久之後，看似巨大城堡的物體出現在前方。

既然有這麼巨大的城堡，治理這個地方的想必是非常接近中央的貴族，或是曾經立下大功的貴族吧。

若真如此，就有可能和蕾亞一開始想的一樣是王族逃亡成功，並且付出放棄主權的代價了。

（不，如果是這樣，他們的速度未免太快了。）

既然蕾亞二人從艾倫塔爾飛到這裡花了一整天，就表示要在一天之內經由陸路抵達是不可能的事情。

另一方面，假設是這裡的騎士殺死了希爾斯王族。

那麼騎士就必須在王都毀滅的同時從這座城市出發、殺害王族，然後立刻返回這座城市告知那名玩家。

要辦到這一點必須即時得知希爾斯王都毀滅的事實，並且知道王族離城逃亡一事才行。

要用什麼樣的手段才辦得到呢？

還有，將那件事告訴一名玩家的意義何在呢？

「總而言之，我們就低調地降落在城市邊緣，然後隨便找個居民用『魅惑』洗腦他，探聽消息吧。」

◆ ◆ ◆

「可是憑蕾亞姊那副外表，想要低調應該不太可能吧？還有，那樣叫做探聽嗎？我倒覺得在分類上，比較接近利用藥物讓對方自白耶。」

「放心，『光魔法』裡面有『迷彩』這項技能，所以我會隱形。」

「那就好。那麼我們趕快去尋找第一位犧牲者吧！」

「是第一位協助者啦。」

◆◆◆

由於發生一些狀況，最後蕾亞用「火魔法」將結束探聽的協助者燒成灰燼處理掉了。

「明明就跟我說的一樣是犧牲者！利用完之後，妳就把他處理掉了！」

「因為『魅惑』過程中的記憶不會消失嘛。」

考慮到效率問題，這麼做也是沒辦法的事。除非對方主動協助，要不然也沒有其他選項。

「不過，這個事實在這座城裡似乎眾所周知呢，居然連一般居民都知道希爾斯滅亡的事情。儘管事發至今已經過了超過一天，既然連這種規模的都市的底層都知情，看來有人無疑基於某種目的在散布情報了。」

「這果然是個陷阱。」

「不過，畢竟這才第一個人，他也有可能只是碰巧知道而已。我們還是去找下一位犧……我是說協助者吧。」

「……嗯，說得也是。」

可是也有一點必須小心才行。

那就是犧牲者……不對，是協助者的人選。

不能隨便抓個人來，結果不小心抓到玩家而不是NPC。

據曾經被「魅惑」的布朗表示，即使處在這個狀態下，意識依舊清晰，只會感覺像被鬼壓床一樣無法動彈。

儘管向NPC施展「魅惑」可以讓對方吐露我方想得到的情報，如果對方是玩家應該就沒辦法了。

「但是這裡會有玩家嗎？這裡不是邊境城市，而是位於內地對吧？」

「是啊。不過至少在社群平臺上留言的那個人在這座城裡，況且現在是活動期間，很難說這裡不會有玩家。」

只不過要分辨只是走在路上的玩家和NPC十分困難。

於是蕾亞兩人決定鎖定正在購物的人物。

當人想要買東西時，只要不是以物易物，一般都會用到金幣。如果是NPC應該會取出收在某處的錢包；如果是玩家就很少有人會使用錢包了。因為金幣可以收在背包裡。

當然這個分辨方法不是百分之百準確。由於她們的目的不是辨別出NPC而是避開玩家，只要排除有任何一絲危險性的人物即可。

除非是非常謹慎地在進行角色扮演的玩家，否則就不會有錢包。

「再說如果是那麼熱中角色扮演的魔人，只要直接開口，對方說不定就願意幫忙。」

「會有人願意幫忙嗎……？畢竟就現況而言，我們正在做的事情就只是擄走當地居民，然後進行洗腦、殺害、湮滅證據……話說回來，蕾亞姊真的很喜歡協助者這個詞耶……妳是不是很害怕寂寞啊？妳是獨生女嗎？」

「……不好說。」

蕾亞對於姊妹沒有美好的回憶。

然而這是蕾亞自己的問題，沒有必要告訴布朗。說了恐怕只會讓氣氛變沉重，又或者是遭人恥笑。

✦◆✦

後來兩人又詢問好幾名協助者。

雖然不是所有人皆如此，這座城裡的NPC有相當大的比例都知道希爾斯滅亡的事實。消息感覺像是透過口耳相傳散播。

「如果真的有人在散布傳言，就表示有相當多的NPC被當成暗樁利用了吧。」

「嗯……這點雖然也有可能，這座都市不在邊境不是嗎？這裡既沒有城牆，城外還有廣闊的……那是大麥田嗎？再加上裝扮像是商人的人和馬車也很多，我想這裡應該是憑藉農業或商業興盛起來的城市吧。如果是這樣，那麼只要是清楚當地經濟走向的人，或許就能以最省力的方式讓傳言進行最大程度的擴散。」

聽了布朗這番話，蕾亞重新環視街頭。

「……好厲害。布朗，妳好厲害喔！妳說自己腦筋不好，根本是騙人的吧？不只是著眼點精準，妳的知識也好豐富！這是我有生以來第一次實際見到大麥，而且要不是聽妳說，我根本就認不出來！」

「沒有啦～因為我家的孩子們很聰明，經常教我許多事，所以這些話有八成都是跟她們現學現賣的。至於大麥，則是因為我最近才碰巧見過而已。」

「妳是說那些摩耳摩眷屬嗎？她們幾個的確感覺相當能幹呢。眷屬的能力也要歸功於主人的力量喔。」

「是嗎？是這樣啊。哎呀～嘿嘿嘿。」

「不過如果是這樣，現在情報就算已經流入鄰近其他城市也不奇怪呢。我看接下來或許應該和騎士之類接近核心的人接觸了。」

可是和一般居民不同，騎士不會死。若是照之前那種方式探聽，我方的情報應該會馬上就傳入統治這座城市的貴族耳裡。

「妳打算怎麼做？要突擊那座城堡嗎？」

「妳還真好戰耶。不過嘛……我也覺得到頭來還是妳的提議最省事。」

「咦？妳真的要那麼做嗎？」

「咦？」

「呃，要那麼做也可以啦。蕾亞姊雖然看似謹慎，總感覺妳只要嫌麻煩就會變得不管三七二十一呢。我倒是因為本來就怕麻煩，從一開始就不會管那麼多。」

「有嗎？……我有嗎？」

如果要朝那個方向進行，或許應該等到晚上再行動比較好。

「好了，既然天色已暗，那麼只要合併使用『夜幕』，應該就很難辨識出我們的身影了。」

「蕾亞姊，妳好醒目喔。妳不能像白天一樣使用『迷彩』嗎？」

「因為『迷彩』在劇烈活動的情況下會使得輪廓隱約顯現，不適合在戰鬥時使用。不過如果只是交談就沒問題。」

「可是妳在進行洗腦時不是也解除了嗎？」

「那是因為如果不讓對方看見我的模樣，『魅惑』的效果就會下降。還有，那是請求協助，不是洗腦。」

她們靜靜地從旅館屋頂起飛。

儘管可能只有蕾亞兩人的周圍和四周相比顯得格外黑暗，畢竟她們身處在夜色中，又位於上空，應該不會有人注意到才對。

「要去城堡的哪裡好？要去尋找像是寶物庫的地方，還是乾脆直接去找領主問話比較快？」

「……我問妳喔，領主之類的貴族不會再被某人『使役』嗎？就像蕾亞姊手下的四大天王中的齊格先生就是那樣吧？」

蕾亞也曾思考過這個可能性。看在想要「使役」的那一方眼裡，這麼做的好處應該很大。

可是看在受「使役」那一方的貴族，也就是被迫擔任中間管理層的人眼裡，那樣並沒有任何好處。因為他明明必須養下屬，卻完全得不到經驗值，得向上司請求包含下屬的份在內的經驗值才行。然而在上司看來，下屬的下屬不過是用完就扔的棄子，大概連給予他們經驗值都覺得可惜吧。倘若彼此沒有足夠深厚的信賴關係，「使役」便無法成立。

「——所以，就算有這種可能，我想應該也僅限於和上下權力關係沒有直接關聯的親戚或朋友關係吧。」

「原來如此～這麼說來，就算假設有那種關係的貴族，住在如此巨大城堡裡的領主也很有可能是關係中地位最高的人嘍？」

「是啊。」

布朗雖然有些缺乏一般常識，又有行事莽撞的一面，她的理解能力在本質上並不算太差。

「既然這樣，那麼應該只要儘量找位於高處，並且有燈光的房間就好吧？因為那樣比較有大人物的感覺。」

「也對，反正也沒有指標，這或許是個好方法。既然對方是憑藉生產和商業活動維持這座大都市的統治者，確實有可能天黑了還點著燈在處理公事。」

在城堡的中段附近有一座大大向外突出的陽臺，格外明亮的光線從那座陽臺所在的房間內流洩而出。更上方的樓層似乎沒有其他房間還亮著燈。

既然如此，應該可以將那座陽臺當作目標。

◆◆◆

陽臺的窗簾是打開的，從外面看起來室內似乎空無一人。蕾亞用「魔眼」確認後也沒有發現疑似人的反應，因此應該不會有錯。

兩人悄然無聲地降落在陽臺上。

儘管蕾亞很想發動「識翼結界」仔細調查，既然都採取隱密行動了，要是還掀起純白色的羽毛暴風雪恐怕會太醒目。

蕾亞有「魔眼」，布朗則說過她能利用「夜視」在夜裡看清東西。既然如此，那麼繼續在發動「夜幕」的狀態下行動應該比較好。

「夜幕」本來只有讓天色變昏暗的效果，可是只要像這樣讓兩人份的效果重疊，中心部分就會變得很黑。

她們試探性地推了一下陽臺的窗戶。窗戶沒有上鎖。

大概是覺得一般不會有小偷從這麼高的窗戶爬進來吧。

進到屋內一瞧，只見牆邊擺了好幾套鎧甲和頭盔的擺飾，也就是在西式住宅中會見到的全身盔甲。

依常識來思考，一般應該不會在辦公室擺放這種充滿殺戮氣息的東西。看來這個房間並不是辦公室。

可是如果是這樣，為什麼燈在這個時候還亮著呢？

「唔！窗戶——」

聽見布朗的驚呼聲，蕾亞一回頭正好見到陽臺的窗戶即將關閉。

而且不是一開始的玻璃窗，是鐵製的窗戶。那大概是原本裝在窗戶外側，當成窗板使用的窗戶吧。

正在關窗的是站在牆邊的全身盔甲。而且他還很仔細地用某種生產類技能焊接鐵窗。

透過「魔眼」觀察，只有那裡的粉紅色霧氣特別稀薄，就跟普通的障礙物一樣。如果相信「魔眼」的視野，這就會是一幅不具任何魔力的全身盔甲擅自動起來，正在焊接窗戶的景象。

「果然是陷阱……」

被布朗料中了。

「──如果記得沒錯，應該可以和災厄對話吧？」

房門附近一具格外氣派的鎧甲說話了。

話雖如此，那並不是活體盔甲發出來的聲音。出聲的應該是裡面的人吧。

雖然聽起來悶悶的，從音色來判斷，裡面的人應該是女性。

「呃，妳就是災厄對吧？雖然覺得妳來得有點早，這樣也好，省事多了。晚安啊，災厄。」

『抵抗成功。』

『抵抗成功。』

「唔嗯，妳好像不打算回應我的話耶？還是說妳不是災厄呢？雖然就時間點來看的確太早了，既然都來襲擊了，那麼妳應該就是災厄啊……」

蕾亞來這裡的目的本來就是要質問領主，因此她很樂意和對方交談。可是樂意歸樂意……

「我是這座城市的現任領主。妳大半夜來我的城堡有何貴幹呢？」

『抵抗成功。』

『抵抗成功。』

從剛才開始，蕾亞兩人就不停遭受某種攻擊。雖然正在抵抗所以不清楚，那大概是「精神魔法」之類的吧。

不知發動攻擊的是眼前自稱領主的人，還是周圍的鎧甲。

話說回來，蕾亞根本連這些鎧甲是什麼人都不知道。畢竟她感應不到魔力。

然後還有一個更大的問題是，這個自稱領主的人毫不猶豫地稱呼蕾亞為「災厄」。這就表示，她早就知道今天「災厄」會來此造訪了。

蕾亞會來這裡是因為看了社群平臺上的那則留言，可是領主不可能知道災厄會查看社群平臺。再說從剛才的對話來思考，這位領主似乎也不認為災厄是玩家。

從這樣的迎擊態勢來看，與其說領主早就知道災厄會來這裡，她更像將災厄引誘至此。

「……唔唔嗯，完全行不通耶。這下沒辦法了。」

可能是把領主的那句話當成信號了，鎧甲們同時上前攻擊。

既然事已至此，也沒什麼好隱藏了。蕾亞發動「識翼結界」，用「羽毛格林機槍」對抗來襲的鎧甲們。

不過她並不認為光憑這招就能打倒他們。

「『雷電』！」

◆◆◆

布朗施展了魔法。

那是在室內有可能會誤傷自己人的單發魔法。若想確實給予敵人傷害，速度極快的「雷魔法」無疑是個好選擇。尤其對全身都是金屬盔甲的他們想必更有效。

「奇怪？」

然而被魔法命中的鎧甲感覺完全沒有受到影響。

他雖然表現出忍受傷害重新振作的樣子，其他沒有被魔法命中的鎧甲們也是如此。照這樣看來，似乎只有蕾亞的格林機槍對他們造成了傷害。

「『火焰箭』！『冰子彈』！『空氣刃』！」

布朗接連朝她鎖定的一人擊發魔法，可是看起來都沒有產生效果。

看樣子鎧甲們對所有魔法擁有極高的耐性。蕾亞無法以「魔眼」感應到魔力說不定也是這個原因。

「『羽毛子彈』。」

蕾亞在希爾斯王都親身體驗過這項技能的效用後，便也對DEX投入了經驗值。提升DEX雖然讓整體威力也隨之提升，受惠最大的還是命中率和精確性。

格林機槍無法辦到那一點，然而如果是單發的「羽毛子彈」就有可能瞄準縫隙，將羽毛擊入鎧甲的接縫。

蕾亞先是利用格林機槍使其失去平衡，接著以子彈攻擊要害。遭到直接命中的鎧甲癱倒在地，再也無法動彈。

◆◆◆

對於因為呈現蹲姿等姿勢而導致很難瞄準的鎧甲，蕾亞則憑藉持續同時射擊格林機槍來澈底削減ＬＰ，遭受這番攻擊的鎧甲完全潰散。

當鎧甲們被打得落花流水時，領主則完全沒有採取行動，看起來像在觀察蕾亞。蕾亞的目的是從領主身上收集情報，因此只要她安分地待著就無所謂。

不久之後，鎧甲們全都被羽毛子彈擊倒在地。現場除了蕾亞二人和領主以外，已無人生還。

假使這些倒地的鎧甲是領主的騎士，那麼在他們於某處復活、再次回到這裡之前，應該有一個小時的緩衝時間。

「——原來如此。我本來以為傭兵們曾在希爾斯一度擊退妳，而且聽說『恐懼』對妳有效，這下應該可以成功，結果看來還是行不通，我失敗了。」

明明已經沒有人可以保護領主，她的這份從容究竟從何而來？

蕾亞雖然不是布朗，卻有種無法言喻、感覺心頭亂糟糟的不祥預感。

「沒辦法，那就我自己來吧。」

話音方落，領主便以驚人的速度衝上前來。她的左手舉著劍，不知是何時拔出來的。

領主的速度快到不像全身穿戴鎧甲。無法以「魔眼」捕捉到她展開行動那瞬間這一點非常地不利。

「後退！」

蕾亞將布朗推到後面，在千鈞一髮之際將右腳一縮，扭身閃避。

「呵！」

眼見蕾亞躲過第一記突刺，領主隨即在錯身之際將空著的右手伸向蕾亞胸前。

那是從超近距離使出的貫手。

這招就算是蕾亞也躲不掉。

「『翼擊』。」

「——唔啊！」

蕾亞在對方的手觸碰到自己前一刻，猛力展翅將領主彈飛。

「『羽毛格林機槍』。」

接著她射出羽毛予以追擊，利用衝擊力將領主推得更遠。她本來打算像剛才的騎士那樣直接殺死領主，可是領主的盔甲性能似乎比騎士來得優良。

不過這下總算拉開距離了。以戰鬥風格來說，領主似乎擅長近身戰。只要拉開距離，應該就不會那麼容易遭受攻擊。

「『羽毛子彈』。」

蕾亞瞄準鎧甲的縫隙發射羽毛。

然而這一招被躲過了。蕾亞沒想到領主竟能躲過這個速度，看來她的ＡＧＩ相當高。

就結構上而言，貴族很容易累積經驗值。

說不定這位領主都把經驗值投資在自己身上，而不是自己手下的騎士。

「『失明』。」

◆◆◆

可能是想反擊吧，領主發動了某種技能。

雖然不知道那是什麼技能，從名字聽起來應該能夠奪走視野。這招對閉著眼睛的蕾亞毫無意義。好像是因為蕾亞沒有停止發動「夜幕」，才使得領主看不見她的臉。

那瞬間，領主的身影消失了。

才剛這麼想，領主便已移動至蕾亞面前。

這個熟悉的動作是「縮地」。

也就是說，領主更改了技能的發動關鍵字。

（對喔，之前曾經做過這樣的更新！可是ＮＰＣ也能這麼做嗎！）

領主這次改以右手持劍，並從低處朝蕾亞刺來。

蕾亞將左腳一抬，用腳尖將領主的手往上踢，劍因此飛離領主的手。

可是領主似乎早就料到這一點，她直接讓肩膀潛到蕾亞腳下，抱著蕾亞的腿抓住她。蕾亞感覺膝蓋怪怪的，領主可能想折斷她的腿吧。

她趕緊旋轉身體，藉著讓施加在自己身上的力量方向和關節的方向一致，擺脫敵人的招式。

以常識來思考這麼做不可能來得及，可是在這個世界裡，即使是不可能的事情也可以憑藉能力值差距將其化為可能。看樣子蕾亞的ＡＧＩ似乎比敵人來得高，她勉強趕上了。

「『翼擊』。」

她拍動翅膀瞄準領主的脖子攻擊。可是領主靠著將依舊緊抱不放的蕾亞的腿猛力上抬、使她失去平衡，逃離了翅膀的軌道。

雖然攻擊落空，卻得以抽回被抱著的腿。

「『羽毛子彈』。」

蕾亞釋放羽毛加以牽制。她很清楚這招會被躲過。

她趁著領主閃躲的時候使出蹴踢。好硬。這個盔甲究竟是用什麼做的啊？

非但沒能給予敵人傷害，反倒是蕾亞的腿感覺受傷了，然而幸好在蹴踢的反作用力下，蕾亞成功再次和領主拉開距離。

得以趁機重整態勢。

「……我之前明明聽說妳雖然也能打近身戰，還是魔法的威力比較強，結果這是怎麼回事？妳根本就沒有使用魔法嘛。難道我真的搞錯人了？」

領主似乎也打算重整態勢。

雖然沒有覺得自己會輸的危機感，領主確實比蕾亞至今交手過的敵人都強上許多。起碼應該比弱化時的蕾亞還要強。

這也就是說，假使這位領主對蕾亞使用當時的那個文物，蕾亞恐怕贏不了她。

而且魔法似乎還對領主的裝備性能起不了作用。像她這樣的存在堪稱是魔法師的天敵。

然後那套盔甲的強大之處還不只是魔法耐性。其所具備的防禦性能，恐怕遠比蕾亞所穿戴、使用大森林出產的皮革做成的靴子來得高。

證據就是蕾亞的蹴踢讓蕾亞的腿受到了傷害。蕾亞到現在才知道有這種規定，那就是對手的防禦性能高於蕾亞的ＶＩＴ和皮靴防禦性能的加總值，因此蕾亞才會受傷。

◆◆◆

既然我方的手牌都已經曝光了，繼續展開「夜幕」也沒有什麼好處，MP反而還會在展開期間慢慢減少。

雖然不曉得那套盔甲能夠反彈多少魔法，應該不至於讓蕾亞的所有手牌都發揮不了效果。最壞的情況大概就是傾盡全力用魔法蠻幹吧。

蕾亞解除魔法睜開雙眼。退到房間角落的布朗也一樣解除魔法。

明明大鬧了一場，房內卻依舊亮著燈光。那好像不是火把，而是某種魔法道具所產生的光線。真想把這套鎧甲和燈光帶回去，在洞窟裡使用。

在光線的照射下，領主的全身盔甲看起來比透過魔法間接看見時要高級許多。

蕾亞明明發動了不少攻擊，鎧甲上卻幾乎沒有傷痕。

「──哈哈哈。」

忽然間，領主笑了出來。

「哈哈、哈哈哈哈哈哈！哈～哈哈哈！」

「……呃……蕾亞姊，妳是不是打到什麼不該打的地方啊……」

「……我確實對她又打又踢沒錯，可是應該幾乎沒有對她造成傷害才對。要是這傢伙怪怪的，肯定是一開始就這樣，不是我的問題。」

領主老神在在地笑了一會兒，收起原本充滿戒心的架式，擺出一派輕鬆的姿勢看向蕾亞。

「哈哈哈……哎呀，我原本還以為妳是營運方特地在這個時候安排的ＮＰＣ，結果沒想到**活**

◆◆◆

動的頭目居然是玩家，真是太令人意外了！」

「妳剛才說玩家？蕾亞姊，這傢伙也是玩家啦！什麼領主的原來是謊言！」

「哎呀，原來妳的跟班也是玩家啊？不過，有一點我要先澄清，我是領主這件事可是千真萬確喔。」

比起那個，真正的問題在於她究竟是如何識破蕾亞的玩家身分。

從當時以韋恩等人為首的團體戰成員沒有人察覺到這一點來看，要從外表和行動來判別顯然不可能。

這位領主自己應該也直到剛才都一直以為災厄是活動頭目。

「妳一臉『為什麼妳會發現我是玩家？』的表情耶。妳叫做蕾亞是嗎？原來如此，好平凡的名字。不過我也沒資格說別人啦。」

平凡的名字。

她會這麼想到底是和誰的名字做比較呢？

蕾亞有種彷彿心臟被人一把揪住的感覺。

（這傢伙該不會……）

「那我就告訴妳吧。這就是答案。」

領主——眼前的玩家緩緩脫掉蓋住頭部的頭盔，扔在地板上。

「……咦？咦？咦？」

布朗就像陷入混亂地輪流望向蕾亞和領主。

◆◆◆

在那裡的是一張造型和蕾亞一模一樣，只是把蕾亞的頭髮和眼珠換成黑色的臉孔。

「我知道妳是玩家的原因很簡單。儘管妳變得很白，好像又利用遊戲的系統效果美化了一番，但是啊，呃……妳叫做蕾亞對吧？我不可能會認錯妳的長相。」

「咦？雙、雙胞胎？」

「哎呀，這位朋友，妳說話很中聽耶。不過很可惜，我的年紀其實比她大幾歲喔。」

為什麼妳會在這種地方？為什麼要設下這種陷阱？明明是玩家卻成為領主是怎麼回事？不對，應該說原來妳有玩這款遊戲嗎？妳現在住在哪裡？

明明有好多好多想問的事情，卻不知道該不該問。蕾亞的內心一片混亂。

「妳一臉『明明有好多想問的事情，卻不知該從何問起』的表情耶。」

「咦？是這樣嗎？」

「……才沒有。」

「她說她沒有！」

「不，我應該沒有猜錯。不過算了，反正現在有時間，感覺氣氛也不適合繼續戰鬥。況且今天的輸家很顯然是我，我就回答妳所有問題吧。」

輸家。

蕾亞並不覺得勝負有分得如此清楚明瞭，對方應該是故意讓出贏家的頭銜了。這一點讓蕾亞比輸了更感到不甘心，但是她拚命壓抑情緒、假裝冷靜。她已經習慣在這張臉孔面前這麼做了。

「……妳叫做什麼名字？」

「哎呀，對喔。我叫做萊拉。如妳所見，我是以人類虛擬化身進行遊戲的玩家，平常在這座城市當領主。呃，那邊的妳呢？」

「……我總覺得這樣的自我介紹好像在哪裡聽過。呃……我叫做布朗，是骷……不對，我是吸血鬼。」

「……萊拉，妳這麼做的目的是什麼？」

蕾亞有好多話想問。可是，首先這是遊戲，況且布朗也在，應該要問有關遊戲的事情才對。

「妳光是這麼說，我實在不明白妳指的是哪件事耶。不過算了，我就回答妳吧。妳說『這麼做』的意思，是指我把妳引誘出來、關在這裡的事情嗎？」

蕾亞點了點頭。

「我的目的是想要『使役』活動頭目『從天而降的死亡』。」

出現第一次聽見的專有名詞了。

莫非那個指的是蕾亞嗎？如果是也未免太令人難為情了。

「那副表情！啊，抱歉，我只是因為很想見到那副表情才這麼激動。不過妳放心，只有部分玩家擅自這麼稱呼妳，那並不是正式名稱。」

「……妳會使用『使役』嗎？」

「從妳的語氣並不訝異來看，妳似乎也會使用呢。不過嘛，這也是理所當然的吧。我之所以能夠取得『使役』，是因為我從人類轉生成為進階種。我現在的種族是『尊貴人類』，也就是貴族階級。

◆◆◆

成為進階種之後，種族技能『使役』就會開放。再來關於我能夠轉生成貴族階級的原因，因為從頭開始說明會花上很長的時間，妳們要不要先休息一下？」

「沒關係。反正我還有其他事情想問，妳繼續吧。」

「那我就繼續嘍。唔嗯，不過要從哪裡開始說呢？算了，就按照時序進行吧。首先就從我一開始參加封閉α測試的時候說起。」

「從那裡開始？不會太久遠嗎！」

「……等等，妳的開端真的是那個時候？封閉α測試的角色資料照理說不會保留到下次測試才對……」

「沒錯喔，那就是故事的開端……話說這件事真的說來話長，儘管不到需要休息一會兒的地步，要不要我替妳們準備椅子和飲料呢？不用緊張，我現在已經不打算暗算妳們了。還有不好意思，我可以把鎧甲（這個）脫掉嗎？」

第八章 一千零一夜

呼～解脫了。

全身盔甲這種東西本來就是為了防禦斬擊而生，不應該在打格鬥戰或進行解說時穿著。說到全身盔甲——算了，這個還是待會兒再說明好了。現在先接續剛才的話題。

呃——我剛才說要從應徵封閉α測試時說起對吧？

像是絕對不能洩漏遊戲內容等，契約的條款固然嚴格，不過既然是α測試，這也是很正常的事情。

所以這個時候，我也只是抱著先稍微接觸看看的心態，打算先決定好方向性，以便遊戲正式上線時能夠一開始就全力衝刺。

然後我踏上了這個世界的大地。

當時我進入的不是這座城市，而是這個國家的王都。感受那裡的空氣、和ＮＰＣ接觸、時而殺人……我就這樣度過每一天。

後來我漸漸開始想要認真玩這款遊戲，也就是所謂的著迷。我已經好久沒有這種感受了。

但是無論我多麼認真，這終究是α測試。虛擬化身的資料等到測試結束後就會被刪除，之前所做的努力毫無意義。

可是，這完全是就測試員的虛擬化身而言。

不曉得妳是否也聽說過，這款遊戲是挪用世界模擬器的技術製作而成？這個世界就是如此講究。假設在這場測試中找到系統上的缺陷，營運方大概會為了修正那一點，將所有地圖和物體全部重置，完全不顧之前精心打造出來的一切，以及每天努力打拼的ＮＰＣ們。

所以我決定作出一項賭注。反正要是不成功，到時也只有資料會消失，和原本預定的結果沒有不同。既然如此，嘗試看看也不會有任何損失。

後來我將α測試剩餘的所有時間，都拿來以各種手段募集資金。

而我主要採取的手段是襲擊被稱為富豪的ＮＰＣ。

我會在夜深人靜時潛入宅邸或店鋪，將整個金庫放進背包後逃離，並且持續這麼做一整晚。隔天我會在四下無人的地方破壞金庫，取出裡面的東西。無論如何都需要鑰匙的金庫則會姑且保持原狀。

我不斷這麼做直到測試即將結束，甚至還在最後一天潛入貴族的宅邸，將所有像是傳家寶的東西統統扔進背包。

然後我將因此得手的財產埋在事先挑選好、位於魔物領域內的安全區域一隅。

要是我賭贏了，這些物體留了下來而沒有被重置，下次測試時就能有個好的開始；甚至若是能夠一直保留到遊戲正式上線，屆時我將占有無可估量的優勢。

後來我當然也應徵了下一次測試，成為了測試員。

不曉得是不是因為容易比較評價的關係，曾經參與測試的測試員下次也會被優先選擇。

我壓抑住興奮的心情，一開始就先前往那天藏寶的地點。

這次的測試，所有人基本上不是在各國的王都，就是在僅次於王都的大都市生成，因此移動這件事情本身沒有問題。

只不過這也造成測試員的密度很高，所以我得小心，以免遭人尾隨。

我抵達的地方無疑是當初掩埋的地點。

可是那裡長滿茂密的草木，完全沒有某人曾在此掩埋物品的痕跡。

儘管感到絕望，謹慎起見我還是動手挖了那裡。結果，我之前埋藏的財寶果真在那裡沉睡。

這時我確定了一件事。

雖然不知道是不是世界模擬器，至少可以肯定這款遊戲是運用與其相近的技術，真正為了創造世界而開發出來——

◆◆◆

「好長！」

「真的好長呢……呃，不過故事也很有趣啦。還有，才剛慷慨激昂地說ＮＰＣ每天都很努力打拚，結果幾秒鐘後就去襲擊商會這一點實在好瘋狂，讓人不禁心想妳真不愧是和蕾亞姊有關係的人。」

「所以妳到底想說什麼啦！」

◆◆◆

別急嘛，正題才剛要開始。來，喝點我家女僕泡的紅茶，冷靜一下吧。另外還有我自己烤的點心塔喔。哎呀，想吃的話還有，不用吃得那麼急。對喔，我記得蕾亞以前很喜歡吃這個呢。

總之，我就是靠著這種方式在這個世界的一端，獲得了龐大的資金。

當然，在這次的測試中讓虛擬化身成長，同樣也沒有太大的意義，於是我繼續為了賺取資金到處奔走。

只不過這次我進行的不是像上次一樣的犯罪行為。

而是利用上次獲得的資金做起了生意。

然後就在我準備成立商會時才發現，距離上一次的測試，遊戲內的時間好像已經過了十年。

也就是說，我藏寶的地方之所以會被掩埋在草木之中，並不是物體產生了變化，單純只是經過了很多年。

因此我想到一個點子。

那就是或許可以宣稱我打倒了盜賊，取回我從前奪走的貴族傳家寶，藉著將其歸還給貴族，和貴族打好關係。

簡單來說就是我想要自導自演，賣人情給對方。

並且希望透過這份關係，留下其他東西。

錢的話我已經夠多了，況且我也想不到要怎麼使用。

這麼一來就是道具了。因為能夠在遊戲中留存下來的只有有形的物品，而且要是能夠利用這份關係得到特殊道具，就能藉著將其保留下來獲得好處。

所幸我偷來——歸還的傳家寶之中，有一件似乎是從前的國王賜與的特殊道具，於是立下大功的我就被招待到王城作客了。

坦白說，我當時真的覺得自己運氣很好。

後來國王說要賜予我金錢或地位作為獎賞。

儘管擁有地位對我來說沒有意義，那個時候我的錢已經多到獲得再多也不知道該怎麼花費的地步。

於是我就試著要求了地位。結果對方要我先對國王宣誓效忠。

那個時候，我並不了解宣誓效忠這個行為有什麼意義，所以就隨便點頭答應了。

然後我就得到啦。

得到轉生成尊貴人類時必備的道具「蒼藍之血」。

我在接過這件道具的瞬間，立刻就知道要如何使用。

◆◆◆

據國王表示，部分被稱為文物的道具都附帶這種功能。也就是說明書啦。

然後當時我還得知另外一件事。

我所歸還——這件事已成定局——的那個貴族傳家寶、讓我被招待入城的道具，正是文物。

至於我本來應該要在王城獲得的金錢恐怕是封口費吧。既然如此，當我不選擇金錢而選擇地位時被要求表示的忠誠裡，應該也有用來防止我聲張的東西。

我將獲得的蒼藍之血收進背包，在對方採取行動之前當場自戕。

雖然好不容易才成立商會，既然發生這種事也無可奈何。

我在商會的個人房間裡重生後，趕在商會被國家接收之前，將商會的金庫全部收進背包，然後銷聲匿跡。

順帶一提，我在銷聲匿跡之前還潛入引薦我到王城的貴族宅邸，將傳家寶和財產全部搜刮一空當作賠償金。

之後迎來了開放β，不對，那應該算是搶先體驗吧。

當時我真的好困擾喔。因為初始生成位置是隨機的。然而，反正也沒必要著急，於是我在抵達王都附近之前就採取正常的玩法，一邊賺取經驗值一邊移動。

抵達之後，我取回之前累積的資金，使用一起藏起來的蒼藍之血變成尊貴人類。

當時這座城市是沒有統治者的王室直轄地，城堡又很帥氣，所以讓我很想得到這座城市。

其實那個時候，也已經從上一次的測試跳了好幾個年代。

◆◆◆

根據調查結果，之前曾經關照過我的貴族已經沒落，血脈也早已斷絕。但是因為他們直到最後都還是對王室效忠，那個沒落的故事後來就變成一則佳話流傳下來。

我心想或許可以利用這一點。

尊貴人類這個種族，好像只能透過同為尊貴人類的雙方聯姻來繁衍後代。

和人類交配生出來的雜種全部都會變成人類。

因此那個時候，沒有使用王室所管理的「蒼藍之血」的紀錄、突然就冒出來的我，儘管無疑是某個地方的直系貴族，身分卻是來歷不明。

由於從前國王賜給我的「蒼藍之血」好像已經被人當成和盜賊的屍體一同消滅，而且也沒有證據可以證明我曾經使用過，我完全不會受到懷疑。況且這次是正式版，虛擬化身也因為我使用了完整掃描，以至於長相不一樣。話說我超喜歡這張臉。

於是我試著宣稱自己是那個沒落貴族的直系後代，而我所擁有的這把刻有家紋的短劍就是最有力的證明。

結果我就這麼被正式認可為復興貴族了。可是從前的領地已經為他人所有，沒辦法主張那本來是屬於我祖先的東西，硬是搶過來。

所以我向王室提出請求。

請求將其中一個直轄地的都市賜給我。

◆◆◆

◆◆◆

「該怎麼說呢……妳們感覺超像一對姊妹的……」

「……明明一點都不像。」

「不，很像喔。不只是外表、行動，就連荒唐的言行也像極了。雖說這是遊戲，一般不會指著和人類如出一轍的生物說對方是『雜種』啊。這種行為雖然和『協助者』的方向相反，給人的感覺卻完全相同。還有，妳們解說時那副超樂在其中的表情簡直就是一模一樣。」

「我本來也很擔心自己是不是講太久，不過看來妳們似乎聽得津津有味，那真是太好了。那麼，接下來我可以說說全身盔甲的由來嗎？」

「不需要。」

「不用了。」

「比起那個，接下來麻煩請說明妳將我引導到這裡的手法，還有那個具備魔法耐性的鎧甲是怎麼回事。」

「話說蕾亞姊，妳是不是忘記最根本的事情了？妳是故意的嗎？」

「什麼事？」

「就是我們來這裡的目的啊！妳不是要來找尋希爾斯王族的下落嗎？」

「什麼啊，原來是那麼回事啊？好啊，那麼接下來我就一併向妳們說明吧。只不過會講很久就是了。」

「咦？」

「咦？」

◆◆◆

那麼，首先就從我將蕾亞引導到這裡的手法開始說吧。

話雖如此，其實這件事我可以說是失敗了。

正確來說，我所策劃的計畫是將「災厄」找來這座城市。因此我利用這座城市周邊的物流網，打算散布某個情報。

我想妳們應該已經知道了，那就是希爾斯王國已經消滅的傳言。

我成為貴族之後才知道，這片大陸的共同認知是將國土和王室視為重要的國家象徵。其實王都也很重要，可是知道這點的只有王室和國家的中樞。對了，蕾亞說不定也已經知道這件事了。

所以只要對ＮＰＣ的貴族們說：「國家滅亡了。」他們一般都會想到「國土已經喪失，或是王室毀滅了」。

這不僅對希爾斯的貴族而言是攸關今後去向的重要問題，對他國貴族來說也是和外交直接相關的重大事項。

然後這對和貴族有商業往來的商人而言，也是堪稱會對物價和經濟帶來直接影響的大問題。

因此，明白事情嚴重性的貴族和商人們會利用各種手段想要確認情報真偽，而那樣的行動又會導致傳言更加擴散。

擴散出去的傳言應該很快也會傳入「災厄」耳裡。這是因為「災厄」應該正把部分注意力投注在ＮＰＣ們的傳言和情報上。

妳問我為什麼會這麼想？

因為「災厄」也在尋找消失的希爾斯王族。

「災厄」曾一度被擊退。啊，好痛，把翅膀收起來啦，我不會再說了。

總之，這時「災厄」因為玩家們使用了文物，被迫嘗到辛酸的滋味。可是隨後當「災厄」毀滅王城時，文物卻已經和王族一起消失了。

這麼一來，「災厄」想必會去尋找王族。王族本來就受到森嚴戒護，再加上又有所有國寶同行，因此無論如何一定會很醒目，不難想像他們會成為人們討論的話題。只要隨便抓個ＮＰＣ過來拷問一下，應該馬上就能逼問出情報。

我猜「災厄」或許是這麼想的。

那麼假使在這樣的情況下，出現「希爾斯滅亡」的傳言會如何呢？

是誰為了什麼目的散布這種傳言呢？

假如滅亡是事實，知道這件事的傳言源頭肯定就是消滅王族的人。

假如滅亡不是事實，那麼對方為什麼要散布虛假的傳言呢？最不希望出現這種謠言的是逃跑的王族。把對方想成是為了將王族引誘出來而散布流言最合理。

無論如何在「災厄」看來，直接去傳言的出處一探究竟是最快的方式。

尋找出處並不是一件困難的事情，畢竟我方根本沒在隱藏。

「災厄」遲早會鎖定目標，出現在這座城市裡才對。

整件事情簡單來說，就是希爾斯明明沒有滅亡，卻有個傢伙到處亂說已經滅亡了。

「災厄」想必會很好奇是怎麼一回事吧。

妳會不會獨自前來這一點對我而言是個賭注，不過「災厄」的目的從頭到尾都是獲得情報，不是摧毀這座城市。妳要是大舉入侵，說不定又會讓情報源頭跑掉。況且上次妳獨自作戰會失敗是文物害的，所以不用擔心會在非王都的這座城市遇到同樣的狀況。

於是我猜想妳應該會獨自一人，或是只和少數幾人展開夜襲。

◆◆◆

「……我可以問妳幾個問題嗎？」

「可以，妳儘管問。」

「首先，妳一開始為什麼說自己失敗了？既然妳都把我引誘出來了，就這層意義而言妳不是成功了嗎？」

「喔，妳是問那個啊？因為妳從聽說傳言到來襲的速度太快了啦。我反倒想問妳，妳是怎麼鎖定這座城市的？」

「在社群平臺上看到的。」

「回答得也太簡潔！蕾亞姊，妳感覺好像跟平常不太一樣？不但面無表情，話也好少。呃，她是因為看到碰巧人在這座城市的玩家留言，說他從騎士那裡聽說滅亡的事情才會知道啦。」

「啊啊，原來如此，是因為那樣啊。比起傳言，社群平臺的傳播速度確實快到無法比擬呢。不過如果是這樣，那麼災厄會來到這裡果然還是偶然呢。我的作戰計畫失敗了。」

「可是妳的作戰計畫應該有很大一部分是以偶然，又或者說不確定的情報和推測為依據吧？我覺得什麼也不會發生的可能性反而要高多了。」

「關於這一點嘛，因為我本來就只是想要嘗試『使役』災厄而已。其實就算不是這次的災厄也無所謂，只是我沒有那方面的情報。反正我做的事情就只有散布傳言，考慮到成本和收益，試試看應該也不會有什麼損失。

只不過，因為我本來預測災厄會在活動結束之後出現，唯獨有一定的風險會遭受死亡懲罰就是了。」

「……我知道了。那麼接著是王都對國家很重要的理由。這是因為和部分文物的發動條件有關嗎？」

「是啊。我再順便提一句，這座城市以前是一個很興盛的國家的王都喔。妳或許已經知道了，當時治理那個國家的國王是名叫做精靈王的人物。雖然當時我手上並沒有那個文物，其實我曾經想過或許也可以在這座城市發動。

只不過聽說那個文物中暗藏精靈王的詛咒，而且因為是靠著對後世王室的怨念在發動，只能在後世，也就是現代的六個王室所治理的王都發動。這麼一來，就跟這座城市無關了。

對精靈王而言很悲劇的一點是，他竭盡最後力量製作出來的詛咒道具，居然因為品質太好而變成了文物。因為只要觸碰就會知道如何使用，那些文物反而被用來守護現在各國王室的權威和安全。

基於這樣的理由，說不定在希爾斯王室斷絕的現在，文物的發動條件在蕾亞所在的希爾斯王都已經無法滿足了。這一點應該有必要驗證一下，所以要是方便——」

「我怎麼可能讓妳那麼做？

好了，下一個問題。因為這些指的可能是同一件事，妳可以一併回答。首先，妳之前說希爾斯王都毀滅時王族和文物都消失了，可是妳是怎麼知道這件事的？還有，王族現在人在哪裡？另外，妳剛才曾說到『當時我手上並沒有』文物，難道妳現在有嗎？」

「這個嘛，這幾個問題的確都指向同一件事。我命令下屬解決掉希爾斯的王族，得到了文物。文物現在被收藏在這座城堡的寶物庫裡。其實我本來想拿來這裡使用，可是因為無法發動便作罷了。

其實我一開始準備散布傳言時，原本有打算要利用文物，但是後來才知道沒辦法在這裡發動。要是發動了，妳現在說不定已經成為我的人了。」

「少說那種噁心的話。『使役』玩家需要經過本人同意，所以妳絕對不可能成功。不過既然妳剛才說妳命令下屬襲擊，那麼按照時序來思考，就表示妳在希爾斯王都遭遇攻擊時便已經確定

◆◆◆

王族會逃亡。可是王族逃亡是NPC的歐康諾宰相提出的建議，妳不可能有辦法預測到這點。」

「咦？原來有宰相會勸自己國家的元首逃亡啊？好驚人的思考力。必須多多提防這個人。」

「……我已經把他收拾掉了。」

「這樣啊，那就好。怎麼辦呢？這個問題我感覺和這次一連串的事件沒有直接關係，而是和其他事情有關，說出來好像會顯得我服務太好耶。這樣吧，要是妳願意答應我一個請求，我就回答妳。」

「那就算了。」

「喂！妳先聽聽她怎麼說嘛！如果覺得無傷大雅再答應她就好！」

「……什麼請求？」

「給我妳的好友卡。我也會給妳我的。記得沒錯的話，這樣應該就能加入好友吧？」

「那就算了。」

「喂喂喂！有什麼關係！妳就給她嘛！好了，快拿出來！聽到這裡，連我都好奇是怎麼一回事了！」

「……這個給妳。」

「哦哦，謝謝。布朗，妳幹得真好。好了，關於王族逃亡這件事——

儘管我沒料到宰相會說那種話，然而根據我的推測，王族確實有很高的機率會選擇逃亡這個選項。

話說這片大陸現在雖然一共存在六個國家，卻從來不曾發生過戰爭，也沒有國家滅亡。既然如此，他們當然不可能會自己想到要逃亡了。

我自從成為貴族之後，便致力於商業政策和外交，而其中的一環，就是和希爾斯的王室及血脈與其相近的人士保持交流。所以我有不少機會能和他們交談，也曾藉此機會向王族提議若是哪天發生緊急狀況，屆時可以逃到我的都市來。因為這座城市離魔物領域很遠，又曾是前統一國家的王都，幾乎位於大陸的中央，無論從哪個國家逃過來都很方便。

然後後來就發生人類之敵誕生的騷動了。那個是蕾亞對吧？

我在社群平臺上看到內容大概是『災厄即將來到希爾斯王都，所以正在募集團體戰成員』的討論串之後，就立刻派身為我手下愛將的騎士團出發了。根據我調查的結果，無論聚集多少玩家都不可能打贏災厄，因此希爾斯王都一定會毀滅。

既然遭受災厄攻擊、對王國的未來感到絕望，王族的各位想必一定會想起我這個人。我是因為這麼猜想才把騎士團送出去，命令他們發現王族後就殺死所有人，把文物搶回來。」

「惡魔……妳簡直就是惡魔。」

「……是喔。妳為什麼要事先灌輸他們逃亡的想法？是因為妳想得到文物嗎？還有，妳沒有對希爾斯以外的王室說那種話嗎？」

「我會對希爾斯王室灌輸逃亡的想法，是因為我想得到文物啦。那玩意兒無法以現在的技術製造出來。即使無法在這個都市啟動，擁有它也不會吃虧。

再說，當王族的血脈斷絕時，我說不定哪一天還能以持有文物為由，主張自己是王室的末裔。不過嘛，這件事情已經因為王族全員死亡後，官方網站認定國家滅亡而變得難以執行了。

然後除了希爾斯王室以外，我也對其他有交流的王室說過喔。雖然都被對方嗤之以鼻了。」

◆◆◆

自從遇見這個恐怕是蕾亞姊姊的人物之後，她的樣子就有些奇怪。

她變得比平時還要缺乏表情，話也好少。這一點即使在布朗看來也是一目了然。

她簡直就像在壓抑自己的情感，刻意不讓情緒顯露出來。

「……欸，妳還好嗎？是不是哪裡不舒服？」

「我沒事，和平常沒兩樣。」

「……好了，再來關於騎士們的那個鎧甲，那是我為了以防萬一『精神魔法』被彈開時，能夠直接壓制妳而準備的東西。因為魔法對那個鎧甲起不了作用，應該不會像希爾斯王都那時一樣全部被撂倒。

其實那是有一段複雜來歷的道具喔。據說是從前討伐精靈王的貴族們——也就是現在的王族當時穿在身上用來抵擋精靈王施展的魔法的鎧甲，不過我也不曉得這是不是真的。

可是因為鎧甲確實具有魔法耐性，我就姑且花大筆銀子收購了。只不過假使王族真的曾經穿過，對方應該不會那麼輕易賣掉才對，所以我想大概是複製品之類的吧。

啊，但是我收拾掉的希爾斯王族的持有物裡面並沒有那種鎧甲呢。如果蕾亞的寶物庫裡也沒有，就表示要不是這件事本身的可信度很低，就是這個盔甲真的是真吧。只不過現在除了我剛才穿的那一套像是原版品的盔甲外，其他全都報廢了。」

這麼一來，想問的事情應該都問完了。

不僅問到了當初預計要問的事情，新產生的謎題也獲得了解決。

儘管很遺憾完全沒能幫上蕾亞的忙，以後應該還有機會。

接下來應該可以閒聊了。不管怎麼看，蕾亞都像有除了遊戲以外的事情想問。

「……那麼，既然已經沒事了，我就先告辭了。」

「咦？妳要回去了？妳不再多聊一會兒嗎？她不是妳姊姊嗎？」

「……我不認識她。我跟她沒關係。」

蕾亞面無表情且斬釘截鐵地說。

身上的翅膀慌張地晃動個不停。

布朗望向萊拉，只見她露出一副看似不知所措，又像是已經放棄般不知如何形容的表情。

雖然布朗不知道那是什麼樣的心情，她可以肯定地說一句，那是見到的人全部都會感到心疼的表情。

見到那張和蕾亞一模一樣的臉孔露出那種表情，布朗也感到一陣揪心。

「……那樣不行啦。」

「……布朗？」

「不可以回去啦。剛才妳們兩人不是都很驚訝嗎？妳們應該很久沒見了吧？雖然我不清楚妳們的家庭狀況，沒資格多說些什麼……可是這次分開之後，下次不曉得什麼時候才能再見到面喔？既然這樣，不是應該多聊一會兒才對嗎？

蕾亞姊，我總覺得妳的說話方式有點獨特，這應該是受到妳姊姊的影響吧？因為妳們兩人說起話來簡直一模一樣，一聽就知道妳是看著姊姊長大的。

還有，萊拉姊姊烤的點心塔很美味喔，那是蕾亞姊喜歡吃的東西吧？萊拉姊姊，妳是不是每天都在烤這個塔呢？連在遊戲裡面，也每天都在烤蕾亞姊最喜歡的塔——」

「那個，可以請妳別再說了嗎？我都快要羞死了。」

萊拉用兩手捂住臉。

可是現在要是退讓了，這對姊妹說不定就無法重修舊好。

「……又不是再也見不到面。況且也已經加入好友了。」

「啊！」

布朗此時才赫然想起這件事。甚至連她也已經和萊拉成為好友了。

即使現在分開了，布朗之後也不是不能設法安排她們見面。

稍微冷靜下來之後，布朗發現自己說不定有點管太多別人的家務事了。

由於布朗也不太習慣和朋友相處，如果只是正常交談，她就能憑藉豐富的知識——主要來自漫畫——掌握氣氛；然而若是遇到這種情況，就會不知該如何拿捏分寸。

這次可能真的做得太過火了。

「那個，抱歉我太多管閒事了。不過……」

「……沒關係啦，我明白。我會和她聊一下，因為我本來就打算把好友卡直接放進黑名單

萊拉

中。布朗妳——」

「啊，我可以自己回去！反正我有『召喚』！那我就先回去了！『召喚施術者』！」

「啊，笨蛋——」

「『召喚』？『召喚』裡面有什麼？回去？要怎麼做——」

「啊！」

◆◆◆

視野逐漸轉暗，等到下一次變明亮時，布朗已經身在艾倫塔爾的領主宅邸內。

眼前是迪亞斯和長得像鍬形蟲王者的魔物正在喝紅茶。

在一旁服務的人似乎是杜鵑紅。因為布朗以杜鵑紅為目標發動技能，她會在房裡是理所當然的事情。

「歡迎回來，布朗大人。對了，陛下呢？」

「啊～蕾亞姊……那個，呃，該怎麼說呢？她有事情要在另一邊和成為好友的人談談。」

「這樣啊。好吧，反正和去程不同，回程只要一瞬間。既然陛下是和朋友在一起，那應該就不需要擔心了。」

「就是說啊。」

可是布朗失敗了。

由於她一時慌張，結果偏偏不小心在萊拉面前利用「召喚」進行了移動。

一旦得知可以不受距離限制地讓眷屬和自己移動，實在很難想像那個萊拉會想出什麼可怕的壞點子。畢竟她可是蕾亞的姊姊。

「……唉，算了，事情做都做了，現在也不能怎麼樣，還是等她回來好了。對了，那個鍬形蟲叫做什麼名字啊？」

「牠沒有專有名稱。布朗大人只要把牠的身分，想成和您手下那三人以外的地生人一樣就好。至於種族名稱，記得沒錯應該是甲蟲女王。」

鍬形蟲用整個身體點頭。

「啊，對喔，因為沒有脖子……」

既然叫做甲蟲女王，那麼應該是女性了，不過那個搶眼的下巴是怎麼回事？

「甲蟲女王是來幫忙防衛這個都市的對吧？白天情況如何？玩家來了嗎？」

「來了喔。而且人數和昨天差不多。那些人幾乎都被甲蟲女王大人生出來的巨大鍬形蟲砍成兩半了。」

洋紅優雅地喝著紅茶一邊回答。

布朗才在想她為什麼可以悠哉地坐著喝茶，結果發現她們好像採輪班服務制。

「這邊的事情應該不需要擔心了。所以，兩位女性朋友的旅行結果如何？有成果嗎？」

「成果嗎？有喔！首先，我們得知逃離希爾斯王都的王族後來怎麼了。另外也查出那些王族所持有的文物下落，所以這趟旅行的目的應該算是達成了。」

「那真是太好了。陛下想必也很高興吧。」

「……就是啊——如果是這樣就好了。」

◆◆◆

「關於剛才那孩子消失的技能和『召喚』之間的關聯性，我待會兒再問。既然難得有這個機會，我們就順應那孩子的好意，先稍微聊聊吧。

——妳過得好嗎？」

「……妳看不就知道了嗎？」

「呃，那是遊戲的虛擬化身耶。」

「……過得還可以。」

「我不在，妳有感到寂寞嗎？」

「……沒有。還好……我讓自己別去想那些。」

「這樣啊……」

「……妳不問媽媽和外婆的事情嗎？像是她們過得好不好。」

「咦？這個嘛，因為我有和她們見面。」

「啥？為什麼？」

「為什麼……畢竟我們是家人，當然偶爾會見面了。」

「我不是問那個！」

「咦？不然妳是問哪個……？」

「……算了。」

「啊，妳是問為什麼我和媽媽見面了，卻不去見妳嗎？」

「我明明就叫妳不用說了！」

「……因為妳好像在生我的氣啊。啊，我不是指現在這件事喔，是我升學那時候的事。」

「……我沒有生氣。我只是覺得失望。」

「是因為我說我不要繼承嗎？還是因為外婆應允了那件事？」

「……[redacted]，妳明明就比我有才華，我從來都沒有贏過妳，可是最後妳不繼承家業，逃到不知道哪所大學去了。」

「當時或許是我比較強，可是現在應該是妳比較強了。再說我並沒有逃跑喔，我只是找到了自己想做的事情而已。」

「不可能有那種事！要是妳和我一樣進行鍛鍊，我根本不可能會贏過——」

「那是有可能的喔。因為我無法像妳一樣進行鍛鍊。無論是誰，每個人都有辦得到和辦不到的事情，而我沒辦法像妳一樣進行鍛鍊。雖然我就算不特別做些什麼，還是大致能夠辦到，也因為這樣，我很早就明白自己總有一天一定會被妳超越。」

「……妳是因為這樣才退出嗎？」

「這是很合理的判斷喔。畢竟我不知道為什麼自己很強，因為我從一開始就辦得到。但是妳不一樣。妳雖然一開始總是輸給我，現在即使是外婆也贏不了妳不是嗎？妳憑藉日復一日進行讓人有點倒胃口的鍛鍊，最後變強了。既然如此，無論是什麼樣的人，妳應該都能教導對方怎麼做才能變強吧？」

「……外婆當初沒有反對妳離開，也是出於合理的判斷嗎？」

「我沒辦法知道外婆當初怎麼想啦。

不過真要說的話，可能是因為妳鍛鍊時的樣子很開心吧。

外婆好像很早就發現我不適合教學了喔。因為她在我大約讀國中時就曾經跟我說，行動之前如果不多加思考，不會有未來。」

「……我並沒有覺得鍛鍊很開心。」

「是這樣嗎？可是在我看來，妳的樣子很開心啊。儘管妳總是輸給我，然後哇哇大哭——好痛！把翅膀收起來啦！」

「……這麼說來，妳去別的地方念大學這件事也有經過外婆和媽媽的同意嗎？」

「當然有啊。畢竟我又沒辦法自己付生活費和學費。我看起來像是會半工半讀的人嗎？」

「……我還以為妳拋下一切逃走了。」

「我怎麼可能那麼做。再說我有什麼理由要逃走……好了，別哭了。」

「……我沒有哭。」

「我懂，妳只是眼淚不知道為什麼自己流出來了對吧？好啦，別難過了。」

「誰教妳突然說要離家去念大學。」

✦◆✦

「沒有突然啊。我好好跟大家說了喔。」
「我什麼都沒聽說。」
「妳只是故意不聽而已吧？不過話說回來，畢竟未來出路這種事也不是會特地拿來跟妹妹討論的話題，再說外婆和媽媽也沒有表示反對，所以我當時可能也並不想讓妳聽見。」
「……我明明不管過多久都贏不了妳，可是外婆突然說我是繼承人，正當我心想明明還有妳在時，妳卻說妳要去別的地方念大學。」
「……啊啊，這個嘛，其實我並不是因為不想繼承才逃跑。雖然如果問我想不想繼承，我覺得自己不太適合，假使妳不願意，我最後應該還是會乖乖繼承啦。」
「……媽媽也什麼都沒跟我說。」
「媽媽她……唉，可能是教育方針，或是在教育方面負責的部分不一樣吧。因為外婆是家主，媽媽也只是把那方面的事情都交給外婆決定罷了。」
「……媽媽明明什麼都不跟我說，卻只要我把牛蒡留下來不吃就會生氣。」
「……妳到現在還是不敢吃嗎？真是的，都幾歲了還這樣。」
「這和年紀沒關係吧？外婆還不是一樣不吃。」
「……真是的，都幾歲了還這樣。」
「……我連能夠抱怨這種事情的對象都沒有了。」
「啊啊……關於這一點我真的感到很抱歉。不過我剛才也說過，因為我離家的時候妳好像很生氣，我直到後來向媽媽詢問妳的近況時，發現妳好像比較冷靜了，才敢偶爾請她給我和道服的檔案資料——」

「啥！」

「唔哇，嚇我一跳！不要突然那麼大聲啦。」

「檔案資料？誰的檔案？」

「當然是妳的啊。檔案中的妳英氣凜然呢。」

「刪掉啦！這樣太奇怪了吧？」

「咦？才不要哩。而且我現在已經設定成ＶＲ座艙的啟動畫面了。」

「真是夠了！」

「啊，不要哭啦。」

「我沒有哭！……算了，不跟妳計較那個了。話說回來，妳想做的事情是什麼啊？」

「什麼意思？」

「妳剛才不是說妳沒有逃跑，而是找到了想做的事情嗎？」

「喔，妳說那個啊……見到妳鍛鍊得那麼開心，我一直都在想自己好像沒有那種能讓我投入的事物。

於是我就開始思考什麼是現在最讓我開心的事情，結果我發現就是觀察妳。」

「這樣很奇怪吧？」

「然後我又開始思考，有沒有就算不當家主，也能繼續觀察妳的方法。最後我想到的是，研究將ＶＲ應用在復健上的技術。我認為只要巧妙利用這項技術，或許可以和我們家致力進行、在

VR空間上的鍛鍊相結合，進而發揮相乘效果，於是便選擇就讀醫學部保健學科，想要取得物理治療師之類的資格。」

「……我本來還以為妳要開始說什麼怪裡怪氣的話，結果奇怪的只有一開頭，後面竟意外地正經，真是嚇我一跳。所以妳才會離家嗎？因為主修復健可能需要到現場實習，沒辦法全部透過VR上課？」

「不，其實那是可以從家裡通學的距離。」

「妳說什麼！」

「其實我現在有點後悔喔。當初只是覺得跟妳見面有點尷尬，所以才會離開家裡。唉，畢竟我當時還年輕。現在也很年輕就是了。」

「虧我還以為再也見不到妳了，這到底是什麼跟什麼嘛……」

「呃——所以，我可以當成妳沒有在生氣嗎？」

「……既然妳不是拋棄我離開就好。」

「我當然沒有拋棄妳啊。再說繼承人是[redacted]（蕾亞）這件事也是很久以前就決定好的。應該說，因為我覺得妳已經知道這件事了，才會放心地決定未來出路。」

「我什麼都沒聽說！我聽到妳要上大學時才知道那件事！所以……唔！」

「來，手帕給妳。這樣啊。那妳已經不生氣了嗎？我可以回家嗎？」

「……這件事妳問我也沒用。應該說，已經沒有妳的房間了喔？」

「沒有了！怎麼會！」

「是媽媽清空的。也是因為這樣，我才會以為妳再也不回來了。」

「會不會太過分啊……？」

「過分……會嗎？」

「……既然這樣，那妳的房間借我住。妳的房間應該擺得下兩臺ＶＲ座艙吧？」

「妳以為我的房間裡面只有座艙嗎？」

「我記得應該只有玩偶和座艙而已，還多了什麼嗎？妳的衣服應該放在別的房間吧？」

「……沒有。」

「那就拜託妳了。之後我會向媽媽低頭，請她替我安排房間，在那之前就先讓我住在妳的房間吧。」

「……儘管我沒有在生氣，也會撤銷之前對妳的失望感，可是又有新的失望感產生了……」

「我看等活動結束後再搬家好了。哎呀，真的好久沒有見到妳本人了耶。雖然我每天打開遊戲時都會見到錄影。」

「居然是影片嗎！」

✦✦✦

第九章 多人遊戲

布朗不知道獨處的蕾亞和萊拉後來談了些什麼。

可是見到蕾亞回來時臉上的表情，布朗認為自己當時的行動一定很正確。

「——我認為這是一件好事，也打從心底替她們感到開心。畢竟蕾亞姊每天看起來都心情很好，不僅經常和萊拉小姐聊天，還偶爾會去城堡喝茶作客。」

布朗使用前陣子得到的「飛翔」，從上空俯視歐拉爾這個國家的王都。

漫長的活動如今也只剩下今明兩天了。

在這個「飛翔」、「召喚」和「調教」的相關技能投入大量經驗值之後，布朗已在不知不覺間變成「高階吸血鬼（Greater Vampire）」，澈底克服陽光了。

這個名為歐拉爾的國家騎士比他國來得多，而且據說也比較強。

以遊戲的角度來說，應該算是適合中、高階玩家的國家。

在布朗的下方，此刻騎士們正在城內刀劍相向。

他們並不是在舉行什麼祭典或活動，而是認真地在作戰。

身為人類的騎士們正在彼此交鋒。

交戰的騎士們分成企圖前往王城的騎士們，以及試圖阻止那些人的騎士們。

不用說，正準備攻進王城的騎士們正是萊拉的下屬。

萊拉所治理的城市位於此處北方的休傑卡普，是歐拉爾的其中一個都市。

換言之，這是一場政變。

「她們能夠和好是件值得高興的事情啦。只不過……」

她們兩人應該原本就是一對感情融洽的姊妹吧？

所以和好之後，她們會想要通力合作也是可以理解的事情。

況且蕾亞本來就只有布朗一位玩家好友，萊拉也因為玩法太過獨特，雖然不是刻意為之，卻也似乎被周遭所有人都以為是ＮＰＣ。

據萊拉表示，她之前之所以想得到「災厄」的超強戰力，是為了要發動政變。

至於動機其實沒有什麼大不了，純粹只是因為她想得到文物，以及這個國家的王室對她有所虧欠，她要一百倍地討回來而已。

明明沒什麼大不了的動機，卻只要一個不耐煩就想發動政變，這樣的行為真的讓人只有她們果然是姊妹，甚至荒唐程度會隨年紀增長而升級的感想。

可是，玩家要真的推翻一個國家並非易事。

根據萊拉的說法，如果要在這款遊戲中消滅國家，必要條件是根絕王族或者搶奪國土。

而就在這時，毀滅希爾斯王都的活動頭目「災厄」出現了。

假如可以令這個「災厄」服從自己，說不定就能消滅歐拉爾。

前幾天那件事，便是萊拉基於這個想法而策劃出來的圈套。

可是如今，萊拉完全沒必要強逼對方服從，便能利用「災厄」的力量。

既然「災厄」是玩家，那麼只要進行交涉，請求對方協助就好。況且那位玩家還是彼此為數稀少的好友，以及已然化解長年心結的姊妹關係。

「只不過和好的結果卻是這幅慘狀呢……」

這群騎士的目的是令周邊都市陷入混亂，以王城為目標展開侵略只是為了對王城施壓而已。

再說，王都的騎士們和萊拉的騎士們在數量上落差很大。不僅正面衝突打不贏，對方想必也占盡地利之便。現在能夠勉強維持混亂狀況，是因為活動期間各地魔物的活動活躍，王都的騎士們也有不少人到邊境出差。

一邊是必須將注意力分散至整片國土的王國軍，一邊是只要暫時讓王都陷入混亂即可的萊拉軍隊，即使實力相差懸殊，不用想也知道情勢對何者較為有利。

至於萊拉本人，現在應該在凱莉或萊莉這幾位蕾亞的眷屬陪伴下，身處於王城內。

這場政變從頭到尾都必須表現得是人類所為。

因為對外劇本是憂國憂民的年輕貴族打倒只顧自身利益的腐敗王室，建立新的國家——假如成功的話。

此時此刻，蕾亞應該已經現身在王城中，準備奪回萊拉前幾天獻給王室的劍崎先生了。

作戰流程如下：

首先由萊拉帶著扮成騎士的蕾亞下屬進入王城，隨便以「針對前幾天進貢的劍，有其他消息要稟報」為由，要求晉見國王。

然後從前往謁見廳途中的通道窗戶，對在上空飛翔的布朗等人發送信號。

見到信號後，布朗會通知萊拉在周邊都市待命的騎士們，要他們展開行動。萊拉的騎士們會一邊以軍事行動刺激王都的騎士，一邊前往王城。

利用周邊都市發生戰鬥的壓力對王城進行實質性的封鎖，使得王族無法逃亡。萊拉的騎士下屬們的主要工作便是如此。

在周邊都市確認這一點之後，蕾亞會利用「召喚施術者」進入寶物庫奪走文物。

接著布朗和杜鵑紅等人會從上空分頭監視城內。假如有人企圖逃離王城，便迅速將其逮捕。

◆◆◆

城外的騷動大概已經傳入城堡了吧。

城堡裡的氣氛很快就變得慌亂起來。

不，或許是萊拉展開了行動也說不定。

在這幾個成員之中，能夠深入王室的咽喉——也就是王城內的，就只有萊拉。

她會盡可能接近國王，在那裡「召喚」在領地待命的襲擊部隊。

如此一來，之後結束工作的蕾亞和萊拉只要悄悄合作，收拾掉城堡裡的王族即可。

「……沒有人離開城堡耶。是全部都遭到獵殺了嗎？虧我也想做一點事情耶。」

「主人。」

這時杜鵑紅來了。

布朗藉由打倒那些攻打艾倫塔爾的玩家所累積的經驗值，讓她們也取得了「飛翔」和「黑暗魔法」。

「我解決掉疑似王子的人們了。」

「咦？什麼時候？」

「城堡的北側有個像是用來運送物資的後門。因為有寒酸的馬車和護衛馬車的騎士們從那裡出來，我便解決掉騎士，制止了馬車。車上原本有兩名衣著華麗的年輕男子，以及像是隨從的人們，可是……」

「可是？」

「很抱歉，他們全都死於我強行讓馬車停下時造成的衝擊力。」

「咦～虧我也想有所表現耶。算了，既然是這樣，那也就沒辦法。沒關係，我明白了。辛苦妳了。」

「聽萊拉大人說，城堡裡面可能還有公主對吧？至於國王和王妃，萊拉大人待會兒應該會親自去見他們才對。」

「說得也是。那我們就提高警覺，繼續尋找公主吧。既然只剩下公主，找到之後記得告訴我，不要殺了她喔。」

◆◆◆

「知道了。」

◆◆◆

蕾亞將寶物庫中的所有道具都扔進背包後，一臉喜孜孜地來到走廊上。

通往寶物庫所在樓層的門被魔法上了鎖，無法開啟。無論從內側還是外側都一樣打不開。

可是一旦進入這個樓層，內部的門就沒有被施加嚴密的安全防護。

『結束了喔。妳那邊情況如何？』

『辛苦了。進行得很順利喔。哎呀，妳的下屬挺能幹的嘛，說不定比我家騎士還要優秀。我請她們和我剛才叫過來的襲擊部隊合作，去尋找城堡裡的王族和貴族了，現在在我身旁的是……她叫做凱莉嗎？』

『我明白了。那我就以凱莉為目標移動過去。』

蕾亞手持劍崎，利用「迷彩」隱身後發動「召喚」。

蕾亞抵達的地方，是一個鋪有豪華紅色地毯的寬敞空間。

這裡大概是謁見廳吧。

「迷彩」似乎沒有受到「召喚」的效果影響而消失，只見好幾個人望向這邊。

可是因為門後沒有出現任何東西，他們很快又把視線移回到萊拉身上。

「……我還以為妳又叫騎士來了，看來失敗了。」

一名被迫坐在謁見廳中央地板上的男性，用輕蔑的語氣不客氣地說。從這個狀況來看，他應該就是國王吧。另外還有三名像是王公貴族的人也坐在地上，四周圍繞著手持利劍的騎士們。

『正中央的四人是誰？一個是國王？那其他三人呢？』

『就是其他人啦。大概是親信吧。我聽他們說好像是宰相、王妃和農務大臣。』

『原來王妃不是王族的一分子嗎？等等，農務大臣？為什麼？』

『因為王妃並未繼承王室的血脈。至於農務大臣為什麼會在……我也不知道原因，反正不重要啦。』

官方網站更新的時間和萊拉解決掉王族的時間點大致吻合，希爾斯這個國家會滅亡很顯然是因為王族被消滅了。

可是從常理來思考，繼承歷代王室血脈的人不太可能只存在於王室中。像是國王的弟弟分家後成為公爵、公主下嫁後降為臣子，又或者某人有私生子等，應該也會有這樣的情況才對。

然而根據官方的說法，希爾斯王室已經滅亡了。

這麼一來，評判標準或許嚴格來說並非血統而是其他條件，比方說擁有受國家認同的王位繼承權之類的——蕾亞和萊拉這麼推測。

若真如此，那麼只要解決掉所有擁有歐拉爾王位繼承權的人，政變應該就結束了。

「呃——我記得好像只剩下大王子、二王子和大公主。宰相，應該沒有別人了吧？」

蕾亞雖然不知道哪位是宰相，現場卻沒有半個人開口。

「……沒辦法了，『魅惑』。」

可是沒有變化。

萊拉不悅地蹙起眉頭。

「……沒效啊？哎呀呀，最近我的『精神魔法』完全起不了作用耶。」

「怎麼可能有效，妳這個蠢貨！我等可是治理一國之人，當然得先鍛鍊精神力了！」

像是國王的男人大吼。

他說得很有道理。假使領袖有精神遭人控制之虞，就無法安心經營國家了。

『要由我來動手嗎？我應該會比萊拉擅長這麼做喔。』

『……要怎麼辦呢？可是如果妳現身了，到時就必須把這裡的四人全部解決掉了。』

『妳從一開始就打算這麼做了吧？如果只留下一人即可，那麼把公主找出來，讓她活著不就好了？』

當初，萊拉原本打算殺光所有王族。儘管封閉測試時的她（虛擬化身）和現在不一樣，她實在無法原諒當時逼她選擇自戕的這個國家。

可是那麼做的話，即使篡奪了國家，歐拉爾還是有可能和希爾斯一樣被官方判定為滅亡。

儘量只讓一名看似無害的王族活下來，然後「使役」那個角色。

如此便可防止歐拉爾從官方網站上消失，也能讓玩家們以為政變在劇本上是預定的和諧。

『要是王子和公主逃跑，結果布朗把他們全殺掉就傷腦筋了。雖然我覺得公主不是那種會率先逃跑的個性，所以應該沒問題。』

『既然如此，妳要不要乾脆把所有人統統幹掉，然後假扮成倖存的王族，帶著文物逃亡至別國呢？』

『可是已經有許多NPC的王族見過我的長相，這麼做恐怕不太好……雖然我也可以到妳的地盤讓妳養啦。』

畢竟難得身為人類國家的貴族，蕾亞當然希望萊拉能盡可能善用其身分。

『唉，沒辦法了。妳可以出來嘍。』

蕾亞解除了「迷彩」。為了儘量保持低調，她將所有翅膀折起來捲在身體上。

見到純白色的存在突然現身，四人一陣譁然。

「唔！」

「妳、妳是什麼人？」

「和休傑卡普卿……長得一樣……？」

「妖、妖怪……？莫非休傑卡普卿和魔物有關係？」

看樣子蕾亞好像沒了翅膀，看起來就會像妖怪。大概是角的關係吧。

「……算了，還是先完成工作吧。『自失』、『魅惑』。」

儘管背負長相曝光的風險，還是必須成功不可。為了謹慎起見，蕾亞先用「自失」做好事前準備。

成功了——蕾亞確切感受到這一點。像是國王的男人神情恍惚，用迷濛的眼神注視著蕾亞。

「陛下？陛下！」

◆◆◆

一旁的王妃搖晃國王卻不見任何變化。就憑那點程度解除不了「魅惑」。

「……老實回答萊拉的問題。」

蕾亞走到國王身邊，在他耳畔低語。

「……謝謝。」

這下應該可以冷靜交談了。好了，國王陛下，首先請把這個國家中哪些人擁有王位繼承權說出來。」

「……是王妃奧古斯塔、大王子鈞特、二王子魯道夫、以及大公主塞西莉亞。」

「咦？王妃也有繼承權嗎？」

「因為、王妃、是朕的堂妹。」

既然只有凱莉在這裡，就表示其他三人正在幫忙萊拉的騎士搜索城堡內了。蕾亞向她們發送聊天訊息。

『萊莉、芮咪、瑪莉詠，目標是大王子鈞特、二王子魯道夫，以及大公主塞西莉亞。找到疑似人物後，立刻將他們帶到謁見廳來。雖然不論生死，至少要讓一人活著。』

「呃——看樣子，好像已經不需要宰相和農務大臣了。」

萊拉使了個眼色，圍繞在周圍的四名騎士隨即行動，將兩名大叔從兩邊腋下架起，帶去別的房間。大概是要在別處解決掉他們吧。

如果是蕾亞，有可能就會當場動手，不過這麼做也許是顧慮到王妃的精神狀態吧。萊拉畢竟比蕾亞稍微多活了幾年，對於這方面還是考慮得比較周到。

『首領，發現疑似大公主的人物了。』

『謝謝。因為我想查對是否為本人，妳將她小心地帶到謁見廳來。』

讓公主見到長相不是件好事，於是蕾亞再次發動「迷彩」。

「抱歉打擾了。」

騎士打開謁見廳的門，之後就見到萊莉帶著一名身穿女僕服的女子進來。

「哦？歡迎回來。呃——妳是萊莉對吧？那個女孩是……雖然一身女僕打扮，面孔好像是塞西莉亞公主……？」

「是的，她是公主。她好像和侍女交換了衣服。」

聽了萊莉的回答，萊拉一臉吃驚。

「……真虧妳居然有辦法認出來呢。妳明明不知道她長什麼樣子。」

「因為穿著公主服的女人手很粗糙，而這名女僕的手依然細緻。不過為了以防萬一，我也把侍女帶回來了。」

在她身後，萊拉的騎士下屬身旁跟著一名公主打扮的女性。

『哦哦……這孩子好厲害啊。』

『對吧？』

「——萊拉大人！您為什麼要做這種事！」

身穿女僕服的公主突然企圖衝向萊拉，卻因為被萊莉抓住手臂而沒能如願。

「……塞西莉亞公主，其實我也不想這麼做，一切都是逼不得已啊！」

『好像開始了。』

『妳先安靜一會兒。』

萊拉低下頭用手背抹臉，假裝拭淚。

「您知道我從以前便一直勸導他國的王族們，假使遇到不測——可以逃到我的城市來吧？」

「……知道。我認為您的想法很了不起。」

「可是……啊啊，可是這位國王陛下聽聞那件事情後，竟命令我殺害逃亡至此的希爾斯王室的人們，並且奪走他們持有的文物！」

『麻煩幫我一下。』

『真拿妳沒辦法耶。』

這位塞西莉亞公主眼裡只有萊拉一人。

利用「迷彩」悄悄隱身的蕾亞再次在國王耳邊低喃。

「是啊、沒錯。」

「唔！」

王妃本來想說些什麼，卻被蕾亞以「自失」制止了。

「……怎麼會……父親大人……為什麼……」

蕾亞在國王耳邊隨便胡謅理由。

◆◆◆

「……啊啊、希爾斯的、王室、是豬。像他們、那種人、只不過是、我國的家畜。殺了他們、有什麼不對？」

「……好過分……」

公主哭倒在地。由於萊莉抓著她的手臂，使得她看起來就像一隻手被抓住的外星人。

這時萊拉緩緩朝她走近，跪在公主面前。

「塞西莉亞公主，我會奮起是基於道義。我絕對無法原諒這種蠻橫的行為。

公主殿下，可以請您代替陛下，成為這個國家的女王嗎？假使您願意，我萊拉將一生為公主殿下，不，是為女王陛下效忠。

——沒錯，就像這樣。『使役』。」

公主瞬間全身無力，可是隨即又站了起來。

「——我當然願意了、萊拉大人。我要打倒我父親、在萊拉大人的手下統治這個國家。」

『……剛才的小劇場有必要嗎？』

『因為我覺得那麼做應該可以讓她處於天然的自失狀態，這樣照理說就能省略「自失」的步驟才對。』

只要在戰鬥中打贏對方、令對方受挫，「使役」時就不會受到抵抗這一點，確實已經在齊格那時獲得實證。由於「精神魔法」是誘發精神狀態異常的魔法，如果對方自己變得狀態異常，就沒必要特地施展魔法了。

「好了，這下應該可以了。」

◆◆◆

蕾亞解除「迷彩」直接說話。因為在場的人之中只有蕾亞和萊拉可以使用好友的聊天功能，要是不出聲，就很難和凱莉與萊莉溝通。

「妳、妳究竟是……！」

對了，王妃還在。她應該已經看出這一連串鬧劇，出自萊拉和神祕魔物蕾亞之手了。

「哎呀，這該怎麼辦呢……」

「乾脆『使役』所有王族如何？」

「……嗯……可是……『使役』尊貴人類不會產生紅利耶……再說成本好高，要今天連續那麼做有點困難……」

「……紅利？成本？妳在說什麼？」

「咦？」

和蕾亞所知道的「使役」不一樣。

「從尊貴人類的種族技能樹中取得的『使役』，其規定是當對象為接近發動者的低階種族，以現在來說就是人類時，會有對『使役』的成功率產生紅利加成的效果。至於『使役』的發動成本是消費LP和MP，不過消費量還是會隨成功『使役』的對象等級而異啦。例如剛才『使役』公主所扣除的LP是兩成多一點，所以現在馬上再『使役』兩人，風險會很高。」

原來有這種規定啊？

仔細想想，布朗的「使役」也有眷屬全部都會變成活屍的限制。

看來儘管技能的名稱都是「使役」，各自的效果還是存在些許差異。

◆◆◆

效果不同，技能名稱卻相同的理由大概可以想像得出來。

可能就和蕾亞的「角」一樣，被當成紅利附加在「使役」中的技能或特徵有好幾個吧。其目的應該是要藉此進行強化或增強抵抗。

「原來如此，我學到一課了。謝謝妳。」

「哎呀，有什麼好謝的。咦？難道妳的『使役』不一樣嗎？不一樣對吧？告訴我嘛。」

「姊姊，謝謝妳！」

「唔！真、真是的，不要敷衍我，快跟我說啦！」

可是蕾亞在成為高等精靈時曾經確認過「使役」，結果並沒有發現當對象是精靈時，會產生紅利之類的東西。

這麼一來就表示高等精靈的「使役」顯然不如其他進階種的「使役」了。

說不定高等精靈本來就是不適合增加眷屬的種族。

又或者高等精靈也有像尊貴人類的「蒼藍之血」那樣的特殊道具。

「妳有在聽嗎？」

「……要是妳肯幫我幾個忙，我就告訴妳。」

「那可得視內容而定了。」

「一個是壓制這片大陸。消滅所有人類種國家，擴大魔物領域。如果那個領域全都受我支配就更好了。啊，這個國家已經可以視為壓制完畢了喔。」

「……儘管不保證成功，要我幫忙是可以啦。反正我今後應該也會朝那個方向發展。」

◆◆◆

「……另一個則是搜索特定的玩家吧。我已經知道其中幾個人叫做什麼名字了。」

「啊啊！是殺死妳的那些人啊！其實我也知道那幾個傢伙叫做什麼名字，因為我看過慶祝討論串。啊，好痛！」

既然已經知道，那就好辦事了。

蕾亞告訴萊拉現在她所使用的「使役」規則，並且告訴她取得方法。

然而萊拉並不願意實際取得。因為要是取得了，萊拉用來以備不時之需的經驗值就會低於必要值。

對此感到不耐煩的蕾亞逼萊拉喝下ＬＰ藥水和魔法藥水，強迫她取得原本的「使役」。

「……唔噗！啊，對了，也得請布朗確認已經解決掉的兩名王子的長相才行。既然公主做了變裝，王子也有可能會做同樣的事情。」

「說得也是，我去聯絡她。」

總之，這下現任國王和王妃，以及下任女王就都落入萊拉手裡了。

整件事情的劇本，是公主為了制裁現任國王的殘暴惡行——殺害希爾斯王族並搶奪文物，帶著忠心耿耿的貴族發動政變，篡奪了王位。現任國王夫妻則被幽禁在某處，由女王接手運用其手下的騎士團。劇情大概就是這樣。

接下來只要在官方網站上隨便陳述幾句新女王此刻對於已故希爾斯王族的道歉文，事情便可落幕。

◆◆◆

因為今天太陽已經快要下山，官方網站應該明天才會更新吧。

這場漫長的活動最後竟然以鄰國的政權更替聲明收尾，這一點實在令人意想不到。

✦✦✦

終章

第二屆活動回顧討論串

001：明太清單

參加第二屆活動的大家辛苦了。

我先依照時間順序，列出這次活動期間發生在大陸上的重大事件。

如果有遺漏的地方，請以複製貼上&補充的方式留言。

這則討論串也可以從驗證討論串、統整討論串，以及活動討論串引導過來。

因為我想盡可能收集更多玩家的意見，請各位儘管在自己平時常駐的討論串發表意見。

反正活動結束後會進行維護，沒辦法登入，所以大家可以慢慢來沒關係！

活動前

【希爾斯王國】「第七災厄」誕生

第一天

【希爾斯王國】埃亞法連毀滅

盧爾德毀滅
維爾岱斯德毀滅
亞多利瓦毀滅

第二天
【希爾斯王國】拉科利努毀滅
災厄攻擊希爾斯王都
第一戰（白天）玩家方勝利
第二戰（晚上）玩家方敗北
希爾斯王都毀滅

第三天
希爾斯王國從官方網站上消失（官方判定滅亡）

第四天
【希爾斯王國】艾倫塔爾毀滅
【佩亞雷王國】諾伊修羅毀滅

第五～六天
無特殊事件

第七天
【謝普王國】艾恩帕拉斯毀滅

✦✦✦

【佩亞雷王國】佩亞雷╳謝普情勢緊張（實際上已開戰？）
第八天
無特殊事件
第九天
【歐拉爾王國】歐拉爾王都爆發政變，政權更替
第十天
【歐拉爾王國】發表新政權樹立聲明

※不記述防衛成功的事例（因為除了毀滅城市外幾乎都防衛成功）。

002：鄉村流行樂
開討論串辛苦了～

003：阿隆森
活動頭目……不，好像應該說新頭目。她的出現使得希爾斯毀滅。
本來以為接下來即將爆發大陸首次人類之間的戰爭，原本很安定的歐拉爾卻發生政變……順
序大概是這樣？

004：堅固且不易脫落
這是什麼應有盡有的貪心套餐啊？

005：amatein
第二天新頭目出現消滅國家時，我還在想這是什麼樣的活動，沒想到活動結束後我還是搞不懂究竟發生了什麼事耶。

006：無名精靈
最後的歐拉爾革命大概才是活動的重點吧？

007：明太清單
因為活動的發生和走向讓人感覺不太像是完全受到營運方控制，或許營運方確實挑起了事端，然而之後的走向有可能就全都交給ＮＰＣ和玩家去發展了。如果是這樣，營運方應該就和活動的發生順序沒有關係。

008：豪斯托
這麼說來，營運方所做的就只有讓第七災厄——新頭目誕生、為佩亞雷和謝普埋下導火線，還有為歐拉爾的政變撒下種子嘍？

009：Yoich
不，歐拉爾的政變起源是希爾斯王國滅亡。
最後一天歐拉爾新政權發表了聲明，表示歐拉爾的前任國王殺死倖存的希爾斯王族，奪走了那個文物。
因為覺得這樣的行為太不人道，公主才會打倒國王、發動政變。

010：藏灰汁
有玩家參與政變嗎？

011：猴子．潛水．SASUKE
>>010　畢竟那是活動期間的王都，應該幾乎沒有玩家在那裡吧。
就算有，可能也只是生產系吧？

012：史密斯有限公司
生產系也幾乎都搬到最前線去了喔。
因為就算製造出東西，賣不掉也沒意義嘛。

013：TKDSG
就連不擅長戰鬥和生產的人，他們好像也賺了不少錢哩。
他們會好幾個人結伴利用轉移服務送貨，搬運素材、水和食材到邊境城市。
因為只要戰鬥持續下去，物流就會停止，進而導致各個邊境城市物資缺乏。

014：orinki
我本來對那種不以經驗值為優先打倒頭目的做法不以為然，後來才覺得多虧有他們幫忙送貨讓整個城市都受益。畢竟城裡不是只有士兵，也有許多一般人。

015：明太清單
其實最後看起來，遭到毀滅的城市也不是超級多，
這一點真是值得慶幸。

016：堅固且不易脫落
>>015　請別忘了有國家一開局就毀滅了。

017：基諾雷加美許

呃，那也是沒辦法的事吧？

018：韋恩

就是啊……畢竟那簡直就像天災一樣。

019：明太清單

不過嘛，既然災厄的身分類似這次的魔物頭目，面對整片大陸的魔物都遭到人類獵殺的狀況，站在她的立場大概也只能把整個國家毀滅了。

020：猴子・潛水・SASUKE

>>019　喂，你幹嘛幫她說話啦！

不過也是啦，畢竟她是個美女嘛。

021：amatein

>>020　就是啊。

022：無名精靈

不，應該不只是美女的關係吧？她肯定還擁有某種魅惑類的技能。

畢竟她可是能讓人瞬間喪失戰意，
所以明太一定也是因為狀態異常才會這麼說。

023：明太清單
既然也提到了災厄，我就來統整一下災厄討伐戰的經過和始末好了（無視
一開始，偶然身在希爾斯王都的玩家，也就是剛才的韋恩，他——

……
……

041：荒吹雪
話說回來，
要是一開始沒有強硬打倒災厄，她的威力應該也不會增強吧？

042：無名精靈
>>041　這也不是沒有可能，可是既然文物在王都，即使沒有玩家，到頭來她還是有可能會被騎士們打倒。

043：明太清單
>>042　我也贊成你的意見。

再說那個名字叫做文物的道具，從它的強大效果和嚴格的使用限制來看，我想大概是活動限定的道具。

不過既然是道具，就有可能連怪物也能使用，所以不能落入敵人手中。

稍微離題一下，我認為歐拉爾的國王會不惜殺死希爾斯王族也要得到文物，恐怕也是基於這樣的理由。

雖然最後因為做法太超過而引發革命就是了。

044：猴子．潛水．SASUKE

如果是我，我應該也會不惜殺人也要把東西搶過來。

045：基諾雷加美許

>>044　我也覺得你應該會那麼做。

可是一國元首作出那種判斷就不妙了吧？如果不想讓文物落入敵人手中，那只要保護希爾斯王族就好啦。

046：韋恩

不過我聽說歐拉爾的事情才知道，原來希爾斯王都毀滅時王室並沒有滅亡耶。

他們究竟是怎麼活下來的呢？

047：基諾雷加美許
他們會不會早就預謀逃亡了？

048：韋恩
可是根據官方表示，這款遊戲過去明明從未發生過國家之間的戰爭，真虧他們居然想得到要逃亡耶。

049：amatein
可是希爾斯的宰相是個非常優秀的人物。
倘若是他，會想辦法至少不讓王室和國寶落入敵手也不奇怪。

050：韋恩
結果他的計策，讓王都毀滅到官方判定國家毀滅之間產生了時間差啊？

051：森埃蒂教授
這麼說來，難道王室和國寶在這款遊戲裡就代表國家本身？
如果真的是這樣，那要如何客觀證明王室和國寶確實存在呢？

◆◆◆

現實中是由無論如何都隱藏不了的國土和國民，以及針對那些訂立的國際條約來客觀證明其存在。

只以王室和國寶作為存在證明，這樣太缺乏客觀性了。

052：藏灰汁

那是因為是現代吧？

古代日本也是透過王權和律令制度使得國家成立，而被視為王權象徵的是三種神器，也就是國寶。

我覺得那種概念和這片大陸沒什麼不同。

053：森埃蒂教授

那是因為日本是島國。如果在有限國土上只有一個國家，那就沒問題。

若從國外的角度來看，國家的存在終究還是得由國土和國民來證明。

再說這片大陸的各都市都擁有相當大的自治權，政治形態比起律令制度，說是封建制度應該更貼切。

說得更深入一點，假設邊境也有作為開拓都市的功能，那麼我認為這應該會更近似於日本曾經實行過的莊園公領制。

日本的地形多山，開墾田地需要花費許多勞力和時間，但是在這片大陸上，那樣的地區都被直接劃入魔物的領域——

054：豪斯托
古代日本只是一個舉例吧？只針對那個例子加以否定不太公平。
畢竟古代中國也有過以持有玉璽者為太子，也就是最高權力者的時代；位於歐亞大陸中央、不是島國的大帝國，也曾經將那類道具當成王權的象徵——

……
……

070：基諾雷加美許
喂，可以停止討論這個話題了吧？
大部分玩家應該都看得頭昏眼花了。

071：明太清單
不好意思，我開了一個新的討論串：
「【說個】大陸國家的詳細設定考察討論串【清楚】」，請各位移駕到那邊繼續討論。
話說回來，活動的下一個高潮應該就是佩亞雷王國和謝普王國的紛爭了吧。
我之前看過那則討論串，可是內容寫得一點都不詳細，有人知道這件事的詳情嗎？

✦✦✦

072：amatein
起因好像是佩亞雷的諾伊修羅城毀滅了。
雖然我現在人在謝普，因為那座城離我有點遠，不是很清楚。

073：克拉克
我之前在諾伊修羅喔。
大概從第二天還是第三天起，魔物就開始從活屍變成哥布林，後來活屍就再也沒出現，全部都是哥布林了。
不只我們遭到哥布林大軍輾壓，鄰近城市也曾經向我們尋求支援，但後來還是因為召集不到兵力而被擊潰。
我死後重生的地點是活動前所在的鄰城，而從社群平臺上的留言來看，當時諾伊修羅就已經淪陷了。

074：基諾雷加美許
那件事為什麼會和戰爭扯上關係啊？

075：amatein
雖然從距離來看離得有點遠，那個諾伊修羅的鄰城其實位在謝普國內。

◆◆◆

玩家們因為能夠透過社群平臺即時共享情報，得知隔壁的諾伊修羅戰況比較慘烈後，便前往支援了。

然而住在那座城裡的ＮＰＣ不是這樣。在他們看來，傭兵們就像突然大量出逃。

那座城的領主因此產生危機感，於是就逃走了。

而且聽說領主還在逃到別處後，四處宣稱是因為傭兵被佩亞雷挖走才使得戰況惡化。

076：那隻手好溫暖

不過那位領主逃離的城市黎賽亞在當時並未淪陷，而且玩家們死去後也很快就又回到那裡。

只不過這一次，從淪陷的諾伊修羅飛出的最後一隻鴿子身上，卻帶著「諾伊修羅即將淪陷時並未獲得鄰國謝普的正式援助，最後儘管有好心的傭兵參戰仍不幸淪陷」的訊息。

我本來以為這只是被害妄想，於是調查了一下，結果發現因為那個時候領主已經逃跑了，開始出現諾伊修羅的襲擊事件也許是該城領主在幕後搞鬼，而領主是因為害怕受到牽連才會逃走的傳言。

077：amatein

但是那個傳言是從哪裡冒出來的沒人知道。而且信鴿身上的信件內容也太隨興，讓人只覺得像是某個想要引發戰爭的勢力在背後唆使。

078：克拉克
總之就是因為這樣，佩亞雷國內對謝普的不信任感越來越深。
佩亞雷可能是獸人很多的關係吧，個性多半比較衝動。
於是部分年輕人就打著為諾伊修羅復仇的名號，跑去襲擊謝普了。

079：基諾雷加美許
沸點太低了吧！

080：克拉克
NPC的獸人好像擁有只要被人瞧不起，就會馬上爆氣的一面喔。
儘管很少看到種族之間發生爭執，還是有一股就是不想被其他種族輕視的風氣。

081：amatein
不僅如此，謝普是矮人居多的國家這一點也很麻煩。
矮人的普通市民大致就和一般印象中喜歡動手做東西的矮人形象相符，貴族階級卻不一樣。
他們的自尊高到就算說是完全不同的種族，也不會讓人驚訝。
謝普這邊反而是一般市民很冷靜，貴族卻激動到揚言要開打。

082：韋恩
明明自尊很高，卻只因為玩家被挖走就逃跑啊？

083：那隻手好溫暖
他們好像有唯獨貴族的血脈絕對不能斷絕的觀念呢。
不過這也只是我們從城裡居民身上得到的印象，不知道實際情況如何。

084：基諾雷加美許
大概每個國家的貴族都有根深蒂固的選民思想吧。
威爾斯的風氣雖然還算開放，貴族和平民好像還是不能結婚。
要是和平民結婚，貴族就會被降為平民階級。

085：amatein
接著繼續說佩亞雷的獸人部隊的襲擊。
他們的夜視能力很好，所以以夜襲的方式襲擊艾恩帕拉斯城。
矮人的視力雖然也不錯，到了晚上就不如獸人了。
因為獸人的外表是人，艾恩帕拉斯這邊直到遭遇攻擊之前都沒能辨識出敵人，結果轉眼間就連領主宅邸也被攻破。不過應該說戰況陷入膠著嗎？總之雙方的這場爭執確實造成了傷亡。

◆◆◆

086：那隻手好溫暖

那個，你的說法好像有點不太恰當，又或者說有缺漏的地方。

正確來說，襲擊艾恩帕拉斯的確實是佩亞雷的獸人NPC沒錯，但其實途中有玩家見到獸人NPC在移動，以為有什麼活動，就跟著過去了。

後來獸人展開夜襲，跟去的玩家也不明所以地參加襲擊，事情就這樣變得一發不可收拾。

087：基諾雷加美許

嗯……

088：明太清單

我看過當時的討論串，挑起戰爭的確實是NPC，玩家們則在不清楚該行動本身是對是錯的情況下姑且跟了過去，然後因為見到大批NPC在攻打對方似乎就以為對方是壞蛋，於是也跟著起鬨攻擊了。

希望這件事不會又成為什麼麻煩的導火線。

089：韋恩

所以，戰爭還在持續嗎？

090：amatein
是啊，因為雙方都不懂得退讓。

091：那隻手好溫暖
再加上，這恐怕是他們第一次體驗人類之間的戰爭。
不僅沒有明確地宣戰，就連要怎麼結束也不知道……

……

111：明太清單
那麼最後是歐拉爾王國的政變。
這件事我也只知道個大概，麻煩清楚的人說明一下。

112：Yoich
雖然可能有其他人更清楚，因為我們之前在歐拉爾活動過，就讓我來說說吧。
若是有遺漏的地方歡迎補充。
首先就如同剛才說的一樣，政變的起因是希爾斯王國的滅亡。

說得更正確一點，是希爾斯王室全滅吧。

背後的指使者則是歐拉爾國王。

反對那麼做的公主決定採取行動，在部分貴族的協助下對王都發動閃電式攻擊，逮捕國王。

大王子和二王子聽說是國王派，已死於那場戰鬥之中；至於被捕的國王和王妃，則在打聽出搶走的文物下落之前不會取其性命。

近衛騎士團也因為和國王有關，若是殺了他們，恐怕會導致國家的戰力下滑。

新女王在最後一天發表以上聲明，最終政變只花了一天就落幕。

113：amatein

既然希爾斯王室被殺是活動第三天的傍晚，就表示他們只花五天就採取行動了，動作還真快耶。

114：明太清單

可能之前就發生過類似情況吧。

因為如果國王是會突然說出那種話的人，搞不好平常言行就很激進了。

115：猴子・潛水・SASUKE

但是因為沒有玩家能夠謁見國王，也沒人知道他是什麼樣的人。

116：Yoich
我在聽說政變的消息之後，設法趕在最後一天去王都一探究竟，當時新女王讓我感覺是個意志堅定的女孩。
在她身旁穿戴全身盔甲的人，可能就是協助她的貴族。

117：韋恩
明明是貴族，卻穿著盔甲嗎？

118：Yoich
那套盔甲顯然比其他騎士來得高貴。
而且那名貴族的舉止也很高雅，大概是武鬥派的貴族吧。
順帶一提，那個人應該是女性。

119：無名精靈
你都在注意那種地方嗎？

120：猴子．潛水．SASUKE

◆◆◆

他的意思應該只是那是女用盔甲吧？

121：基諾雷加美許
對了，關於之前提到的諾伊修羅，最後那些哥布林占據那裡了嗎？
那些傢伙後來怎麼樣了？沒有像埃亞法連的螞蟻那樣前往下一座城市嗎？

122：克拉克
沒有，牠們只有在諾伊修羅和森林之間往來收集食物，
好像沒有繼續攻打其他地方的意思。
不過按常理來思考，魔物應該也不會知道其他地方有城市吧？

123：韋恩
看來災厄果然是特殊的活動頭目吧。
因為確實就像你所說的，城市和城市之間的距離遠到無法用肉眼看見，根本不可能會知道還有其他有人居住的城市。

……
……

151：基諾雷加美許

總覺得好多事情一下子就開始啟動了。

152：明太清單

我雖然不太願意這麼想，這也許是受到玩家的影響吧。

153：鄉村流行樂

你的意思是，是玩家誘導災厄和煽動戰爭嗎？

154：無名精靈

不是那樣。

在此之前，應該說是人口密度相對於面積而言較低的關係嗎？總之這片大陸上的國家過去和他國或其他種族一直都保持最低限度的接觸。畢竟國與國之間有魔物領域之類的。

結果玩家的出現，使得他們的文化，甚至是生活環境產生了變化。

155：明太清單

就是啊。

不僅如此，玩家利用活動的轉移服務大舉移動這件事，更促使變化一口氣加速了。

156：基諾雷加美許
真的假的……
看來我們真的不能隨便行動耶。

157：無名精靈
事到如今，就算一個人在意這種事情也無濟於事。
我們大概也只能把這當成是會隨著全體玩家的行動傾向，產生各種變化的遊戲來玩了吧。

158：明太清單
我猜營運方可能也是因為這樣，才會將介入程度控制在最低吧。
比起事先安排活動，營運方似乎更像是針對已經發生的結果進行應對？

159：韋恩
希爾斯無論如何都無法避免滅亡這件事，本來讓我有點無法釋懷，
不過後來想想既然那也是災厄誕生造成的結果，感覺好像也只能如此，沒別的法子了。
況且災厄說過她是因為喜歡希爾斯王都才那麼做，而實際上她在將王都化為地下城之後也沒有做什麼引人注目的舉動。

160：安迪

不對吧，她有做啊？

聽說她正在把艾倫塔爾城和拉科利努城變成地下城耶？

161：堅固且不易脫落

是沒有做（像消滅國家那麼）引人注目的舉動。

後記

好久不見。距離第一集已經相隔四個月（註：本文所指皆為日本當地的發售狀況）沒和大家見面了，非常感謝各位願意閱讀本作。雖然我覺得應該不會有初次見面的新朋友，如果有的話，請容我在此向大家打聲招呼。

隨著第一集發售，應該有許多原本不認識本作的人也看了我的作品。真的非常感謝大家。

其實我身邊也有那樣的人。應該說除了部分朋友外，其餘皆是如此。因為我並沒有告訴大家我在寫輕小說。

在那樣的人之中，那些平常不會閱讀輕小說，以及沒有習慣打電動、看動畫的人，給了我許多像是「從一開始就有好多看不懂的專有名詞」的意見。

由於部分用語並沒有加上詳細的解說，那些人看到陌生詞彙確實有可能會感到一頭霧水。雖然這個問題只要用一句「因為你不在目標客群內」即可帶過，那麼做會使得市場範圍永遠無法擴大，於是我便盡己所能地儘量解釋給對方聽。過程中，我體驗到近似解釋自己的搞笑哏的謎樣羞恥感。

順帶一提，我解釋的對象主要是年長的親戚和我們公司的社長等。社長甚至還把我的作品送給客戶端的部長當作禮物，真是讓人昏倒。不過社長並沒有要求我向客戶解釋就是了。

我在第一集的後記提過，年少時期的我非常喜歡閱讀輕小說，因此我本來想在第二集聊聊我進大學後開始參加同人活動的事情，但是因為這次後記只有兩頁，沒有空間可以閒聊，就留待下次再說了。為了能夠有下一次機會，還請各位繼續支持我的作品。

最後，這次我也要感謝承蒙繪製插畫的fixro2n老師。因為不能對從後記開始看的讀者爆雷，我沒有辦法說得太詳細，總之第三章的跨頁插圖真是太棒了。

另外，我還要感謝責任編輯大人和我一起進行各種刪減、調動順序，並且感謝校對人員幫忙指出稿件中不太自然的部分，你們果然好厲害。

以及所有曾經為本書的出版付出過心力的人，我在此向各位致上由衷的感謝。

原純

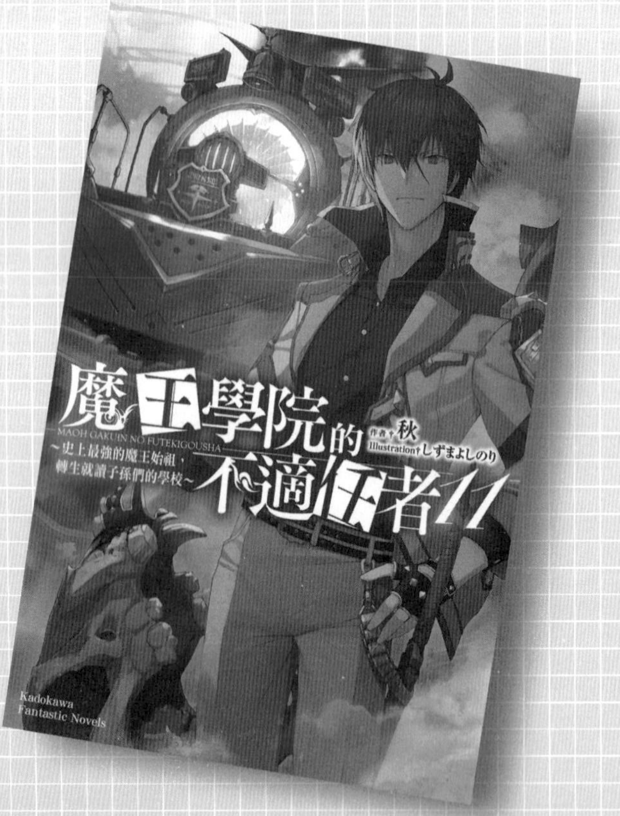

魔王學院的不適任者~史上最強的魔王始祖，轉生就讀子孫們的學校~ 1~11 待續

作者：秋　插畫：しずまよしのり

追尋消失的「火露」下落，
故事舞臺終於來到「世界的外側」！

打倒艾庫艾斯後，世界進行了轉生。然而至今流失的「火露」仍然下落不明，阿諾斯等人因此得出一個假設：「在這個世界的外側，可能存在另一個世界。」就像要證實這一點似的，當阿諾斯他們在摸索前往世界外側的方法時，身分不明的刺客襲擊了他們——

NT$250~320/HK$83~107

Sword Art Online刀劍神域 1~27 待續

Kadokawa Fantastic Novels

作者：川原 礫　插畫：abec

超越兩百年的時光，
桐人成功與淵源深遠的兩個人再會。

整合機士團長耶歐萊茵・哈連茲的存在讓賽魯卡、羅妮耶、緹潔的內心產生了巨大漣漪。在這樣的衝擊尚未冷卻之前，「敵人」終於出現了。愛麗絲等整合騎士、耶歐萊茵等整合機士——戰火終於降落到Underworld新舊的守護者們身上。

各 **NT$190~260/HK$50~75**

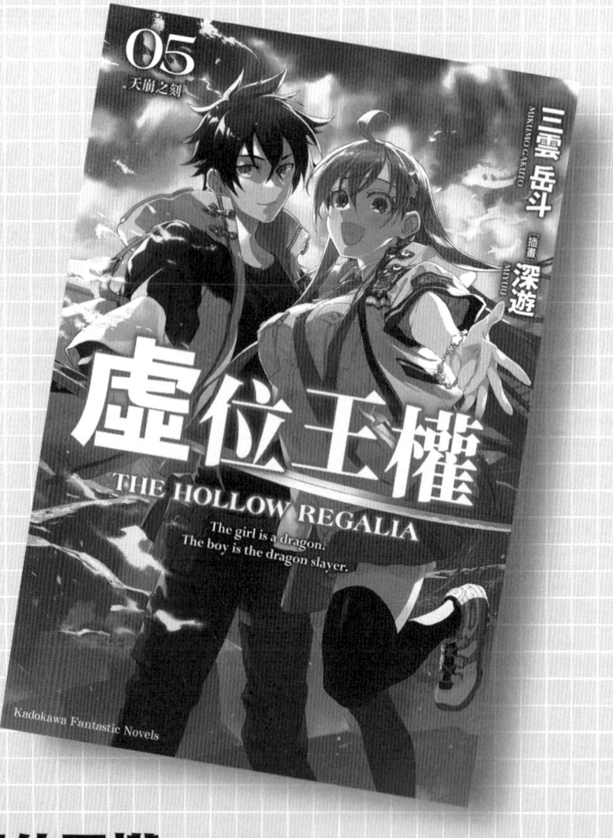

虛位王權 1~5 待續

Kadokawa Fantastic Novels

作者：三雲岳斗　插畫：深遊

八尋等人即將得知龍之巫女與世界的真相。
而一直沉睡的鳴澤珠依也終於醒來——

比利士侯爵優西比兀為搶奪妙翅院迦樓羅持有的遺存寶器，對天帝領展開侵略。八尋等人潛入天帝領要救迦樓羅，便在那裡得知了龍之巫女與世界的真相。為了阻止有意摧毀世界的珠依，八尋等人前往肇端之地，亦即二十三區的冥界門，不料——！

NT$240~260/HK$80~87

Silent Witch 1~4-after- 待續

Kadokawa Fantastic Novels

作者：依空まつり　插畫：藤実なんな

校園發生了幾起不可思議的難解事件!?
名偵探莫妮卡與黑貓尼洛將破解謎團！

寒假前的校園發生各種不可思議的難解事件!?被當成偷吃嫌犯逮住的古蓮、在校內迷路的小女孩、來路不明火球——以及被捲入詭異魔咒的第二王子……名偵探莫妮卡與沉迷偵探小說的黑貓尼洛將逐一解析各起事件謎團！極祕任務番外篇開演！

各 **NT$220~280/HK$73~93**

國家圖書館出版品預行編目資料

黃金經驗值. 2：特定災害生物「魔王」進擊多人遊戲/原純作；曹如蘋譯. -- 初版. -- 臺北市：臺灣角川股份有限公司, 2024.02
面；　公分. -- (Kadokawa fantastic novels)
譯自：黄金の経験値. 2, 特定災害生物「魔王」進撃マルチプレイ
ISBN 978-626-378-604-2(平裝)

861.57　　112021367

Kadokawa
Fantastic
Novels

黃金經驗值 2
特定災害生物「魔王」進擊多人遊戲

（原著名：黄金の経験値 2 特定災害生物「魔王」進撃マルチプレイ）

2024年2月26日　初版第1刷發行

作　者：原純
插　畫：fixro2n
譯　者：曹茹蘋

發行人：台灣角川股份有限公司
總　監：呂慧君
總編輯：蔡佩芬
主　編：林秀儒
編　輯：彭曉凡
設計指導：陳晞叡
美術設計：周欣妮
印　務：李明修（主任）、張加恩（主任）、張凱棋

發行所：台灣角川股份有限公司
地　址：104台北市中山區松江路223號3樓
電　話：（02）2515-3000
傳　真：（02）2515-0033
網　址：www.kadokawa.com.tw
劃撥帳戶：台灣角川股份有限公司
劃撥帳號：19487412
法律顧問：有澤法律事務所
製　版：尚騰印刷事業有限公司
ISBN：978-626-378-604-2